Und leise erzählt der Wind

Charly 2

Sigrid Wagner

AF272550

Sigrid Wagner

Wenn Träume wahr werden

Und leise erzählt der Wind

Roman

Bibliografische Information der Deutschen Nationalbibliothek
Die Deutsche Nationalbibliothek verzeichnet diese Publikation
in der Deutschen Nationalbibliografie: detailliert bibliografische
Daten sind im Internet: dnb.dnb.de abrufbar.

Herstellung und Verlag:
BoD – Books on Demand, Norderstedt

ISBN: 9783757828844

Inhalt

Vorwort

Eine Dienstreise führte Charlotte nach fast 20 Jahren das erste Mal in ihren Heimatort Beeshain zurück. Eigentlich lag er nur eine Autostunde vom jetzigen Wohnort entfernt. Aber es gab einfach keine familiären oder andere Bindungen mehr, die Sehnsucht nach ihrem Geburtsort geweckt hätten, obwohl sie gern da gelebt hatte.

Kurz vor dem Ziel jedoch begann es unter ihrer Haut zu kribbeln und als sie beim Aussteigen Heimaterde berührte, überfielen sie starke Emotionen.

Rückkehr

Ein leichtes Schwindelgefühl erfasste mich. Nach drei tiefen Atemzügen verschwand es und ich schaute mich etwas ratlos um, glaubte für einen winzigen Moment, ich wäre in den falschen Bus eingestiegen. Alles war fremd und der erste Blick in eine bestimmte Richtung stimmte mich fast traurig. Statt auf eine uralte große Wurzel, geformt wie ein Sessel mit Armlehnen, starrte ich auf Mauern von Beton. Ein Block Plattenbauten mit mindesten sechst Stockwerken starrte zurück. Die Parkplätze vor den Häusern begrenzten geradlinig eine Seite des Platzes und die Bushaltestelle lag eingebettet in einer kleinen Parkanlage. Den „Kreißl" gab es nicht mehr. Der runde Dorfplatz war verschwunden. Auf der anderen Seite gegenüber überragte noch der Kirchturm die kleinen Siedlungshäuser und dazwischen entdeckte ich auch unsere Kneipe den „Eulenwirt", die damals einzige Wirtschaft im Ort. Langsam wanderte mein Blick weiter und so nach und nach stellte sich etwas Vertrautheit wieder ein.

„Charly? Du bist doch Charly, oder?"

„Ja klar, denke schon." So plötzlich aus meinen Gedanken gerissen, schaute ich völlig überrumpelt auf die junge Frau, die ihr Fahrrad abbremste und mit einem kleinen Jungen im Kindersitz neben mir stehen blieb. Ihr Gesicht sagte mir etwas, aber ich musste in meinen Erinnerungen kramen.

„ Erkennst mich wohl nicht?"

Bei jedem Wort hüpfte ihr dicker Pferdeschwanz lustig hin und her, dabei strahlten ihre blauen Augen mich an, als hätte sie gerade einen Sieg errungen. „Na was, ich bin doch …"

„Du bist Biene, Biene ohne Co", platzte ich dazwischen und

amüsierte mich jetzt über ihren erstaunten Gesichtsausdruck. „Mein Gott, du hast dich ja gemausert, Sabine Wehrmann, hätte dich tatsächlich fast nicht erkannt. Bei uns in der Clique hieß es früher immer „da kommt Biene und Co", wenn ihr uns über den Weg gelaufen seid."

Jetzt lachten wir beide über die alte Erinnerung und das Echo prallte dumpf an den Betonmauern ab. Vor 20 Jahren wäre es bis in das kleine Wäldchen getragen worden, aber das gab es nun nicht mehr. Ihr Söhnchen quiekte fröhlich mit.

„Oh Gott, so spät schon", rief sie hektisch beim Blick auf die Armbanduhr. „Ich muss ja los, 9 Uhr beginnt meine Arbeit, bin im Büro angestellt in der MAWEME, vorher noch KITA, die ist aber gleich daneben", erklärte sie in Windeseile und schwang sich aufs Fahrrad.

Ich schaute ihr nach, bis sie hinter den ersten hohen Häusern verschwunden war. Plötzlich begriff ich, dass Sabine wohl in der kleinen Weberei angestellt war, die es im nächsten Jahr nicht mehr geben würde. Mit den 50 Arbeitern in der Produktion, vorwiegend Frauen, und den paar Angestellten in der Betriebsleitung konnten die Planvorgaben seit Jahren nicht mehr erfüllt werden, bedingt durch veraltete Technik, hohen Krankenstand und Freistellungen auf Grund von Schwangerschaft. Bei diesem Gedanke wurde mir mulmig. Die Weberei war der kleinste Betrieb in dem großen Textil Kombinat, indem ich nach Abschluss meines Studiums als Ökonom der Datenverarbeitung arbeitete. Natürlich gab es Sozialpläne für die Beschäftigten, ich hatte selbst an der Ausarbeitung mitgewirkt, die nach der Umstrukturierung in Kraft treten sollten. Um sie vorzustellen   hatte ich heute 11 Uhr den

8

Termin beim Bürgermeister und anschließend mit ihm zusammen eine Konferenz mit der Betriebsleitung. Aber die bittere Pille war wie jedes Mal; die Betroffenen selbst würden alles als Letzte erfahren

Beim „Eulenwirt" ging die Tür auf und eine ältere Frau, paar Jahre jünger als meine Mutter vielleicht, fegte vor dem Haus. „Na da will ich mal", motivierte ich mich laut, schüttelte die deprimierenden Gedanken ab und lief mit meinem leichten Handgepäck auf die Wirtschaft zu.

„Guten Morgen, ich gehe davon aus, dass noch geschlossen ist, könnte ich trotzdem meine Tasche hier schon abstellen?"

„Kommt darauf an!" Seelenruhig stellte die Frau den Feger neben die Tür, drehte sich voll zu mir und musterte mich wortlos eine Ewigkeit von oben bis unten. Sie war eine aus dem Dorf, das Gesicht kannte ich, aber ein Name fiel mir dazu nicht ein.

„Bist du nicht Charlotte, die Tochter von der Friedel Bauer, lang nicht gesehen, wie geht es deiner Mutter?"

Jetzt war ich baff, auch sie erkannte mich sofort, ich musste wohl einen bleibenden Eindruck hinterlassen haben. Aber was mich noch mehr stutzig machte, sie nannte meine Mutter Friedel. Und ich hatte immer gedacht, dass nur mein Vater sie so nannte, als er noch lebte.

Ich grinste über alle vier Backen und trat freudig einen Schritt auf sie zu. „Aber ja, das bin ich, dass sie sich noch erinnern an mich……"

„Warum nicht, du hast ja früher für genug Aufregung im Dorf gesorgt, für gute Aufregung", fügte sie schnell hinzu, als sie meinen fragenden Blick auffing, lachte dabei laut und herzlich und griff nach meiner abgestellten Tasche.

„Nun komm doch erst mal rein, ich bin hier Mädchen für alles seit 10 Jahren, möchtest du vielleicht einen Kaffee trinken, frisch aufgebrüht, siehst aus, als könntest du einen vertragen."

„Wahnsinnig gern", rief ich laut und folgte ihr nach drinnen. Plötzlich verspürte ich richtig Hunger und ich drückte meine Hand auf den knurrenden Magen, ich hatte ja noch gar nichts gefrühstückt außer einem Becher Jogurt zuhause. Meine lauten Magengeräusche musste sie wohl mitbekommen haben und stellte lächelnd gleich noch frische Brötchen, Butter und Wurst auf den Tisch, hockte sich daneben und schon sprudelte einiges aus ihr heraus. „Übrigens, ich bin Isolde Weidmann, wohne immer noch in dem kleinen Häuschen zwischen Beeshain und Borgsdorf. Seit dem Eulrich die Frau weggestorben ist arbeite ich hier und kümmere mich um den alten Chef. Er hat den Verlust schwer verkraftet und schwächelt jetzt selbst und ein paar Jahre führt sein Sohn Manfred schon die Wirtschaft. Aber der kommt vor Mittag nicht aus den Federn. Nun erzähl doch mal von dir, von euch, drei ältere Schwestern hattest du doch, oder? Wie ist es euch ergangen nach der furchtbaren Nacht, an die sich in den Dörfern wohl noch alle erinnern werden.

Ich blickte verstohlen auf meine Armbanduhr, musste mich langsam auf den Weg machen. Mit ein paar Sätzen erzählte ich von unsrer Familie, und ich verschwieg absichtlich den Grund meines Besuches, sonst hätte wohl bis heute Abend jeder im Ort darüber Bescheid gewusst. Das durfte so nicht passieren.

„Vielen Dank, liebe Frau Weidmann, sie haben mir wahrlich das Leben gerettet", schreiben sie es mit auf die Rechnung. Ich muss in der Gemeinde einiges erledigen, dann werde ich einen sehr langen Spaziergang durch die alte Heimat machen, mir auch das Gewerbegebiet anschauen und mich heute Abend für eine Nacht bei euch einnisten. Ihr habt doch noch Gästezimmer, oder?"

„Ja klar, fünf Zimmer vermieten wir und zwei sind frei? Soll ich die Tasche gleich mit nach oben nehmen?"

„Sehr gerne, ich nehme nur etwas heraus. Ist das alte Gemeindehaus immer noch dort, wo es mal stand? Und wie lange läuft man zu Fuß in das neue Gebiet?", bat ich noch um Auskunft und strahlte sie dabei mit unwiderstehlichem Lächeln an.

„So ist es, das Gemeindehaus steht noch dort, nur etwas aufgefrischt und nennt sich jetzt Rathaus. Und zu Fuß geht man straff eine halbe Stunde in das Gewerbegebiet, wenn man weiß, was man dort sucht."

Ihre versteckte Frage war nicht zu überhören. Ich bedankte mich noch einmal und verabschiedete mich schnell bis zum Abend. Deutlich spürte ich ihre Blicke in meinem Rücken. Eigentlich wollte ich der Hauptstraße folgen, kurz nach einer ausgedehnten Rechtskurve würde ich genau auf das Gemeindehaus zulaufen. Aber dann lief ich doch quer über den Platz. Vor einigen Siedlungshäusern fegten und werkelten mehrere ältere Frauen herum, unterhielten sich dabei laut und die eine oder andere schaute schon in meine Richtung. Ich war mir sicher, dass die meisten davon mich erkennen würden und hatte gerade keine Zeit, mich auf Gespräche einzulassen.

Und da entdeckte ich es schon, unser altes Gemeindehaus. Von alt konnte keine Rede sein. Die Giebelseite war noch eingerüstet und die Vorderfront strahlte mit frischen Farben in hellgrau und einem warmen rotbraun in der Septembersonne. Mittig über dem Haupteingang prangte in schwarzer Schrift RATHAUS. Ich überflog die Orientierungstafel kurz und fand im Obergeschoss den Bürgermeister, Herrn Dr. Bröckelmann.

Oh, den Bürgermeister Müller gab es nicht mehr. Hatte man ihn abgewählt, dachte ich belustigt, halt, 20 Jahre, der könnte schon längst im Ruhestand sein, wie alt war der damals, ein ganzes Stück älter als Mama, und jetzt 20 Jahre später...

„Kann ich behilflich sein?"

„Danke, ich muss zum Bürgermeister, hab ihn schon gefunden", erwiderte ich freundlich und drehte mich halb um zu dem Mann, der mich angesprochen hatte. Ich musste dabei hochschauen, bekannt kam er mir vor, aber die Zeit drängte. Er folgte mir die Treppe hoch, überholte mich und musterte mich dabei genau und eilte dann den Gang nach hinten, als ich vor der ersten Tür stehen blieb. Schnell warf ich noch einen Blick auf das Namensschild neben der Tür; Dr. H. Bröckelmann – Bürgermeister und darunter; Frau B. Bröckelmann – Sekretärin. Für Sekunden kribbelte es unter meiner Haut als ich anklopfte. Nach einem „Ja bitte" stand ich mitten im Zimmer, erblickte die Empfangsdame und konnte mir das Kribbeln sofort erklären, meine alte Freundin Babsi!

Als sie mich ansah, froren ihre Gesichtszüge etwas ein, nicht eine Regung verriet, dass sie mich erkannte, doch ich konnte es an ihrem Mienenspiel ablesen. ‚Na warte, das zahl ich dir heim du kleines Luder', dachte ich und konnte ein Grinsen nicht verhindern. Erhaben schritt sie vor mir her, klopfte an und öffnete die Tür zum Nebenzimmer.

„Nehmen sie bitte Platz, Frau Wegner, bin gleich bei ihnen."

„Guten Tag Bürgermeister Bröckelmann", erwiderte ich locker, nahm am Konferenztisch Platz und musterte ihn. An seine Person konnte ich mich nicht wirklich erinnern, doch in Windeseile sausten mir ein paar Gedanken durch den Kopf und mir wurde einiges klar. Er erinnerte mich sehr stark an Bröckelmann, ein Gemeinderatsmitglied. Der ging damals bei Babsi und ihrer Mutter ein und aus. Anwalt Baumann, Babsis Vater, siedelte mit seiner Kanzlei in die Kreisstadt um und die Eltern ließen sich später auch scheiden. Na klar, Henry Bröckelmann saß vor ihr. Er lebte damals in einem Internat, seine Mutter war sehr früh verstorben, und er studierte später irgendwo im Land.

„Frau Wegner, entschuldigen sie, jetzt bin ich bei ihnen." Lächelnd begrüßte er mich mit einem festen Händedruck und nahm mir gegenüber Platz. „Wir wissen ja beide um was es geht und 13 Uhr treffen wir uns vor Ort beim Betriebsleiter des VEB MAWEME, aber ich wollte mir vorher einen Überblick verschaffen, was die Wegrationalisierung des kleinen Betriebes für unsere Gemeinde bedeutet!"

Überrascht von der zunehmenden Schärfe seines Tones spürte ich massive Abwehr. Wortlos schob ich die Unterlagen zu ihm rüber und verkniff mir jeglichen Kommentar. Wie ich persönlich darüber dachte, spielte keine Rolle, im Gegenteil, man musste sich heute genau überlegen, worüber und mit wem man redete. Die Unzufriedenheit vieler Menschen mit unserem System brodelte schon lange, auch in den Betrieben und die staatstreuen Spitzel waren überall.

Mit gerunzelter Stirn blätterte der Bürgermeister in den

Unterlagen, schaute plötzlich hoch und lächelte wieder. „Wissen sie, mir liegen die Menschen meiner Gemeinde sehr am Herzen."

„Mir auch, Herr Bröckelmann, mir auch!" platzte es plötzlich aus mir heraus und sein etwas erstaunter Blick verwunderte mich gar nicht. Ehe ich in Erklärungsnot kam, klopfte es kurz und die Tür ging auf. Ich war heilfroh und schaute, genau wie der Bürgermeister, dem Eintretenden entgegen.

„Ah, Herr Hinrich, sie kommen gerade rechtzeitig, möchten sie auch einen Kaffee?", empfing ihn Herr Bröckelmann und ich hatte den Eindruck, sogar ein wenig erleichtert. Er verschwand ins Vorzimmer und der Ankömmling streckte mir mit breitem Grinsen beide Hände entgegen.

„Habe ich mich doch nicht geirrt, Charly, du bist es tatsächlich, ich glaube es nicht!"

„Glaub es ruhig, Herr Hinrich!", reagierte ich betont forsch, stand auf und ging lachend einen Schritt auf ihn zu. „Hallo Sprosse, bin auch überrascht, was machst du denn hier? Solltest du nicht in die Fußstapfen deines Vaters treten und einmal die Apotheke übernehmen?"

„Sollte ich, aber Pillen drehen liegt mir nicht, habe es wirklich versucht und ein paar Jahre später erst, du warst schon lange aus Beeshain weg, habe ich noch mal die Schulbank gedrückt und in der Abendschule meinen Abschluss in Betriebswirtschaft gemacht und bin hier gelandet."

„Verstehe ich das richtig, Frau Wegner stammt aus Beeshain und ihr kennt euch von früher?" mischte sich der Bürgermeister in unser Gespräch ein und schaute fragend seinen Mitarbeiter an.

„Aber ja, das ist Charlotte Bauer, genannt Charly, von allen

14

geliebt und von manchen gefürchtet, so war das früher, wenn sie mit Babsi, Leni und Eule durch die Gegend zog."

„Nun übertreibe aber nicht Sprosse", wehrte ich mich lachend, „was soll der Bürgermeister von mir denken."

„Das hat mir meine Frau gar nicht erzählt, sie hätte mich ja vorwarnen können", stimmte Bröckelmann in die allgemeine Heiterkeit ein, wurde aber sofort dienstlich, als sich die Tür öffnete und seine Sekretärin den Kaffee brachte. Trotzdem wollte er es jetzt wissen. „Sag mal Schatz, du erwähntest gar nicht, dass du Frau Wegner von früher kennst?"

„Frau Wegner?" Mit perfekt gespielter Überraschung schaute sie zu mir, strich sich über die Stirn und zwitscherte dann in den höchsten Tönen. „Aber ja, natürlich, Charlotte Bauer, Charly jetzt erkenne ich dich, mein Gott wie die Zeit doch vergeht und wie man sich verändert hat."

„Da hast du wohl recht, Babsi, wir haben uns alle verändert, sind alle älter geworden, Hauptsache hier oben bleibt man fit, oder", säuselte ich liebenswürdig zurück und fing dabei einen verschmitzten Blick von Hinrich ein.

Das Tablett wie ein Schutzschild vor der Brust warf Barbara ihren Kopf nach hinten, so dass ihre blonde Hochsteckfrisur bedenklich ins Wanken kam, schritt zur Tür und schickte einen unfreundlichen Blick in die Runde. „Babsi gibt es schon eine Ewigkeit nicht mehr!"

"Schade eigentlich", murmelte ich grinsend und hoffte darauf, dass es keiner mitbekommen hatte. Wenn ja, ließen sie es sich nicht anmerken. Nach einer halben Stunde brachen wir auf. Meine Begleiter hatten sich mit den Unterlagen etwas vertraut gemacht und an ihren Gesichtern konnte ich ablesen, dass sie sehr besorgt waren.

Im Konferenzraum ging es hoch her. Neben den Gemeindevertretern und meiner Wenigkeit saßen der Betriebsdirektor und seine leitenden Mitarbeiter für Produktion, Technik, Ökonomie und Personalfragen, sowie eine Sprecherin der Gewerkschaft am runden Tisch und redeten sich die Köpfe heiß. Die Sekretärin verteilte ständig neue Unterlagen, die sie aus der Vorlagenmappe der Kombinatsleitung kopierte und die dann Punkt für Punkt heftig ausdiskutiert wurden. Ich verfolgte sehr genau jedes Wort und nahm nur Stellung, wenn ich direkt angesprochen wurde und wenn es in mein Aufgabenbereich fiel, ich stand sowieso auf verlorenem Posten.

Nach knapp zwei Stunden schloss Betriebsleiter Dr. Heimann geräuschvoll die dicke Unterlagenmappe und damit die Arbeitsbesprechung. Anspannung knisterte noch im Raum und Dr. Heimann nahm mich mit einem ernsten, aber nicht unfreundlichen Blick ins Visier.

„Frau Wegner, mir ist nicht verborgen geblieben, dass sie aus diesem Dorf stammen und bis vor 20 Jahren hier gelebt haben. Was sagen sie zu unserem Dilemma?

Ich hatte es befürchtet, meine Gedanken schon etwas geordnet und schaute ziemlich entspannt in die Runde.

„Meine Herren, werte Kollegin, ich kann nicht behaupten, dass es mir im Moment gut geht und könnte ich es persönlich betrachten, würde ich es lieber bei einem kühlen Bier oder Gläschen Wein in gemütlicher Runde tun." Keiner konnte sich ein Schmunzeln verkneifen und ich hatte etwas Land gewonnen.

16

„Aber", fuhr ich ernst fort, „hier geht es nicht um Befindlichkeiten, sondern um Fakten. Und die Fakten liegen auf dem Tisch in Form von Zahlen und Prozenten, die seit Jahren nicht bergauf, sondern bergab marschieren. Die Gründe dafür sind bekannt. Ich sehe hier einen gut durchorganisierten Betriebsablauf, mit voller Nutzung und Ausschöpfung aller Ressourcen, unter hervorragenden sozialen Aspekten, aber auch mit einer veralteten und störanfälligen Technik im Produktionsbereich. Das wiederum ist zurückzuführen auf die Anfang 70 Jahre, genauer gesagt, auf die Verstaatlichung und übergangslose Nutzung des kleinen privaten Textilbetriebes. Sie erfolgte einfach im derzeitigen Zustand, ohne jegliche Modernisierung, die damals schon erforderlich gewesen wäre und heute akut ist

In mein Aufgabenbereich gehören soziale Belange der Betriebsangehörigen und ich werde die Bedeutung ihres Betriebes für die Region und für ihre Menschen hervorheben, auch unter dem Gesichtspunkt, dass mit der Entstehung des neuen Wohngebietes viele junge Familien extra zugezogen sind."

„Ich danke ihnen, Frau Wegner, ich glaube das ist in unser aller Sinn", beendete er die Sitzung und klopfte auf den Tisch. Mit Klopfen und Kopfnicken verließen die Mitarbeiter nach und nach den Raum.

Und keiner von uns konnte wohl ahnen, dass es zwei Jahre später alles ganz anders kam.

Dr. Heimann verabschiedete sich persönlich von uns und hielt den Bürgermeister noch kurz auf.

„Du hast dich gut geschlagen, Charly, wie immer."

„Danke, was Besseres fiel mir nicht ein, aber lassen wir das jetzt, Sprosse, ich brauche frische Luft und eine Zigarette", drängelte ich und gab meinem Nachbar einen Schubs in Richtung Tür. „Oder bist du auch beleidigt, wenn ich dich so nenne Herr Hinrich."

„Charly, Charly, immer noch die Alte", kicherte er und auf dem Gehweg tänzelte er vor mir her und flötete mit hoher Stimme „Babsi gibt es schon eine Ewigkeit nicht mehr." Wir krümmten uns vor Lachen und erst ein tiefes Räuspern im Rücken stoppte uns.

„So, so!", äußerte sich der Bürgermeister nur und sah auf die Uhr. „Was halten sie davon, wenn wir im Einkaufzentrum einen kleinen Imbiss zu uns nehmen?"

Gesagt, getan, eine Stunde verging wie im Fluge und in gelöster Atmosphäre. Der Bürgermeister bestand darauf, dass wir ihm einige „Schandtaten" von früher erzählten, und amüsierte sich köstlich.

„Davon möchte ich mehr hören, von meiner Frau erfahre ich bestimmt nichts", beendete er lachend die Unterhaltung und bezahlte die Rechnung. „Frau Wegner, sie haben uns beeindruckt."

„Danke, Dr. Bröckelmann, genauso werde ich es meinen Vorgesetzten im Kombinat darlegen, doch ich befürchte, mehr kann ich nicht tun."

„Das sehe ich auch so, die Zukunft wird es zeigen, Veränderungen stehen an, glaube ich." Nachdenklich schwieg er und erwartete wohl keine Antwort.

„Fahren sie jetzt mit uns zurück ins Dorf?"

„Danke für den Imbiss, ich sehe mich hier noch ein bisschen

um, stand eh auf meinem Plan, zu Fuß komme ich überall hin und der Nachmittag gehört meiner alten Heimat."

„Ja dann mach's gut Charly, lass dich mal wieder sehen und nicht erst in 20 Jahren", verabschiedete sich Sprosse der Apothekersohn kumpelhaft und der Bürgermeister förmlich, aber nett.

Diese Hürde war genommen. Auch wenn ich mein Bestes gegeben hatte, spürte ich doch, dass sich erst jetzt meine innere Anspannung endgültig auflöste. Schließlich war es kein Kuchen, den ich verteilt hatte, sondern ein Paket Maßnahmen, deren Umsetzung ganze Existenzen gefährden könnten.

Langsam bummelte ich durch das Gewerbegebiet mit einem Einkaufscenter, Baumarkt, Drogerie, Apotheke, Sparkasse und anderen diversen Geschäften und einer Tankstelle. Neben dieser Tankstelle entdeckte ich eine kleine KfZ Werkstatt. Das war wie ein Auslöser und genau wie bei meiner Ankunft am frühen Morgen, stoppte mich plötzlich ein leichtes Schwindelgefühl und ich setzte mich kurz auf eine kleine Mauer.

Es dauerte nur Sekunden, aber ich musste mich neu orientieren. Eine Menge Leute waren unterwegs, na klar, Freitagnachmittag und doch war ich fast froh, dass mich nicht schon wieder jemand erkannte. Entschlossen lenkte ich meine Schritte auf den letzten Wohnblock zu, hinter dem ich endlich etwas Grün und Bäume entdeckte. Der Ausflug ins Grüne war zu Ende ehe er begonnen hatte. Ein hoher Zaun bremste mich aus. „Hat sich denn hier alles verändert, verflixt noch mal, ich erkenne ja gar nichts wieder. Aber halt, wenn die Wohnblocks am „Kreißl" anfingen und hier endete, dann ist das ja ehemaliges Land des Bauernhofes Grote", sinnierte ich laut vor mich hin und fing mir ein paar eindeutige Blicke ein. Zwei Jugendliche überholten mich, blieben stehen und fuchtelten mit den Händen vor ihren Gesichtern herum.

„He Jungs, wartet doch mal", rief ich laut und ging auf sie zu. Angriff war schließlich der beste Weg zur Verteidigung. „Ich habe hier mal gewohnt, war hier nicht mal ein Bauernhof und weiter dahinter ein alter Bunker auf einer Anhöhe mitten im Wald?"

„Keine Ahnung, muss schon eine Ewigkeit her sein", brummelte einer und trottete weiter. Der andere blieb stehen und schaute mich neugierig an. „Mein Opa hat mal so etwas erzählt von einem Bunker, aber da haben die einen Gedenkstein draus gemacht, liegt noch ein ganzes Stück hinter dem Tiergehege, da wo die hohen Bäume stehen", gab er freundlich Auskunft und trabte seinem Kumpel hinterher.

„Danke!", rief ich, aber meine winkende Hand nahmen sie nicht mehr wahr und ich verspürte gerade keine Lust mehr, der Sache nachzugehen. Ich schlug den Weg zur Ortsmitte ein, stoppte aber am Ende des Zaunes. Es interessierte mich schon, was es mit dem Gehege auf sich hatte, und ich war überrascht, als ich am Eingangstor las: Tierasyl, Verwalter H. und J. Herold, Wir sind für jede Spende dankbar.

Da schau, das konnte eigentlich nur der Forstgehilfe Herold sein und sicher sein Sohn. Der war älter als wir und studierte damals irgendwo Forstwirtschaft.

Hinter dem Haupthaus, jetzt erkannte ich es wieder, und einigen Stallungen reihten sich links und rechts zahlreiche Pferche aneinander. Doch etwas neugierig geworden lief ich auf der anderen Seite entlang, der Zaun war hier nur halb so hoch, und man konnte einen Blick darüber werfen. Einige Pferche standen leer und in anderen entdeckte ich Ziegen, Schafe, Kaninchen, Federvieh und so weiter. Ein großer rotbrauner Kater schlich dazwischen herum, doch kein Mensch war zu sehen

Ehrlich, es reichte mir auch für heute, ein langer Tag und die Uhr zeigte 20 vor sechs. Nach wenigen Minuten Fußmarsches, rückte die Kirchturmspitze näher und ich erkannte die ersten Siedlungshäuser. Ich lief zügig darauf zu, auf der rechten Seite zogen sich die Neubauten entlang und links tat sich ein kleines Wäldchen auf, was wohl verschont geblieben war, und nach einer Weggabelung in eine niedrige Schonung überging.

Beim Anblick der aufgeforsteten Fläche schoss mir mit aller Macht eine Welle alter Erinnerungen hoch, Erinnerungen, die ich seit Jahren verdrängt hatte. Die Gefühlswallung war so mächtig, dass es mir die Tränen in die Augen trieb und ich eine Weile stehen bleiben musste. Ganz verschwommen tauchte das blasse, zarte Gesicht einer alten Frau vor mir auf. Genau hier, inmitten der Schonung, hatte Frau Weinhold in ihrem Häuschen gewohnt und zum Glück musste sie nicht miterleben, als es einem verheerenden Waldbrand zum Opfer fiel.

Sie lebte da schon zwei Jahre nicht mehr. Und Lars, ihr Sohn, hatte es an die Gemeinde abgetreten und Beeshain endgültig den Rücken gekehrt. Ach ja, Lars, Lässe, meine erste große Liebe. „Schluss jetzt, das ist und bleibt Vergangenheit!" Ganz laut rief ich mich selbst zur Ordnung und trotzdem war ich machtlos gegen das Kribbeln unter meiner Haut, welches sich wie ein kleiner Igel durch den ganzen Körper rollte.

Der Weg endete genau am nicht mehr vorhandenen „Kreißl",

am Wohnblock, auf den ich morgens entsetzt geschaut hatte. „So, jetzt schaue ich mir auch noch unser altes Häuschen an, oder was davon über ist, und dann reicht es!" Mit einem flauen Gefühl im Magen lief ich weiter an der Schonung entlang bis zum Siedlungsende. Unser Haus war weg, nein, daneben stehen ja noch zwei und wir hatten das drittletzte in der Siedlung. Nahe genug herangekommen ging mir ein Licht auf. Na klar, meine Mutter hatte mir erzählt, dass sich in unserem Häuschen eine Kleintierpraxis niedergelassen hatte. Jahrelang hatte es leer gestanden, der Gemeinde fehlte wohl das Geld, um es zu sanieren. Denn in der Nacht als der Wald neben und auch hinter uns vernichtet wurde, Weinholds Häuschen völlig niederbrannte hatte, es uns auch erwischt. Eine uralte Kiefer fing Feuer und krachte genau auf den Giebel des Daches. Meine Mutter war allein zuhause und kam mit einem riesigen Schrecken davon. Das einzig Gute daran, sie zog endlich zu uns in die Kreisstadt.

Und jetzt stand ich vor unserem ehemaligen Haus. Der gesamte Dachstuhl war wohl abgetragen und durch ein Flachdach ersetzt worden. Sah gut aus, wie ein Bungalow mit großen Fenstern und einer schönen Außentür. Rechts im Nachbarhaus beobachtete mich eine ältere Frau aus dem Fenster, konnte eigentlich nur Frau Ewers sein, erinnerte ich mich und trat einen Schritt bis an den Zaun. Sie schien sich in den letzten 20 Jahren gar nicht verändert zu haben. Mit Lockenwickler auf dem Kopf lehnte sie im Fensterrahmen, die Arme auf dem mächtigen Busen verschränkt, füllte sie das gesamte Fensterbrett voll aus.

„Guten Tag Frau Ewers, wie geht es ihnen", rief ich laut zu ihr rüber."

„Wer will da wissen", krähte sie zurück, das Tor ist offen, komm näher, meine Augen sind nicht mehr die Besten."

Einen Rückzieher konnte ich jetzt nicht mehr machen, na ja, 5 Minuten.

„Hallo, ich bin Charly, Charlotte Bauer, wir waren mal Nachbarn."

„Charlotte, jetzt erkenne ich dich, wie geht es deiner Mutter, was machen deine Schwestern, habt euch ja nie wieder hier sehen lassen", brummelte sie los und ein kleiner Vorwurf schwang mit.

„Ja das stimmt wohl, die Jahre vergehen so fix und jeder muss mit seinem Leben klarkommen. Uns geht es ganz gut. Meine Mutter wohnt mit bei Christel im Haus, die hat ihren Friseurmeister gemacht und inzwischen ein eigenes Geschäft eröffnet. Aber wie geht es ihnen, und lebt denn die Kräuter Ruth noch und unser Wachtmeister Weller", versuchte ich sie von uns abzulenken, das gelang sehr erfolgreich. Nach einer geschlagenen halben Stunde wusste ich genau, wer alles verstorben war, dass der Dorfsheriff mit seiner Frau weggezogen war, die Kräuter Ruth in drei Jahren 100 wird, der Waldbrand damals wohl Brandstiftung gewesen war, die Zicklers kein Unheil mehr anrichten konnten und, und, und. Sie hätte noch für Stunden Gesprächsstoff gehabt und ich war heil froh, als eine Gemeindeschwester durch die Pforte kam und unseren Plausch beendete.

„So, ich muss jetzt, kann die Schwester nicht warten lassen, meine Beine machen nicht mehr mit, grüß deine Mutter von mir!" Resolut, so wie ich sie von früher kannte, brach sie das Gespräch ab und ich eilte erleichtert davon. Bis zum „Eulenwirt waren es keine 5 Minuten und jetzt merkte ich, wie kaputt ich doch war, und der Abend fing erst an.

Erinnerungen

Schon vor der Tür hörte ich Stimmengemurmel und sogar meinen Namen. „Ach herrje", entfuhr es mir laut, „da muss ich jetzt durch." Ich zog die schwere Tür auf, trat ein und alle Augen schauten auf mich.

„Sag ich doch, Charly ist im Dorf, meine Frau lügt doch nicht", triumphierte ein Gast am Stammtisch, stand auf und nahm mich einfach in den Arm. Lachend versuchte ich mich freizumachen und schaute zu ihm hoch.

„Hallo Peter, hast du mich etwa vermisst, bist ganz schön grau geworden, seit wir uns das letzte Mal gesehen haben."

„Gesehen? Mensch Mädchen, das ist bestimmt 20 Jahre her", prustete er los und schob mich zum Stammtisch. Vier Männer saßen noch da und drei erkannte ich sofort, Martin, Frank und Gerd, alle bei der Feuerwehr damals.

„Hallo, grüß dich Charly, die verlorene Tochter kehrt zurück?", scherzte der letztere und drückte mir fest die Hand, genau wie die anderen. Martin schob ein Stuhl zurecht.

„Nun hocke dich schon hin, wir haben eine Menge Fragen."

„Stopp Männer, sehr gerne gleich. Aber ich muss erst mal auf Bude", wehrte ich mich lächelnd und blieb stehen. „Ich bin seit 6 Uhr unterwegs und jetzt muss ich mich frisch machen und habe einen Bärenhunger." In dem Moment stellte der Wirt ein Tablett Bier auf den Tisch ab und strahlte mich an.

„Mensch Charly, dass ich das noch mal erlebe, da schmeiß ich doch gleich eine Runde zur Begrüßung und dann sag ich in der Küche Bescheid."

„Eule, Eule, ich freue mich auch, du hast mich noch oft im Traum verfolgt in den Jahren. Junge. Junge, du bist ja ein waschechter Kneipenwirt geworden", scherzte ich und strich ihm über seinen beachtlichen Bauch.

„Eh, alles Samensstränge. Drei Mädels habe ich schon hinbekommen."

„Nun lasst uns doch erst mal anstoßen", drängelte Peter. Alle standen auf und stießen mit mir an und ich leerte das Glas in einem Zug, merkte jetzt erst, dass ich richtig durstig war.

„Charly beeil dich, wir sitzen nicht ewig hier."

„Geht klar." Ich hob kurz die Hand, folgte Eule zum Tresen und ließ mir den Zimmerschlüssel geben. „Habt ihr eine Kleinigkeit zu essen, vielleicht Bratkartoffeln und Sülze?"

„Ich frag mal." Er verschwand in der Küche und ich schaute ein wenig umher, es hatte sich nicht viel verändert, warum auch.

„Charly, Sülze is nich, vielleicht Spiegeleier?"

„Auch Spiegeleier, zwei, von beiden Seiten gebraten."

„Treppe hoch, zweite Tür links. Wann essen?

„Halbe Stunde, an dem Tisch hier", Ich zeigte auf den kleinen Tisch neben dem Tresen und verschwand, und ich spürte ganz genau, dass die Stammtischbrüder mir nachschauten.

Kurz wanderte mein Blick durch das Zimmer, schlicht und einfach, aber das Bett und die Handtücher darauf dufteten frisch und das reichte mir. Die kleine Duschkabine war wohl erst eingebaut worden, sah ziemlich neu aus und ich ließ mir mit Wonne das warme Wasser über den Körper laufen. Keine fünf

Minuten brauchte ich, rubbelte mich ab und von kaputt sein und Müdigkeit war nichts mehr zu spüren. Im Gegenteil, ein Hochgefühl strömte durch meinen Körper und ich freute mich wahnsinnig auf die nächsten Stunden zwischen alten Bekannten in meiner alten Heimat. Mit den Fingern fuhr ich durch die Haare. Christel hatte mir vor einer Woche einen Kurzhaarschnitt verpasst, der brauchte keinen Föhn, höchstens etwas Haargel. Beim Schminken nahm ich mir etwas mehr Zeit, schlüpfte dann in die nagelneuen Jeans, einen weichen Pulli und in die dazu passenden Stiefeletten, fertig war ich.

Am Stammtisch ging es hoch her und unbemerkt schlich ich mich am Tresen vorbei und setzte mich abseits zum Essen an den kleinen Tisch, wahrscheinlich der Personaltisch für ein Päuschen. Und schon stellte mir Frau Weidmann, die hatte ich ja morgens schon kennengelernt, einen Teller vor die Nase.

„Vielen Dank, sie retten mich schon wieder", strahlte ich sie an, „sind sie denn immer noch hier?"

„Aber nein, früh für drei Stunden und abends bis Küchenschluss. Auf mich wartet doch niemand." Sie schmunzelte und legte das Besteck zurecht. „Lass es dir schmecken. Ach übrigens, von uns wusste es niemand, dass du hier bist im Dorf, Peter hat das mitgebracht", flüsterte sie noch und ließ mich allein.

Aufmerksam geworden durch unser Gespräch drehten sich einige zu mir um, es waren inzwischen doppelt so viele Männer, die um den großen runden Stammtisch saßen, und wünschten guten Hunger. Eule, der eigentlich Manfred hieß, doch das sagte kein Mensch zu ihm, stellte mir ein frisch gezapftes Bier hin.

„Noch ein Begrüßungsbier, auf einem Bein kann man ja nicht stehen, oder willst du was anderes trinken?"

„Aber nein, passt zum Essen und Danke." Die Bratkartoffeln waren sehr lecker, Gürkchen dazu und die Eier wie ich sie mochte rum und um gebraten. Anschließend gönnte ich mir noch eine Zigarette, ließ die Schachtel dort liegen, stand auf und ging rüber zum vollbesetzten Tisch.

Klopfen und lautes Gejohle empfing mich, neben Frank hatten sie noch einen Stuhl gestellt und ich setzte mich. Er schob mich auch gleich als erster an.

„Nun erzähle, Charly, wie geht es deinen Schwestern und deiner Mutter. Ach übrigens haben wir festgestellt; du hast dich ganz schön raus gemacht."

„Wenn das ein Kompliment war, danke, aber ihr erwartet jetzt nicht, dass ich rot werde", konterte ich grinsend und holte tief Luft. „Also die kurze Version: meiner Mutter geht es gut, sie hilft, wo sie kann, wie schon immer und wohnt bei Christel im Haus. Die hat inzwischen einen eigenen Friseursalon und wenn ihr mal einen richtig guten Haarschnitt haben wollt, in „Christels Haar Oase" bekommt ihr ihn." Einige fingen an zu lachen, aber sie unterbrachen mich nicht. „Ursula unsere Große ist eine Weile im Land herum getingelt, hat als Bedienung in der Saison gearbeitet, ist verheiratet, hat zwei Söhne und verkauft Klamotten. Die Evelin wohnt schon lange in Coswig, bei Dresden, ist verheiratet, hat auch einen Sohn und arbeitet in einer Gärtnerei. Das wars schon, und jetzt zu Beeshain, was gibt es..."

„Oho, langsam", fiel mir Peter ins Wort, von dir hast du noch nichts erzählt."

„Ach, auch das wollt ihr wissen", zierte ich mich ein bisschen, griff feixend nach meinem Bierglas und trank in aller Ruhe aus. „Ich habe eine Tochter, 15 Jahre und einen Sohn, 6 Jahre, bin noch verheiratet, man weiß ja nie und habe ein Stück Herz in Beeshain gelassen.

„Horch, horch, und warum tauchst du nach 20 Jahren erst wieder hier auf? Die Stadt liegt keine Autostunde von hier", frotzelte Peter und stieß seine Nachbarn an, „oder was sagt ihr?"

„Da ist was dran, Peter", kam ich den anderen zuvor, „aber sag mal; als ich vor einer guten Stunde hier reinkam fiel der Satz von dir, meine Frau lügt doch nicht. Meintest du da Biene, Sabine Wehrmann, das war die erste, die ich heute Morgen getroffen hatte.

„Genau die meinte er, unseren kleinen Feldwebel", platzte Friedhelm heraus, und in der Runde brach eine unbändige Heiterkeit aus.

„Genau die Biene, Christel, deine Schwester wollte mich ja nicht", fügte Peter trocken hinzu, aber der Schalk blitzte in seinen Augen. „Und ihr Doofköppe seid doch bloß neidisch, dass sie mich genommen hat", konterte er lachend.

„Das könnte ich mir vorstellen", mischte ich mich fröhlich ein, „Biene war schon immer ein tolles Mädchen, ließ sich nichts gefallen und hatte das Herz auf dem richtigen Fleck."

Martin schaute in die Runde und feixte mich an. „Das erinnert mich doch ganz stark an jemanden"

Nun wurde ich doch etwas verlegen und musste mich da raus retten. „Mensch Peter, da kann ich dir nur gratulieren, hast einen guten Griff gemacht. Aber jetzt mal ernsthaft. Von Frau Ewers, unserer ehemaligen Nachbarin, weiß ich ja schon einiges, zum

Beispiel: wer alles gestorben ist in den Jahren, dass Weller weggezogen ist, dass sich der Bauer Grote mit seinem Land dumm und dämlich verdient hat und die Kräuter Ruth bald 100 Jahre alt wird." Fast ohne Luft zu holen, posaunte ich mein Wissen heraus und nahm erst mal einen Schluck, schon wieder stand ein volles Bier vor mir. „Eule die nächste Runde geht auf mich!", rief ich dem Wirt hinterher und erstickte die Proteste mit einer Handbewegung.

„Da weißt du ja bald mehr als wir", setzte Frank die Unterhaltung fort und steckte mit seinem herzhaften Lachen alle an und danach schwirrten von allen Seiten die Informationen lautstark durch den Raum.

Der hatte sich inzwischen gut gefüllt, alle Tische waren besetzt und ich suchte erst mal die Toilette. Als ich zurückkam, lagen meine Zigaretten auf dem Tresen an der Ecke und ich steckte mir eine an, schaute Eule   beim Bier zapfen zu. Er machte das gut.

„Sag mal Eule, wie geht es eigentlich Leni?"

„Die kannst du gleich selbst fragen." Er schmunzelte und schleppte ein Tablett Bier an die Tische.

Ich sah ihm etwas verwirrt hinterher, da zupfte mich jemand am Ärmel, ich drehte mich um und schaute in das lachende Gesicht einer Frau hinter der Theke.

„Nein Leni, bist du das wirklich, bist du etwa mit ihm…..."stotterte ich völlig überrascht, hüpfte hinter den Tresen und nahm sie einfach in den Arm und ich spürte ehrliche Freude über unser Wiedersehen. Aber sie musste zapfen, Eule rief schon ungeduldig nach neuem Bier.

„Hör mal Charly, ich freue mich auch, du schläfst doch im

Haus, morgen zum Frühstück habe ich Zeit, da können wir quatschen."

„In Ordnung, Chefin", salutierte ich lachend und ging zum Tisch zurück.

„Das hättest du wohl nicht gedacht", strahlte mich Eule an, knuffte mich dabei in die Seite und machte einen Satz nach vorn, außerhalb meiner Reichweite. Er hatte es natürlich nicht vergessen, dass ich das gar nicht leiden konnte und kicherte laut hinter mir her.

Völlig aufgekratzt kehrte ich zum Tisch zurück, wo mich hitzige Wortgefechte empfingen. Drei aus der Runde verabschiedeten sich gerade, Bauernsöhne, die am nächsten morgen früh raus mussten. Peter, Frank Gerd und Martin rückten zusammen und nahmen mich in ihre Mitte. Sie hatten wohl die kleine Szene am Tresen beobachtet.

„Ja, ja, unsere Eule, hat sich ein fleißiges Mädchen geschnappt, wer hätte das gedacht", rief Peter.. „Wir hatten gerade eure Clique im Gespräch.

„Ach ja, nun mal ehrlich, schlimm waren wir doch nicht, oder?"

„Aber nein, doch seit du weg bist, ist es hier wesentlich ruhiger geworden." Verschmitzt guckte er in die Runde und ein lautes Gelächter brach los, sie klopften mir links und rechts auf die Schulter und ich stimmte mit ein.

„Aber mal was anderes", ist denn jemals etwas über die Ursache des Waldbrandes herausgekommen? Ihr als Feuerwehrmänner müsstet das doch wissen, schließlich war das der Grund, weshalb wir von hier weg sind." Ich nahm alle ins

30

Visier und wartete.

„Ja klar", äußerte sich Martin, „unsere Vermutung, dass es vorsätzliche Brandstift gewesen sein könnte, wurde Monate später zur Gewissheit. Es gab genug Spuren und auch Zeugenaussagen. Weller setzte damals alles daran und jagte jedem kleinsten Hinweis hinterher. Die Zicklers standen von Anfang an unter Verdacht und man munkelte, dass sie damit Lässe eins auswischen wollten, der ja endgültig abgesprungen war und mit ihnen nichts mehr zu tun haben wollte. Es waren auch genug Beweise da. Bei ihren Vorstrafen konnte man sie für einige Jahre wegsperren. Der alte Zickler hat sich inzwischen, wie sagt man, tot gesoffen und seine Jungs sind nach dem Knast hier nicht mehr aufgetaucht. Keiner weiß so genau, wo die abgeblieben sind."

Bei dem Name Lässe spürte ich einen gewaltigen Stich in der Herzgegend und zuckte zusammen. Ich hoffte, dass es niemand bemerkt hatte. „Na ja, Schnee von gestern", reagierte ich nachdenklich, wir hatten ja noch Glück und immerhin habt ihr jetzt eine schöne Tierarztpraxis vor der Tür."

„Und du brauchst keine Ganoven mehr jagen", grinste Frank mit schiefer Grimasse.

„Und wenn du wieder einziehen willst ins alte Häuschen, musst du vorher Tierarzt studieren", setzte Peter noch einen drauf. Die Stimmung wuchs und einige jüngere Gäste drehten sich nach uns um. Da ging die Tür auf und Herr Bröckelmann setzte sich zu uns.

„Ah der Bürgermeister, endlich Feierabend, Hut ab, fast 10 Uhr", nahm Frank ihn gleich in Beschlag. Kennst du eigentlich schon unsere Charly, das beste Mädchen was Beeshain je vorzeigen konnte."

Meine verdrehten Augen übersah er absichtlich und palaverte einfach weiter, man merkte ihm schon die 10 oder 12 Biere an. Doch der Bürgermeister prostete mir zu, trank in Ruhe sein Glas leer und bestellte eine neue Runde.

„Aber ja, wir hatten schon das Vergnügen, nicht wahr Charly?" Er blinzelte mir schelmisch zu, spielte das Spiel mit und die anderen waren am Staunen.

„Hallo", wurde Peter jetzt hellwach und drehte sich zu mir. „Dann stimmt es also, dass du heute früh im Rathaus warst und auch im Betrieb später? Was hast du da gewollt?"

„Dienstlich mein Lieber, dienstlich, aber jetzt habe ich schon lange Feierabend und den willst du mir doch nicht versauen, oder?" Ich stand auf, legte von hinten lachend die Arme um seine Schulter und verschwand auf Toilette. Als ich zurückkam, rauchte ich mir am kleinen Tisch eine Zigarette und schaute zu den Tischen daneben, an denen ein paar junge Leute saßen. Sie beachteten mich nicht weiter und ich hätte auch nicht gewusst, wo ich sie hätte, hinstecken sollen. Ich bekam aber auch mit, dass die Männer am Stammtisch den Bürgermeister weiter mit Fragen nervten, bis er laut wurde.

„Freitags Abend zum Stammtisch bin ich nicht der Bürgermeister, sondern Henry, das war immer so und bleibt auch so, einverstanden? Erzählt mir lieber noch ein paar Storys von Charly und ihrer Clique, denn eins könnt ihr mir glauben, meine Frau Barbara erzählt mir sicher nichts davon." Todernst guckte er von einem zum anderen und fing plötzlich an zu lachen. „Herr Hinrich…," er wartete bis ich mich gesetzt hatte und fuhr dann

32

fort, „genannt Sprosse, hat schon ein wenig geplaudert."

Johlen und Pfeifen war die Antwort und in der nächsten Stunde wurden einige Ereignisse hervorgeholt und auf den Tisch gepackt. Ich musste Rede und Antwort stehen, erzählte ihnen von meinem geheimen Rückzugsort und den Beobachtungen, auch dass sich Welle mit hoch gequält hatte. Schilderte meine Streifzüge, um den Umtrieben der Zicklers auf die Spur zu kommen und sie zu entlarven und gab jetzt auch preis, dass ich die Grundmann, Marie dabei beobachtet hatte, wie sie Lässe verführen wollte und vieles mehr. Es war eine kurze Reise in die Vergangenheit. Und heute, nach über zwanzig Jahren konnten wir tatsächlich über das meiste lachen. Eule hatte sich dazu gesetzt und beichtete fast weinerlich, dass er vieles davon gar nicht gewusst hätte, damit hatte er die Lacher auf seiner Seite.

Rasend schnell war die Zeit vergangen und lächelnd stand der Bürgermeister auf. „Danke Leute, es war der heiterste Abend seit langem", setzte verschmitzt noch nach, „meiner Frau werde ich davon allerdings nichts erzählen, sonst gibt es Krieg."

Die Runde löste sich nun unter großem Gelächter auf, plötzlich saßen Peter und ich allein am Stammtisch und außer einem jungen Pärchen war der Gastraum leer. Eule begann den Tresen zu putzen

„Da müssen wir wohl" sagte ich mit einer gewissen Wehmut.

„Ach Charly, bisschen Zeit haben wir noch bis Mitternacht, trinkst du einen Schnaps mit, Kümmel vielleicht? Zwei Kurze, Chef, bring dir einen mit, aber nur wenn du magst", schob er Eule grinsend an.

„Und meine Kippen bitte", rief ich noch rüber. „Stört dich doch nicht, oder? Mir ist aufgefallen, dass keiner geraucht hat."

„Stört mich nicht, aber du hast Recht, der einzige Raucher unter uns war heute nicht dabei". Peter lachte und seine Grübchen hüpften hin und her. Eule stellte das Tablett ab, strahlte übers ganze Gesicht und stieß mit uns an. Als wir wieder allein waren, druckste Peter etwas herum. Ich ahnte, was in ihm vor ging und legte meine Hand auf seinen Arm.

„Frag nicht, Peter, frag deine Frau, die arbeitet im Büro und irgendetwas sickert immer durch. Ich arbeite in der Kombinatsleitung und musste heute Unterlagen vorlegen, Unterlagen über Rationalisierung. In vielen Betrieben brodelt es und nicht nur in den Betrieben. Die Menschen werden immer unzufriedener und wir können heute nichts daran ändern und …"

„Du hast Recht", stoppte er mich, legte seinen Arm um meine Schulter und zog mich ein Stück zu sich ran. „Weißt du eigentlich, dass du eine tolle Frau geworden bist, schade dass du damals für mich zu jung warst."

„Sag mal flirtest du mit mir, lass das mal Biene mitkriegen." Ich befreite mich lachend und steckte mir eine an. „Aber ich muss zugeben, du wärst auch meine Nummer eins gewesen, ich mochte dich schon immer, hätte dich gern als Schwager gehabt. Doch ich glaube, Biene passt besser zu dir. Habt ihr nur den einen Fratz?"

„Mit Sabine ja, da gibt es noch einen, der wird in diesem Jahr 20. Die Mutter stammte aus der Stadt, wollte in der Stadt bleiben und ich auf dem Land, so ist aus uns nichts geworden. Aber du, meine liebe Charly; das Stück Herz was in Beeshain geblieben ist, ich weiß genau, wo es hingehört, ich habe bemerkt, wie du zusammengezuckt bist."

34

„Ach hör auf Peter, ist auch Schnee von gestern!", betonte ich forsch und griff schon wieder nach den Zigaretten.

Er legte seine Hand darauf. „Du kannst mir nichts vormachen Charly, er geht dir auch nach 20 Jahren nicht aus dem Kopf, oder?"

Das Pärchen verschwand nun auch, aber Eule stellte uns noch ein Bier hin. „Lasst euch Zeit, ich gehe mal nach hinten und esse etwas, habe ich heute ganz vergessen", er grinste und strich sich über den Bauch.

„Okay Eule, mach gleich meine Rechnung mit."

„Und meine auch", rief ich hinterher, steckte mir eine an und sah Peter fest in die Augen.

„Ich hatte schon gehofft, dass mir Welle etwas über Lässe berichten könnte, was er macht, wie es ihm geht, wo und mit wem er lebt. Nun kann ich ihn nicht mehr fragen, wo sind die Wellerrs eigentlich abgeblieben, ist er schon lange in Ruhestand? Und gibt es unseren Doc Korn denn noch, der war ja auch schon älter zu meiner Zeit? Und ist das der Forstgehilfe Herold mit Sohn, der das Tierasyl…?"

„Hör auf, du überrollst mich ja", stoppte mich Peter und platzte übermütig hervor. „Was würde unser Doc jetzt sagen, Gott sei Dank wieder die alte Charly, Fragen über Fragen. Und nun der Reihe nach, Herold ist Herold mit Sohn im Tierasyl. Bauer Grote hat sich mit dem Batzen Geld vor Jahren nach Bayern abgesetzt, dort leben oder lebten entfernte Verwandte. Der Doc hat vor drei Jahren das Zeitliche gesegnet, er ist immerhin an die 80 geworden. Und Welle ist mit seiner Frau drei Dörfer weitergezogen, als er vor zehn Jahren mit siebzig endlich in den Ruhestand gehen musste. Der jüngere Bruder seiner Frau hat dort ein größeres Bauerngut. Bist du jetzt zufrieden?"

Ich stützte mein Kinn in beide Händen auf und sagte gar nichts, schaute ihn einfach nur an. Da beugte er sich etwas vor und senkte ein wenig die Stimme. „Charly, Charly, Lässe geht es gut. Weller hatte ihm wie versprochen eine Lehrstelle besorgt und er lernte KfZ Mechaniker, die haben ihn aber nicht übernommen, klappte wohl nicht so gut. Sein Meister vermittelte ihn an eine andere Werkstatt. Und dort ist er immer noch, hat vor ungefähr 10 Jahren eingeheiratet, Heike, die einzige Tochter. Inzwischen haben sie zwei Kinder. Die Familie soll wohl ganz in Ordnung sein, mehr weiß ich auch nicht, sagt dir Dreiländereck etwas?"

„Ja sicher, eine Haltestelle in die Stadt, bin ich eine Weile jeden Tag angefahren."

„Genau und da 50 m zurück ist die Werkstatt, etwas im Wald gelegen. Alles andere musst du schon selbst herausfinden:" Er verdrehte die Augen und schob mir eine Visitenkarte zu.

„So Herrschaften, ein Absacker von mir und dann ab in die Federn, ist das in Ordnung?"

„Aber klar ist das in Ordnung, ab wann kann man frühstücken?"

„Morgen ist Leni da, die sagt dir schon Bescheid, so ab 8 Uhr, denke ich."

„Für mich nicht, Eule", witzelte Peter, ich brauche es nicht mehr, denn meine Biene reißt mir bestimmt den Kopf ab, wenn ich jetzt nach Hause komme."

„Ach du Armer, schiebe alle Schuld auf mich", zwitscherte ich lachend und nahm ihn spontan beim Kopf. „Danke für den schönen Abend, dir auch Eule, meine Rechnung hebe für morgen auf, ist das Okay?"

„Na klar, Charly, schlaf gut."

Auf der Treppe drehte ich mich noch einmal um, warf einen Blick zurück in den Raum, der plötzlich wieder sehr vertraut war und verschwand nach oben.

Laut bohrte sich „Kikeriki" in meinen Kopf und holte mich aus einem wunderschönen Traum. Ich war auf einer langen Reise und alle meine Wünsche gingen in Erfüllung. Das konnte ja nur ein Traum sein, dachte ich belustigt und schlug die Bettdecke zurück. Dann schob ich die schlichten, beigefarbenen Vorhänge zur Seite und schaute in den bewölkten Himmel. Die Uhr neben der Tür zeigte gerade halb sechs. Was machte ich eigentlich hier. Zuhause hätte ich mich noch einmal umgedreht und weitergeschlafen. Ich trank etwas Wasser und vermisste mein tägliches Morgenritual, einen würzigen Kaffee und eine Zigarette. Auf den Kaffee werde ich wohl noch eine Weile verzichten müssen, aber auf die Zigarette…? Ich schob meine Skrupel zu Seite, öffnete weit die beiden Fensterflügel und blies genüsslich den blauen Dunst in die frische Morgenluft. Der Morgennebel lag noch über dem Platz vor mir, der nun nicht mehr rund war, und hinter den Betonklötzen kletterte ein zartes Morgenrot hervor. Das entschädigte mich ein wenig und von der tiefen Enttäuschung bei meiner Ankunft in der alten Heimat war nichts mehr zu spüren.

Und als die Erinnerungen an den gestrigen Abend wieder hochkamen, entschloss ich mich spontan zu einem Morgenspaziergang, Ich machte mich etwas frisch, schlüpfte in meine Sachen und verließ, die Schuhe in der Hand, das Zimmer.

Im Haus war es noch totenstill. Auf Socken schlich ich die Treppe hinunter und versuchte den zwei, drei knarrenden Stufen, die waren mir gestern Nacht aufgefallen, auszuweichen.

Vor der Tür zog ich meine Schuhe an, atmete dreimal tief durch und wandte mich nach rechts. Außer Vogelgezwitscher lag noch wohltuende tiefe Stille über den Siedlungshäusern und bei Frau Ewers, unserer ehemaligen Nachbarin, spähte ich erst vorsichtig um die Hausecke, nicht dass die schon wieder in aller Fülle in ihrem Fensterrahmen lag. Die Vorstellung brachte mich zum Lachen und darüber schämte ich mich ein bisschen, aber nur ein bisschen. In der Tierarztpraxis war schon Bewegung. Bei geöffneten Fenstern eilte eine ältere Frau geschäftig hin und her. Da musste ich gleich an meine Mutter denken, die auch 6 Uhr jeden Morgen das Häuschen verließ, um im Gemeindehaus putzen zu gehen.

Ich war am Rande der Schonung angelangt und wie unter Zwang lief ich mitten rein. Natürlich konnte man von dem Brand nichts mehr entdecken nach so vielen Jahren, aber im Kopf war es noch drin. Ehe mich die traurigen Gedanken einholen konnten, machte ich kehrt und lief am Rande des Wäldchens in Richtung Tierasyl.

Da sah ich den Wegweiser „Zum Gedenkstein". Genau dort wollte ich hin und folgte einer Abzweigung nach rechts. Den Bunker, unseren damaligen Geheimtreff, gab es bestimmt nicht mehr. Ich war gespannt.

Schon von weitem sah ich den Hügel, er kam mir viel größer vor, so war es auch. Man hatte ihn aufgeschüttet und mit winterharten Bodendeckern bepflanzt, sah sehr schön und gepflegt aus. Auf einem halbrunden Kiesbett stand ein mächtiger bearbeiteter Naturstein davor, auf dem zahlreiche Namen eingraviert waren. Der ehemalige Bunkereingang war verschwunden. Wenn ich es gestern richtig mitbekommen hatte, hatte man das Innere des Bunkers mit Bauschutt gefüllt und den Eingang zugemauert.- Der könnte sich hinter dem Gedenkstein verbergen. Hinter dem Hügel ragte die Baumgruppe in den Himmel, die man schon vom Gewerbegebiet aus sehen konnte. Am Wegrand standen einige Bänke. Ich setzte mich und unzählige Erinnerungen zogen an mir vorbei. Ich weiß nicht, wie lange ich da so gesessen hatte, Stimmen aus dem nah gelegenen Tiergehege schreckten mich hoch und ich trat den Rückweg an, doch diesmal durch das Neubaugebiet.

Gerade wollte ich mich noch mal kurz auf mein Zimmer schleichen, das stieß ich an der Treppe mit Leni zusammen.

„Hoppla", rief sie überrascht, Charly, wo kommst du denn schon her. Da brauche ich ja gar nicht mehr klopfen."

„Brauchst du nicht, ich war sehr früh wach, ein Hahn hat mich aus dem Bett geschmissen.", klärte ich auf und verzog mein Gesicht dabei. „Aber jetzt danke ich ihm für den herrlichen Morgenspaziergang, bis hin zu unserem Bunker", betonte ich absichtlich und grinste sie an.

„Ja, ja, unser Friedolin, der hat schon so manchen aus den Federn geholt". Leni grinste auch, ging aber nicht auf meine letzte Bemerkung ein, sondern vor mir her   und zeigte auf eine Tür. „Hier ist der Frühstücksraum, ich brühe nur mal schnell Kaffee und bin gleich bei dir"

„Oh ja fein, den brauche ich jetzt", zwitscherte ich in den

höchsten Tönen und sie verschwand kichernd in der Küche.

Ich öffnete die Tür und blieb überrascht stehen. Ein schöner heller Raum mit großem Fenster empfing mich. Dünne, zart geblümte Gardinen bis zum Boden verwehrten den Blick von außen. Ich setzte mich an einen der eingedeckten Tische und ließ meinen Blick schweifen. An den cremefarbenen Wänden hingen Bilder mit fröhlichen Motiven vom Frühling bis hin zum Winter. Wenig später trug Leni ein Tablett, beladen mit einer Kanne, zwei Tassen, Korb Brötchen und einer Aufschnitt Platte herein, stellte es auf dem Tisch ab und setzte sich zu mir.

„Ist dir doch recht so, oder? Da habe ich ein bisschen Zeit zum Quatschen, gegen neun kommen noch ein paar Gäste."

„Aber ja, und wie mir das recht ist." Ich strahlte sie an und schenkte mir und ihr Kaffee ein. „Das ist ja ein richtiges Schmuckstück dein Frühstücksraum."

„Gefällt er dir? Es ist mein Baby, gerade mal zwei Jahre alt", erklärte sie bescheiden, doch ich hörte wohl heraus, wie stolz sie darauf war. „Früher war es ein Lager und–Abstellraum, wir haben angebaut soweit wir durften, na ja, das ist daraus geworden."

„Einfach toll, meine Liebe und überhaupt, ich bin noch richtig ergriffen, dich hier zu sehen, los erzähle."

„Och, was soll ich sagen, irgendwie hat es sich so ergeben", Leni schmunzelte und schaute versonnen zum Fenster. „Nachdem ihr weggezogen ward, suchte ich eine Lehrstelle, bekam aber keine in der Nähe, wo auch. Ich musste aber bei meiner Familie bleiben, ging so zwei Jahre mit meiner Mutter im Wechsel putzen und passte auf die Bengels mit auf, die waren ja gerade mal 13, ein furchtbares Alter, oder?" Sie verzog ihr Gesicht und schaute,

40

als hätte sie in eine Zitrone gebissen. Da schnallte ich erst mal, worauf sie hinauswollte, und wir kriegten uns vor Lachen kaum wieder ein.

„Hallo, wir waren doch nicht schlimm", sprudelte ich unter Tränen heraus, „jetzt erzähl weiter."

„Na ja, zwei Jahre später nahm unser Vater die beiden aus der Schule, brachte sie in Borgsdorf bei einem Großbauern unter und verschwand über Nacht selbst aus unserer Familie." Bei ihren letzten Worten hörte ich Zorn und Bitterkeit heraus, schaute sie wohl so entsetzt an, dass sie fast heiter schnell weitersprach.

„Halb so schlimm, meine Mutter hatte es sehr getroffen, aber dann ging es ihr immer besser. Wir haben Kontakt zu den dreien. Ich ging danach in der Fabrik arbeiten, die Gemeinde hatte sie übernommen und suchte Leute. Irgendwann am Osterfeuer fragte mich Eule einmal, ob ich nicht Lust hätte, in der Wirtschaft auszuhelfen, seiner Mutter ging es nicht gut und…..."

„Sag bloß", fiel ich ihr ins Wort, „ich kann mich gut erinnern, dass sie schon oft kränkelte als ich noch im Dorf war und Eule immer mit anpacken musste."

„Genau, so richtig hatte sie sich nie erholt von ihrem Oberschenkelhalsbruch, aber da war noch mehr, mit den inneren Organen und so. Vor 10 Jahren ist sie mit nicht mal 60 gestorben, aber ihr erstes Enkelkind hat sie sehr glücklich gemacht."

Wie auf Stichwort tanzten plötzlich drei Mädchen, schätze mal so 12, 10, 8 Jahre alt, durchs Zimmer und blieben kichernd in der Ecke stehen.

„Lore, Luise, Lisa, habe ich euch nicht gesagt, wenn Gäste…?"

„Halt, halt!", unterbrach ich Lenis Predigt lachend, „ich freue mich doch ganz dolle euch kennenzulernen. Habe ich richtig gehört, Lore, Luise, Lisa, dreimal L und mit Leni, eurer Mutter, sogar viermal L, wer hat sich denn das ausgedacht." Die vier schauten mich verdutzt an und lachten dann auf Kommando los.

„Das war unser Papa", antwortete die Älteste, fasste ihre Schwestern bei den Händen und um die Tische tanzend sangen sie gemeinsam; „Ja, ja, ja, drei Mädels, die sind da, Lore, Luise, Lisa und Leni heißt die Mama."

Ich klatschte laut und Leni grinste über das ganze Gesicht. „Manfred ist ein guter Mann und ein toller Vater", sagte sie inbrünstig und räumte die Tassen und meinen Teller auf das Tablett, stoppte kurz und sah mich fast erschrocken an. „Entschuldige, bist du fertig mit frühstücken?"

„Leni, Leni, immer noch die Alte, erst machen, dann entschuldigen, wie früher", entfuhr es mir und sie schaute mich etwas verunsichert an. „Mensch Mädchen, das ist doch prima, oder wärst du lieber so wie unsere Freundin Babsi geworden?", setzte ich nach, erzählte ihr von meinem Zusammentreffen mit Barbara Bröckelmann und deren bühnenreifen Auftritt im Rathaus.

„Nein, hat sie wirklich gesagt, Babsi gibt es schon eine Ewigkeit nicht mehr", äffte Leni unsere alte Freundin nach und wir kicherten uns halb kaputt.

„Über wem zieht ihr nun schon wieder her", polterte Eule dazwischen, der seinen Vater im Rollstuhl in den Raum schob.

„Papa, Papa, das ist nur Spaß, Charly und Mama haben richtig Spaß", bestürmten die Mädels ihren Vater und streichelten den Opa liebevoll.

„So, so, Charly, stimmt also, du treibst dich wieder mal hier herum und meine frechen Gören kennen dich auch schon", erfasste der alte Eulrich das Wort und musterte mich mit zusammengekniffenen Augen eine Weile. „Ich habe gehört, du warst beim Bürgermeister und auch im Betrieb."

Auf seine Feststellung ging ich nicht ein und Eule half mir noch aus der Klemme, als zwei Männer den Raum betraten, laut grüßten und sich am Tisch daneben setzten.

„Komm Vater, lass uns in die Wirtschaft gehen, muss für den Frühschoppen vorbereiten", sagte Eule und schob den Rollstuhl in den Gastraum. Dort öffnete er alle Fenster weit, zapfte den „Nachtwächter" aus der Bierleitung und beobachtete uns.

„Da haben sie richtig gehört, aber darüber möchte ich jetzt nicht sprechen", nahm ich die Unterhaltung wieder auf. „Wie geht es ihnen eigentlich, Herr Eulrich und was machen sie im Rollstuhl?", lenkte ich freundlich das Gespräch in eine andere Richtung. Er schmunzelte nur darüber, ging aber mit darauf ein.

„Wie soll es mir schon gehen, so als Krüppel", brummte er los, aber der Schalk blitzte aus seinen Augen. „Nichts für Ungut, meine Liebe, ich werde hier hervorragend versorgt von meinen Kindern und von Frau Weidmann, die du ja auch schon kennengelernt hast. Vor drei Woche bin ich im Bierkeller gestürzt, hab mir die Hüfte angebrochen und die Ärzte meinten, dass muss allein ausheilen. Na ja, bis dahin müssen die mich eben herumkutschieren."

Eule zog etwas die Augenbrauen hoch und stellte uns ein frisch Gezapftes auf den Tresen. „Darauf trinken wir einen, Vater", rief er laut und prostete uns zu.

„Ach herrje, bisschen früh für mich", protestierte ich mit

gerunzelter Stirn. „Aber wie sagt man so schön, auf die Gesundheit zu trinken kann nicht schaden, Prost."

„So habe ich dich in Erinnerung Charly, immer frei raus. Ich habe schon gehört, dass der Abend gestern sehr zünftig war, aber mir ging es nicht so gut. Haste sicherlich einiges erfahren aus dem Dorf, vielleicht auch, dass der Hinrich seine Apotheke verpachtet hat, aber sehr zornig, weil sein Sohn lieber Beamter geworden ist. Doch vorher hat er sich noch mit der alten Ruth, der Kräuterhexe, ausgesöhnt."

„Oh nein, das ist ja herrlich", amüsierte ich mich, „das hätte ich gern miterlebt, wird die wirklich schon 97 Jahre alt?"

„Richtig, und die wird auch hundert. Wie geht es eigentlich deiner Mutter und den Schwestern", schwenkte er plötzlich ab und zeigte Eule zwei Finger hoch.

„Für mich nicht mehr, der Tag fängt erst an", machte ich mich mit Nachdruck bemerkbar. Du kannst mir dann auch mal die Rechnung fertig machen, Übernachtung, zweimal Frühstück und den Deckel von gestern."

„Wieso zweimal Frühstück, hattest du Besuch", flunkerte Eule und duckte sich ab.

„Ha, ha...gestern früh um 8 wurde ich schon von Frau Weidmann verwöhnt, du Schelm."

„Hat sie mir schon erzählt, das geht aufs Haus, der alten Freundschaft wegen." Spitzbübisch wie früher schaute er mich an, stellte seinem Vater das Glas Bier vor die Nase und verschwand nach hinten.

„Herzlichen Dank", rief ich ihm hinterher und drehte mich wieder voll zum alten Eulenwirt. „Ja was soll ich sagen, Mutter und Schwestern geht es gut, Enkelkinder sind auch da, Christel hat ihren eigenen Friseursalon und Mama hilft jeden Tag ein bisschen mit.

„Opa, Opa, gehst du mit zum Spielplatz, wir schieben dich", stürmte Lore in den Gastraum, bitte, bitte, bitte."

Inzwischen standen die anderen beiden auch bei ihm und streicheln seine Hände. Er wackelte mit dem Kopf hin und her, zierte sich ein bisschen und grinste dann breit.

„Da kann ich ja nicht widerstehen, siehst du Charly, ich habe zu tun, lass dich mal wieder sehen im Dorf."

„Vielleicht, aber bis dahin ist bei ihnen alles wieder in Ordnung, versprochen. Und ihr drei Süßen, kommt doch mal, wir müssen uns auch noch verabschieden.

Leni wie aus dem Gesicht geschnitten marschierten Lore, Luise und Lisa artig vor mir auf. Ich griff in meine Hosentasche und drückte jeder etwas in die Hand. „Das ist ein Glückstaler für euch und passt mir schön auf eure Mama auf. Wir kennen uns schon sehr lange und ich möchte, dass es ihr immer gut geht, versprochen."

„Danke, kam es wie aus einem Mund zurück. Dann schauten sie in ihre Hände und stürmten jubelnd auf Leni zu, die gerade mit den Jacken reinkam.

„Mama sieh mal", rief die Älteste ihr entgegen, Charly hat uns jedem 5 Mark geschenkt."

Leni wollte etwas erwidern, aber ich stoppte sie mit einer Handbewegung. Sie kannte sie von früher, wenn ich keine Widerworte duldete. Also schüttelte sie nur mit dem Kopf, gab den Mädels ihre Sachen, half dem alten Eulrich in die Jacke und schloss die Kneipentür auf.

„So meine Liebe, ich muss dann auch bald los, kann ich schnell noch eine Dusche nehmen? Und hast du vielleicht die Busfahrzeiten Richtung Kreisstadt hier herum liegen, und bezahlen muss ich auch noch."

„Und das alles der Reihe nach", ergänzte Leni meine Aufzählung lachend.

„Natürlich kannst du noch duschen, den Fahrplan lege ich dir auf den Tresen und bezahlen kannst du bei meinem Mann, ehe du gehst."

„Ich stieg ein letztes Mal die Holztreppe hoch, amüsierte mich über die drei knarrenden Treppenstufen und musste unwillkürlich an unsere alte Bodentreppe denken. Was wäre wohl gewesen, wenn ich in der verhängnisvollen Nacht an meiner Luke gehockt hätte. Wahrscheinlich gäbe es mich da nicht mehr, denn von meinem geheimen Rückzugsort war nichts übergeblieben. Ja, ja, was wäre, wenn…, immer dasselbe Spiel, aber es kommt eben, wie es kommen muss, philosophierte ich vor mich hin und genoss den warmen Wasserstrahl auf meiner Haut.

Eine halbe Stunde später, es war gerade mal 10 Uh, betrat ich den Gastraum. Am Stammtisch saßen vier Männer, drei davon erkannte ich sofort, Berthold den Bäckermeister, den Apotheker Hinrich und den Forstgehilfen Herold. Ich klopfte auf den Tisch, wünschte einen guten Morgen und ging zur Theke zurück. Eule saß am kleinen Tisch daneben und hatte ein paar Zettel vor sich liegen. Ich setzte mich dazu und wir rechneten ab.

„So Charly, dann bekomme ich von dir genau 34 Mark und 50 Pfennig. Ich habe dir zwei Quittungen ausgestellt, einmal

46

Übernachtung mit Frühstück – 25 Mark und 9 Mark 50 dein Deckel, weiß ja nicht, was du davon abrechnen kannst."

„Eule, hast du nicht einiges vergessen? 9 Mark 50 gestern Abend?", grinste ich ungläubig.

„Alles Quatsch, eine große Runde von dir und alles andere hast du ausgegeben bekommen, und jetzt Schluss", rief er energisch und klopfte auf den Tisch.

„Ist ja gut mein Freund, beruhige dich. Dann nimm jetzt das Geld und Schluss ist! Und danke für den schönen Aufenthalt bei euch", entgegnete ich fröhlich und legte ihm 4 Zehner vor die Nase, sah ihn drohend an, als er zum Wechselgeld greifen wollte.

„Der nächste Bus in die Kreisstadt fährt in 35 Minuten und Leni ist in der Küche", informierte er mich noch und eilte schnell wieder hinter den Zapfhahn.

„Eh Eulrich, sollen wir hier verdursten", rief der Herold vom Stammtisch und alle drehten sich zu uns. „Und wenn das wirklich Charly ist, ein Vögelchen hat es gezwitschert, dann mach eins mehr."

Oh nein, nicht schon wieder, dachte ich nur und musste mich wohl oder übel ein paar Minuten dazu setzen, Ich beantwortete im Schnelldurchlauf einige Fragen zu meiner Familie, stieß mit ihnen an und stand auf. „Jetzt muss ich mich verabschieden, auch bei der Wirtin und dann fährt mein Bus", redete ich mich mit einem Lächeln frei und verschwand nach hinten, An der Küchentür standen die Wirtsleute. Leni nahm ich fest in den Arm und Eule knuffte ich lachend in die Seite. „Pass schön auf deine vier Mädels auf und nochmals Danke. Ich verschwinde dann mal schnell durch die Haustür. Grüßt den alten Eulenwirt und Frau

Weidmann von mir."

Ich hatte noch gute 10 Minuten Zeit, aber die brauchte ich jetzt auch, um endlich runterzukommen. Langsam überquerte ich den Platz und lief auf dem kurzen Stück zum Bus Peter in die Arme.

„Das glaub ich jetzt nicht", gluckste er fröhlich, „bist du immer noch oder schon wieder da?"

„Da sagst du was", scherzte ich zurück, bin jetzt aus dem „Eulenwirt geflüchtet, sonst würde ich wohl heute Abend noch am Stammtisch sitzen. Aber jetzt sitze ich gleich im Bus."

„Und wie lange sitzt du im Bus?" Er grinste mich an, richtig unverschämt. Aber ich tappte nicht in seine Falle, wusste genau worauf er anspielte, und ging nicht darauf ein, drohte nur mit dem Zeigefinger.

„Dafür tust du mir doch bestimmt einen Gefallen, oder? Sollte dir die Kräuter Ruth mal über den Weg laufen oder du Kontakt mit den Wellers haben, dann grüße sie ganz herzlich von mir."

„Das mache ich gerne, Charly, und nun los, er kommt."
Ohne zu überlegen, drückte ich den verdutzten Peter ein Küsschen auf die Wange und eilte zur Haltestelle

Lebe deinen Traum

Als Letzte schlüpfte ich in den Bus, löste ein Ticket bis zur Endstelle. Ohne mich umzuschauen, platzierte ich mich gleich hinter dem Fahrer auf einen Fensterplatz. Mit Sicherheit hätte ich unter den Mitreisenden bekannte Gesichter entdeckt, aber mir war gerade gar nicht nach Unterhaltung zu Mute. In Gedanken versunken starrte ich aus dem Fenster. Manchmal schloss ich die Augen, wenn ein Sonnenstrahl zwischen den Bäumen hervorblitzte und mich blendete.

„Nächster Haltepunkt Dreiländereck!", dröhnte es aus dem Lautsprecher im Bus und ich umklammerte mein Handgepäck. Einige ältere Frauen stiegen zu, und ohne Nachzudenken drängte ich an der letzten vorbei zum Einstieg. „Entschuldigen sie, ich muss hier raus.!"

„Sind sie sicher?" Skeptisch musterte der Fahrer mich kurz und öffnete nach meinem Nicken noch einmal die Tür.

Jetzt war es passiert, der Bus war weg und mir wurde es flau im Magen. „Was soll es, in einer Stunde fuhr der nächste Bus stadtwärts, gehe ich eben etwas spazieren", bespöttelte ich mich selbst und trabte ganz langsam die Landstraße zurück. Nach wenigen Minuten öffnete sich der Wald und ein breiter Weg führte hinein. Wie ferngesteuert folgte ich ihm und fand mich plötzlich ziemlich verloren auf einem Werkstatthof wieder.

Mein Blick schweifte umher, erfasste ein halbes Dutzend mehr oder weniger schrottreife Autos, meist Trabis, zwei, drei Skodas dazwischen, streifte über zwei Jawas, die neben dem breiten offenen Werkstatttor lehnten und blieb an einem Kind hängen.

Wie aus dem Nichts stand ein Junge vor mir und schaute zu mir hoch. In seinen tiefblauen Augen blitzte Neugier auf und er blies sich eine lange braune Haarsträhne aus dem Gesicht. „Willst du zu uns?"

Die verblüffende Ähnlichkeit mit Lässe traf mich so unvermittelt und heftig, dass mir für Sekunden die Luft wegblieb und mir die Hitze ins Gesicht stieg. „Ja.,., nein…, ich…"

„Ja, nein gibt es nicht, entweder ja oder nein" belehrte mich der Bub altklug und hopste von einem Bein aufs andere. „Wenn du zu Papa willst, der ist nicht da, der holt gerade ein Auto von der Straße, das hatte einen Unfall. Und Mama ist mit meiner kleinen Schwester und der Oma bei Tante Helga, der gehts nicht gut. Willst du nun zu uns?", sprudelte es herzerfrischend aus ihm heraus.

„Ach weißt du", versuchte ich vorsichtig es zu erklären, „ich wollte nur mal Hallo sagen, ich kenne deinen Papa schon sehr lange, wir waren mal sehr gute Freunde."

„Seid ihr das nicht mehr, warum nicht?"

„Benjamin, mit wem redest du da, du sollst immer Bescheid sagen, wenn jemand auf den Hof kommt", dröhnte eine dunkle Männerstimme aus der Werkstatt und ein kräftiger, grauköpfiger Mann stürmte auf uns zu.

„Ich weiß, Opa, aber die Frau ist nett und sie kennt Papa schon ganz lange", verteidigte sich der Junge kleinlaut und war den Tränen nah.

„Das mag ja sein, aber …ist schon gut Benni ", beruhigte der Alte seinen Enkel und legte die Arme um ihn, als müsse er ihn beschützen.

50

Ich konnte das gut verstehen und fühlte mich furchtbar. „Es tut mir leid, es war meine Schuld", sagte ich leise, blickte dem Mann ganz ruhig in die Augen, aber in meinem Inneren war Chaos und einige Sekunden rasten mir tausend Gedanken durch den Kopf. Mein Gott, was machte ich nur hier. Am liebsten wäre ich einfach weggelaufen. Aber das ging ja wohl nicht, der Opa des Jungen wartete auf eine Erklärung, sein Blick bohrte sich regelrecht in mich hinein und mir wurde ganz mau, ich musste etwas sagen.

„Geht es ihnen nicht gut, sie sehen sehr blass aus", kam er mir zuvor und seine Stimme klang etwas weicher, fast mitfühlend, „möchten sie ein Glas Wasser, kommen sie, habe es in der Werkstatt."

Er schritt mir voraus, seinen Enkel fest an der Hand, und dirigierte mich an der Hebebühne vorbei bis in die letzte Ecke zu einem Schreibtisch.

„Setzen sie sich", sagte er leise und zeigte auf einen Stuhl. „Benjamin hole mal ein Glas aus der Küche, die Wasserflaschen sind hier in der Kiste, ich muss mal schnell raus, ein Kunde ist da."

„Mach ich, Opa." Der Bengel, sauste los, war sofort zurück und schenkte mir Wasser ein.

„Danke Benjamin, du hast mich gerettet, ihr habt mich gerettet", freute ich mich und nahm einen großen Schluck. „Aber jetzt muss ich auch wieder los."

„Och, bleib doch noch, mein Papa kommt gleich, der freut sich bestimmt, wenn er dein Freund ist", plapperte er mit kindlichem Übermut und zeigte dabei mit blitzenden Augen auf ein eingerahmtes Foto. „Das ist mein Papa auf seinem Motorrad und vor ihm sitze ich, und das ist Mama mit Lisa meiner kleinen Schwester. Und dahinter steht Oma.

„Benjamin, jetzt lass doch die Frau endlich in Ruhe, du hast gehört, dass sie weitermuss", stoppte sein Opa energisch den Redeschwall.

Unbemerkt von uns war er herangetreten und schaute mir mit einem undurchdringlichen Blick ins Gesicht. Aber ich konnte es genau lesen, er ahnte, dass hinter meinem Auftauchen hier mehr war und ich konnte sehr genau lesen, dass er es gar nicht wissen wollte. Froh darüber stand ich langsam auf, nahm meine Reisetasche und wandte mich zum Gehen. „Herzlichen Dank für das Wasser, ich habe heute wohl zu wenig getrunken. Und du Benjamin, pass schön auf deine kleine Schwester auf." Ich lief los, drehte mich noch einmal um, hob kurz die Hand und eilte den breiten Waldweg bis zur Landstraße vor und bog rechts ab. Am liebsten wäre ich gerannt.

Am Haltepunkt angekommen überquerte ich die Straße, und setzte mich stocksteif auf die Bank im Wartehäuschen. Mein Kopf war völlig leer. Plötzlich pochte es in den Schläfen, die Stimme in mir meldete sich und wollte Antwort. Jawohl, ich werde dieses Kapitel meines Lebens heute abschließen und einen Traum zu Grabe tragen, bist du jetzt zufrieden, beendete ich den lautlosen Dialog mit meiner Seele.

„Hallo junge Frau, der Bus kommt aber erst in einer halben Stunde, soll ich sie vielleicht mitnehmen?"

Es dauerte etwas, bis ich den Sinn dieser Worte begriff, schaute auf die Straße, ob ich überhaupt gemeint war und nickte.

„Kommt darauf an, wo sie hinfahren", versuchte ich zu

scherzen, froh darüber endlich aus dem Karussell meiner Gedanken aussteigen zu können, und trat an das Fahrzeug heran, einen umgebauten Trabi mit Pritsche.

Der mir unbekannte Fahrer, etwa in meinem Alter, zeigte mit dem Daumen hinter sich und dann nach vorn. „Von dort nach da", er grinste, „nein, im Ernst, ich will zum Baumarkt ins Gewerbegebiet nach Beeshain, oder sind sie hier fremd?"

„Nee, passt schon", nehme das Angebot gerne an", antwortete ich und setzte mich auf den Beifahrersitz, mein Handgepäck auf dem Schoß.

Den Gedanken, dass ich ja wohl in die verkehrte Richtung fuhr, ließ ich einfach nicht zu und es war mir sehr recht, dass mein Fahrer kein Gespräch suchte, so nach dem Motto, wo kommst du her, wo willst du hin. Am Ziel angekommen stieg ich mit aus, bedankte mich und musste mich kurz neu orientieren.

Von gestern auf heute hatte sich nichts verändert. Ich entdeckte schnell das kleine Blumengeschäft und kaufte eine dunkelrote Rose, besorgte noch Geschenke und lief zielstrebig auf den letzten Häuserblock zu, hinter dem etwas Grün und hohe Bäume zu sehen waren. Am Tiergehege nahm ich diesmal die andere Richtung bis zum Ende, hielt mich dann rechts und erblickte schon nach wenigen Minuten den Gedenkstein, der sich am Hügel dahinter eng anschmiegte. Ein Pärchen stand davor, sie unterhielten sich laut und drei Kinder hopsten lachend um den Hügel herum, bis in das Wäldchen und zurück. Ich grüßte und setzte mich auf eine Bank. Sie musterten mich kurz, grüßten freundlich zurück und der Mann, sicherlich der Vater, pfiff den Kindern hinterher. „Auf geht es, ab zum Tierasyl", rief er laut und weg waren sie.

Die plötzliche Stille um mich herum fand ich gar nicht wohltuend, im Gegenteil, sie lastete auf mir und Trauer schlich sich in mein Herz. Ich schloss die Augen, fünf lachende Menschen; Mann, Frau zwei Kinder und eine ältere Dame zogen an mir vorbei, und ich riss meine Augen wieder weit auf. Hastig kramte ich in meiner Tasche, holte einen kleinen Igel aus Holz heraus und hockte mich am Gedenkstein nieder. Die Rose legte ich mitten auf das Kiesbett und rechts daneben grub ich mich mit den Fingern in den Kies hinein. Ein Kloß drückte auf meinen Magen, rollte schmerzhaft durch meinen Brustkorb bis in die Kehle und löste sich mit einem tiefen Seufzer auf, dafür flossen unzählige Tränen lautlos über mein Gesicht und ich verlor jedes Zeitgefühl für die Welt um mich herum.

„Charly, was machst du da?"

„Ich begrabe einen Traum", antwortete ich leise, ohne hochzuschauen. Das brauchte ich auch nicht, ich hatte zwar niemanden kommen gehört, aber ich wusste wer hinter mir stand, spürte es mit jeder Faser meines Körpers.

„Träume kann man nicht begraben. Komm, steh auf, rede mit mir!

„Es gibt nichts mehr zu reden, geh einfach, ich muss das hier beenden!" Klar und deutlich waren meine Worte und fest hielt ich die Hand über die kleine Kuhle im Kies. Eine zweite viel größere Hand langte an mir vorbei, glättete den Kies, zog mich hoch und setzte mich zurück auf die Bank

„Lässe, bitte!" Zornig erregt schaute ich hoch zu ihm. Mit hängenden Schultern stand er wie ein großer Schuljunge vor mir, heute aber mit grauen Schläfen und einigen Falten auf der Stirn und in den Mundwinkeln. Er hielt mir die geöffnete Hand entgegen und seine Stimme klang unendlich traurig.

„Du hast mir versprochen, dass du ihn niemals im Leben hergibst."

„Ich kann nicht anders", würgte ich unter Tränen hervor, jetzt kann ich nicht mehr anders, verstehst du das nicht?"

„Nein, das will ich nicht verstehen. Du und ich haben uns heute genau hier getroffen, das hat mit niemanden aber auch mit gar niemanden anderen etwas zu tun. Lebe deinen Traum heute, vielleicht finde ich mich darin wieder", flüsterte er, steckte den kleinen Holzigel zurück in meine Tasche und reichte mir die Hände.

Unfähig darauf zu antworten fasste ich zu, stand auf und unsere Blicke tauchten ineinander. Die Lippen berührten sich für einen winzigen Moment, dann schnallte er meine Tasche an das Motorrad, reichte mir einen Helm und wir fuhren los. Ich lehnte mich fest an, umklammerte seine Hüften, roch Benzin und feinen Tabak und hatte nur einen Wunsch, diese Fahrt sollte nie enden.

„Wir sind da", drang es wie durch einen Nebel zu mir und Lässe half mir beim Absteigen. Dann ging er auf eine Holzhütte zu, ich hätte sie zwischen den Bäumen nicht mal wahrgenommen, griff nach oben und öffnete weit die Tür.

„Geh mal voran, ein paar Schritte nur und dann bleibe stehen, es ist finster da drin."

Ich tat es genauso. Er schob sein Motorrad hinter mir her, schloss die Tür und stellte es quer davor. Lautlos bewegte er sich im dunklen Raum und nach wenigen Minuten flammte eine Öllampe auf. Ich ging einige Schritte nach vorn, nahm links von mir einen eisernen Kanonenofen wahr, daneben stand ein Hocker mit Schüssel und Steinkrug und gegenüber breitete sich im halben Raum eine einfache, aber dick gepolsterte Lagerstätte aus.

Lässe warf einige Holzscheite in den Ofen und bald züngelten zarte Flämmchen hinter der kleinen Scheibe. Er legte Holz nach, schüttete etwas Wasser in die Schüssel und säuberte seine Hände. Ich folgte jeder kleinsten Bewegung von ihm, sog sie regelrecht in mich hinein, zog mich dabei langsam aus, legte mich auf das Lager und schloss die Augen. Ich spürte die Kälte im Raum und doch hatte ich das Gefühl, die kleinen Flammen sprangen über und versengten mir die Haut

Stück für Stück hörte ich seine Sachen zu Boden fallen und ein wahnsinniges Glücksgefühl strömte durch meinen Körper, als er sich neben mir niederließ und unsere Haut sich berührte. Ich spürte raue Finger, die unendlich zart über mein Gesicht tasteten und die Konturen der Augenbrauen, Nase und des Mundes nachzogen; weiche Lippen, die meinen Hals und die Brüste liebkosten und ich spürte feste Hände, die meinen ganzen Körper erforschten und streichelten. Sie trugen die Hitze meiner Haut nach unten und als wir miteinander verschmolzen, explodierte die Glut in meinem Schoß und ich hob vom Weltlichen ab.

Außer dem Knistern des Holzes war es still in der Hütte und ab und zu strich ein Windzug durch die Ritzen und die Öl Funzel flackerte dann leicht, zauberte bizarre Schatten an die Holzwände.

Ich stützte mich auf den Ellenbogen und betrachtete den Mann, der neben mir lag, den ich schon eine Ewigkeit liebte. Ein Traum hatte sich endlich erfüllt, aber mir wurde auch bewusst, dass ich es vor 20 Jahren nie so erlebt hätte.

„Charly, was denkst du gerade?", wollte er wissen und seine jetzt grün schimmernden Augen hielten mich gefangen.

„Was ist das hier?", lenkte ich mit einer Gegenfrage ab.

„Du meinst das hier, wo wir jetzt sind?", gluckste er amüsiert. „Früher war es ein Schlafplatz, wenn ich mal einen brauchte, in den letzten Jahren war es ab und zu mein Rückzugsort, wenn ich mal Ruhe brauchte und heute ist es ein Ort, wo sich ein Traum erfüllte, oder?"

Dazu fiel mir nichts mehr ein und ich küsste seine Augen, die Nasenspitze, seinen Mund und wanderte mit den Lippen und mit den Händen sanft über seinen ganzen Körper. Mir entging nicht die kleinste Narbe, die reichlich vorhanden waren, und ich liebkoste sie besonders zärtlich. Er stöhnte leise unter meinen Berührungen und seine zunehmende Erregtheit sprang auf mich über. Ich drängte mich an ihn, rutschte auf seinen Schoß und umklammerte wie eine Ertrinkende seinen Hals, zog ihn zu mir hoch, und im Rhythmus   unserer Bewegungen spürte ich nur einen gemeinsamen Herzschlag. Völlig erschöpft trennten wir uns und stoßweise Atemzüge erfüllten den Raum.

Ich weiß nicht, wie lange wir so gelegen hatten, aber das Holz war heruntergebrannt und in der Hütte breitete sich die Dunkelheit aus, obwohl mir ein Blick auf die Armbanduhr verriet, dass es erst viertel nach vier war. Wie kurz konnte doch eine Ewigkeit sein, dachte ich und kletterte von unserem Liebesnest, machte mich etwas frisch und kleidete mich an.

„Ja, der Traum hat sich erfüllt. Die Antwort war ich dir noch schuldig" flüsterte ich Lässe ins Ohr, „und jetzt ziehe dich an. Woher wusstest du…?"

„Ach Charly, als ich nach Hause kam, erzählte mir mein Sohn von einer netten Frau, die mich schon lange kannte, aber nicht warten wollte. Da wusste ich alles und auch, wo ich dich finden würde", er lächelte und zog sich langsam an.

„Hat dein Schwiegervater etwas gesagt?", bohrte ich ganz vorsichtig nach.

„Nein, er ist ein prima Kerl, spricht nicht viel und denkt sich seinen Teil."

„Ja, den Eindruck hatte ich auch. Aber jetzt müssen wir.", drängte ich.

„Müssen wir das?"

„Ja wir müssen, du kannst mich an einer Haltestelle absetzen und quäle mich jetzt nicht."

„Entschuldige, Charly, das wollte ich nicht," reagierte er ganz betroffen, nahm mich fest in die Arme und mit einem langen Kuss verabschiedeten wir uns.

Ich drückte meine Zigarette aus, versenkte sie in den leeren Kaffeebecher und den warf ich dann gekonnt aus einem Meter Entfernung in einem Papierkorb. Leicht fühlte ich mich, frei und innerlich aufgeräumt.

Lässe hatte mich natürlich bis in die Kreisstadt gefahren, war nicht weit von der Hütte, so 20 Minuten Fahrt, und ich stieg am Baumarkt ab. Er war schon geschlossen, doch die Bratwurstbude hatte länger auf und ich trank in aller Ruhe noch einen Kaffee.

Mein Kleiner hatte bei Oma geschlafen und konnte im Haus mit seinem Cousin, Christels Sohn, gut die Zeit verbringen. Seine große Schwester musste ihn natürlich am Freitag vom Hort abholen und zur Oma schaffen, was sie nicht unbedingt freute. Und dafür durfte sie aber das Wochenende bei ihrer Freundin verbringen. Ich hatte das einfach so bestimmt, weil ich es leid war, dass wieder einmal ein riesiges Drama aus meiner Dienstreise gemacht wurde im Vorfeld und der Vater wieder einmal keinen guten Fetzen an mir ließ.

„Da bist du ja, wollten die dich im Dorf gar nicht weglassen", empfing mich meine Mutter lachend und Tom stürmte auf mich zu.

„Hast du mir was mitgebracht?"

„Aber klar Großer, jetzt marschieren wir erst mal nach Hause. Danke Mama, wenn es dir recht ist, kommen wir morgen Nachmittag auf ein Stündchen, vielleicht hat auch Christel Zeit und Lust."

„So machen wir es, bin schon gespannt", meine Mutter schmunzelte und begleitete uns bis zur Tür.

„Mama guck mal, das steht unser Frosch", rief Tom ganz aufgekratzt, da ist Papa doch da."

Ich antwortete nicht darauf und als wir in die leere Wohnung kamen, sah ich sein enttäuschtes Gesicht, es tat mir in der Seele leid. Schnell packte ich das Geschenk aus und jubelnd rannte er damit in sein Zimmer, ein kleiner Trost. So langsam bekam auch er die Spannungen in unserer Familie mit. Nach dem Abendbrot bastelte er weiter und ich erledigte den üblichen Haus Kram.

Kurz nach Mitternacht schreckte ich von lauten Geräuschen hoch, eine Gänsehaut lief mir durch den ganzen Körper und als Bernhard zu mir ins Bett kroch, stellte ich mich schlafend. Das hielt ihn aber nicht davon ab, an mir zu rütteln.

„Da ist sie ja wieder, mein Eheweib", grunzte er und packte besitzergreifend zu, seine Bierfahne strich über mein Gesicht. „Na komm, tu deine Pflicht, oder machst du das nur wo anders", spöttelte er mir ironisch ins Ohr und grapschte weiter an mir herum.

Ich konnte es einfach nicht ertragen, nicht heute. „Lass das, ich bin müde", verwehrte ich mich und rückte ein Stück weg.

„War ja klar, dann eben nicht! Du wirst schon sehen, was du davon hast", brummelte er vor sich hin, stand auf und ging raus. Ich hörte die Tür zum Kinderzimmer und schlich hinterher.

„He, mein Großer", er weckte Tom auf und kroch mit unter seine Bettdecke. „Die Mama lässt mich heute nicht ins Bett, kann ich bei dir schlafen?"

„Klar kannst du das, Papa, du riechst nach Bier, vielleicht gefällt das der Mama nicht, aber mich stört das nicht", piepste Tom verschlafen und dann war Ruhe.

Am Frühstückstisch schwiegen wir uns an und Tom berichtete von seinem Treck, der fast fertig war, sauste los und holte ihn.

„Gehst du gleich mit mir zur Garage, Großer", überging sein Vater die Begeisterung und wartete.

„Heute nicht Papa, sei nicht böse, ich muss den fertig bauen. Nach dem Mittag gehen wir zu Oma, Sebastioan ist auch da und er muss ihn sehen, meinen Treck."

„Bin dir nicht böse, macht mal, wo ist eigentlich meine Tochter?"

„Unsere Tochter ist noch bei ihrer Freundin, wann kommst du zum Mittag?"

Ohne Antwort stand er auf, schnappte sich Jacke und

Autoschlüssel und weg war er. Ich zog fröstelnd die Schultern hoch und begann abzuwaschen.

Zum Mittag waren wir immer noch allein. Ich hatte Gulasch mit Nudeln gekocht und wir ließen es uns schmecken.

„Kommt Papa gar nicht zum Essen?"

„Sieht so aus, mein Schatz, aber wir gehen gleich zu Oma.

„Vielleicht ist Stefan an der Garage, dann grillen die immer Würstchen", hielt Tom an seinen Gedanken fest, „sonst bin ich da auch dabei, ist immer sehr lustig."

„Na da muss Papa heute dein Würstchen aufessen", kicherte ich albern, schnappte mir Tom und kitzelte ihn, bis er lachend um Gnade flehte.

„Hör auf, Mama, ich muss jetzt alles einpacken", zickte er herum, befreite sich und sauste in sein Zimmer.

Vom Balkon aus überschaute ich die Parkplätze, rauchte gedankenverloren eine Zigarette und beobachtete dann das farbenfrohe Treiben im Aquarium, mit seiner ungemein beruhigenden Wirkung.

Der Kaffeetisch war schon eingedeckt und Sebastian, mein Neffe, wartete auf Tom. Kurz nach uns kam Christel hoch. „Viel Zeit habe ich nicht!", rief sie schon an der Tür, „also erzähle."

Ich konnte mir ein Grinsen nicht verkneifen, dachte daran, dass sich ihr Mann und mein Mann sehr gut verstanden, das sagte schon alles. Begleitet vom Geklapper des Kaffeegeschirres und unserem lauten Gelächter berichtete ich von meinem Aufenthalt in der alten Heimat, von unserem Dorf. Mit Händen und Füssen erzählte ich, was ich alles erlebt hatte, und richtete alle erdenklichen Grüße aus. Fast alles erzählte ich. Den Samstag streckte ich so in die Länge, bis ich nachmittags im Bus saß, ohne auszusteigen. Vielleicht vertraue ich es Christel irgendwann mal an. Doch seit sie verheiratet war, hatte sie sich auch etwas verändert.

Mitten in unserem Gelächter, wir hatten wohl das Läuten überhört, standen plötzlich unsere Männer im Wohnzimmer, die Jungs hatten die Tür geöffnet.

„Ah, Weiberklatsch, ihr habt wohl nichts Besseres zu tun", verschoss Johann, Christels Mann, den ersten Giftpfeil.

„Nee, meine muss doch noch beichten, wie viele frühere Liebhaber ihr über den Weg gelaufen sind", setzte mein Mann noch einen oben drauf und da war es still im Zimmer. Meine Mutter schüttelte nur den Kopf und begann abzuräumen. Christel und ich sahen uns an und ich nahm mir die beiden aufs Korn, so wirklich verletzen konnte er mich gar nicht mehr und heute sowieso nicht.

„Ja Schatz, dann überlege doch mal mit", konterte ich mit Absicht honigsüß, „vor etwa 20 Jahren bin ich da weggezogen, hierher in die Stadt und vor etwa 19 Jahren haben wir uns hier kennengelernt und du warst mein aller erster Liebhaber, schon vergessen, das ist wirklich traurig."

„Was ist ein Liebhaber, Papa, Papa guck mal, mein Treck ist fertig." Tom stand vor ihm und hielt das Auto hoch.

„Toll mein Großer, wollen wir schon mal nach Hause und damit spielen?", zeigte sein Vater auf einmal Interesse und nahm ihn an die Hand. Niemals hätte er zugegeben, dass er wohl diesmal einen richtigen Bock geschossen hatte.

„Kommst du jetzt mit runter, wir haben was zu tun", nörgelte

Johann barsch. Christel verdrehte die Augen und folgte ihm.

Ich räumte den Rest vom Kaffeetisch ab und plauschte noch eine kurze Weile mit meiner Mutter. Sie schaute mich liebevoll an und wollte etwas sagen. Aber ich hob nur die Hand, wusste genau, was jetzt gekommen wäre, nicht zum ersten Mal.

„Ist schon gut Mama, ach wo ist denn der Beutel, hatte dir doch etwas mitgebracht." Er hing am Stuhl und lachend packte ich ein paar Pralinen und eine Tüte Kaffee aus.

Danke Charlotte, jetzt geh aber los."

„Mach ich, Mama, mach dir keine Sorgen, um mich nicht und die Kinder auch nicht, Okay." schnell drückte ich ihr noch einen auf, lief die Treppe hinunter und rauchte mir vor der Tür erst mal eine, sehr darauf bedacht, dass mich mein Schwager nicht erwischte.

In der Wohnung angekommen, hörte ich schon lautes Schnarchen aus dem Wohnzimmer und Tom spielte auf dem Fußboden mit seinem Treck. Ich hockte mich eine Weile daneben und lobte ihn sehr, wie gut er das hinbekommen hatte. Dann ging ich in die Küche, räumte dreckiges Mittagsgeschirr weg, er hatte wohl die Reste gegessen und alles so stehen lassen, natürlich aus Protest, und bereitete das Abendbrot vor.

„Da bist du ja, Franziska hattest du ein schönes Wochenende?", begrüßte ich freudig meine Tochter, die gerade die Küche betrat, und nahm sie beim Kopf.

„Hatte ich Mama, und du auch", reagierte sie etwas reserviert und schaute mich skeptisch an.

„Wenn du mal Lust darauf hast, erzähle ich dir davon, ich weiß ja, dass du keine Bindung zum alten Dorf und den Leuten dort hast", ich lächelte sie an, „für mich war es sehr schön."

„Ja mach das, irgendwann vielleicht mal", antwortete sie kurz und ging ins Wohnzimmer.

„Ah, Madame lässt sich auch mal wieder sehen", hörte ich Bernhard motzen und Franziska steckte den Kopf wieder zur Küchentür rein.

„Ich habe es doch gewusst, dicke Luft, wie immer, und gegessen habe ich auch schon", nölte sie mich an und verschwand auf ihrem Zimmer. Das tat weh, vor allem, weil sie nicht verhehlte, dass sie hauptsächlich mich für unser Familienklima verantwortlich machte. Aber auch das konnte mich heute nicht erschüttern, nicht nach diesem Wochenende. Bis in die Nacht hinein saß ich mit einem Glas Wein auf dem Balkon, rauchte mir einige Zigaretten, auch ein ewiger Streitpunkt in unseren Ehejahren, da mein Mann ein notorischer Nichtraucher war, und genoss die wunderschönen Nachwehen zweier erfüllter Tage

Im Strudel des Lebens

Tief atmete ich die frische Novemberluft ein, es war eine Wohltat nach stundenlangem Büro Mief. Eigentlich wollte ich mich heute besonders beeilen, konnte sogar einmal pünktlich das Büro verlassen und eine Bahn früher erwischen. Am Baumarkt stieg ich aus, hatte 10 Minuten Fußweg bis zu meiner Mutter. Tom würde bestimmt schon aufgeregt hin und her laufen, nach mir Ausschau halten, denn heute war wieder Vater - Sohn Wochenende. Aber ich kam an der Würstchenbude einfach nicht vorbei, nicht weil ich Hunger hatte, ich holte mir einen großen Becher Kaffee, stellte mich an einem Imbisstisch und zündete mir eine an.

Vor über zwei Jahren hatte ich das letzte Mal hier gestanden, fühlte mich leicht und innerlich aufgeräumt damals. Und gerade eben stoppte mich ein riesiger Berg Erinnerungen von allem, was in den letzten zwei Jahren so abgelaufen war, da musste ich erst einmal darüber hinweg.

„Mein Gott war ich aufgeregt, als ich montags nach meiner Dienstreise beim Kombinatsleiter zum Rapport antreten musste", gluckste ich vor mich hin, verschütte dabei etwas Kaffee und die Zigarette fiel mir auch noch aus der Hand. Der scheele Blick einer älteren Frau traf mich und ich konnte mich gar nicht wieder einkriegen. Was die jetzt wohl gedacht haben musste, vielleicht in die Richtung; „nein... schon am frühen Nachmittag betrunken!" Ich grinste hinter ihr her und erinnerte mich weiter. Die Aufregung damals war völlig umsonst gewesen, obwohl ich, wie ich es versprochen hatte, mit vollem Einsatz und Überzeugung den kleinen Betrieb und seine Belegschaft in meinem Heimatort verteidigt hatte. In wenigen Minuten war der Punkt abgehakt und später erfuhr ich, dass die Maßnahme zurückgestellt war, was mich sehr freute aber nicht verwunderte.

Es gab viel größere Probleme überall. Die Menschen im ganzen Land ließen sich nicht mehr alles gefallen, fingen an zu meutern und gingen auf die Straßen. Es reichte ihnen nicht mehr, dass der westliche Einfluss in unserem sozialistisches System Spuren hinterließ, dass es mehr Freiheiten gab, dass man mit Westgeld in den Intershops einkaufen konnte und mit Beziehung sich manche anderen Wünsche erfüllen konnte. Sie pochten auf das Grundgesetz, Einhaltung der Menschenrechte und Reisefreiheit. Sie wollten nicht länger eingesperrt sein.

Wenige Wochen später fiel die Mauer, wir waren wieder vereint, die Menschen in Ostdeutschland und Westdeutschland. Was das für mich persönlich und meine Familie bedeutete, konnte ich in dem Moment noch gar nicht sagen. Unser Leben hatte sich etwas geordnet und Franziska war mir wieder etwas nähergekommen, was mich sehr glücklich machte. Sie hatte inzwischen eine Einraumwohnung und der Abstand tat uns ganz gut. Natürlich schaute sie öfter rein, worüber ihr Bruder sich sehr freute.

„Oh, jetzt muss ich aber langsam los", meckerte ich laut mit mir selbst beim Blick auf die Uhr. Aber meine Einkäufe fürs Wochenende hatte ich schon gestern erledigt. Bernhard holte sich gegen 18 Uhr den Jungen fürs Wochenende und ich selbst brauchte wenig für mich. Also, eine Zigarette ging noch.

„Ach ja, mein Exmann, über ein Jahr quälten wir uns noch gegenseitig mit Unverständnis, bösen Worten, vor allem wenn

Alkohol im Spiel war, und Beschuldigungen. Fleißig und ehrlich war er, arbeitete viel und trank sich oft seinen Frust weg, wenn ich nicht hörig war. Was interessierte ihm denn meine Meinung, höchstens dann, wenn sie mit seiner übereinstimmte. Ich war immer weniger bereit mich unterzuordnen, der Streit war abzusehen und die Kinder litten drunter. Die Große machte sich aus dem Staub und der Kleine hing zwischen den Stühlen, das konnte auf Dauer nicht gut gehen. Oma war immer für uns da und das ärgerte ihn noch mehr und eines Tages schleuderte er mir entgegen „Ich kann dich nicht mehr ertragen, das hast du jetzt davon", und blieb über Nacht weg. Vier Wochen später flatterten die Scheidungsunterlagen ins Haus und ich musste Stellung dazu nehmen. Nach dem Trennungsjahr ging die Scheidung problemlos über die Bühne, wir hatten uns in allen Punkten geeinigt, ohne Beistand. Die Gerichtskosten wurden halbiert, mein Einkommen damals stand hinter seinem Lohn nicht nach. Ich behielt die komplette Wohnung, verzichtete auf Unterhalt für Franzi, die gerade ihre Lehre begann. Er nahm das Auto mit und zahlte Unterhalt für Tom. Das Sorgerecht teilten wir uns.

„So, jetzt aber los", rief ich mich zur Ordnung, versenkte die Kippe im Kaffeerest und warf ihn gezielt in den Papierkorb. Einen Schritt schneller als sonst eilte ich zur Hauptstraße und sah schon von weitem meinen Sohn mit Oma vor dem Friseursalon meiner Schwester Christel stehen.

„Mama da bist du ja endlich, Papa holt mich gleich ab", schimpfte Tom mit mir und zog eine Schnute.

„Schatz, alles gut, wir haben noch über eine Stunde Zeit, deine Sachen liegen doch alle schon bereit und sind schnell gepackt", beruhigte ich ihn schmunzelnd und wirbelte ihn im Kreis herum.

„Ist ja gut, ich muss meinen Treck noch einpacken", Tom zappelte sich ungeduldig frei, schulterte seinen Ranzen und wollte los.

„Danke Mama, wir sehen uns am Wochenende", rief ich meiner Mutter zu, die schon an der Haustür stand und winkte, warf schnell meiner Schwester, die richtig zu tun hatte, noch ein Handküsschen durch die offene Ladentür zu und eilte Tom hinterher.

Kurz nach fünf waren wir zuhause, Tom sauste von einem Zimmer ins andere und hielt mich mit auf Trab. „Mama, hast du mein Lieblingspulli mit eingepackt, du weißt schon den mit dem Pferd drauf, dann wiehert Friedo immer, wenn er mich sieht. Und meine Gummistiefel, die brauche ich beim Schweine füttern und bei den Schafen, Mama hast du?"

„Ja, ja, ja, mein Schatz, habe alles eingepackt, willst du nicht noch einen Kakao trinken und etwas essen?"

„Nö, ich kriege dann bestimmt wieder Pfandkuchen bei Anke und die Lisa wird gemolken, dann trinken wir Milch dazu. Aber erst besuche ich Friedo das schwarze Pferd, das ist gar nicht so groß und vielleicht darf ich mich auch mal draufsetzen und reiten, so wie auf dem Jahrmarkt.

„Du passt aber schön auf dich auf, mein Großer!"

„Aber klar Mama, und der Papa passt auch auf mich auf und die Anke, wenn sie Zeit hat."

Mit glänzenden Augen, die Hände in den Hüften stand er vor mir, mein Bub, und mir blieben die weiteren ermahnenden Worte im Hals hängen, ich wollte seine Freude nicht bremsen und ich

68

vertraute seinem Vater.   Das ging wohl schon länger mit dieser Anke, ich merkte es daran, dass er samstags Tom nicht mehr mit zum Garagenplatz nahm, sondern angeblich immer Kollegen bei irgendetwas helfen musste. Hätte ja sein können. Aber fast sicher war ich mir deshalb, weil er mich, außer mit seinen kleinen Gehässigkeiten mitten in der Nacht, vor allem wenn er aus der Schenke kam, in Ruhe ließ. Doch dagegen hatte ich mir ein dickes Fell zugelegt, Hauptsache er behandelte die Kinder gut und das machte er.

Franziska war auch schon mal mit auf diesem Hof. Ich fragte sie danach, es interessierte mich schon etwas und sie feixte nur. Na ja, etwas chaotisch, drückte sie sich damals aus, aber für Tommi das reine Paradies, Anke einfach gestrickt, aber nett und für Papa bestimmt mehr Nestwärme als bei dir zuletzt. Nach den letzten Worten entfuhr ihr ein laute „Ups", sie verzog ihr Gesicht und schaute mich fast erschrocken an. Ich weiß noch genau, dass ich sie ganz ernst angeguckt hatte und dann in ein herzhaftes Lachen ausgebrochen war und sie erleichtert mitgelacht hatte. Seitdem hatten wir nie wieder davon gesprochen.

Tom rannte zum hundertsten Male auf den Balkon. „Ein paar Minuten fehlen noch", mahnte ich und spürte schon, wie sich wohltuende Entspannung in mir ausbreitete. Ich freute mich auf mein Wochenende. Da klingelte es. Der Bub sauste wie ein Blitz zur Tür, dann war es erst einmal still. „Mama, komm mal, hier steht eine Frau, die will zu dir", rief er enttäuscht und sauste an mir vorbei wieder zum Balkon.

„Ja bitte?" Mehr bekam ich nicht heraus, als ich die Frau auf der Treppe von Kopf bis Fuß erfasst hatte. Etwas irritiert trat sie einen Schritt vor.

„Entschuldigen sie, sie sind doch Frau Wegner, Charlotte Wegner, es tut mir……"

„Mama, Mama, der Frosch fährt auf den Parkplatz", krähte Tom laut dazwischen und stand mit seinem Gepäck in wenigen Sekunden neben mir. Das reichte mir aber aus, um meine Fassung wieder zu erlangen.

„Oh", sagte die Fremde, die keine Fremde für mich war, ich komme gerade ungünstig, soll ich …"

„Nein, nein, kommen sie, sie können inzwischen hier Platz nehmen, es dauert nicht lange." Ich ging ihr bis zum Wohnzimmer voraus und zeigte auf die Couch neben dem Aquarium. In der Tür stieß ich mit Bernhard zusammen, der immer einen Blick auf sein Aquarium warf, das er sich irgendwann mal abholen wollte.

„Du sollst doch nicht zu viel füttern, versaust das Wasser", motzte er gleich herum ohne einen Gruß und stockte, als er die Frau auf der Couch sah.

„Hallo, ich grüße sie, ist das nicht schön", schwatzte er sie charmant an und reichte ihr die Hand. Sie lächelte und nickte nur.

„Papa, kommst du jetzt", drängelte Tom an der Tür.

„Mach's gut mein Schatz, ich wünsche dir viel Spaß, also dann bis Sonntagabend", verabschiedete ich mich von ihm und drückte ihn ganz doll.

„Den hat er bei mir bestimmt", laberte Bernhard mich an und setzte zynisch nach, „dir auch ein schönes Wochenende, Besuch haste ja schon und sturmfreie Bude auch."

Ich erwiderte schon lange nichts mehr auf dieses Geschwätz, ließ es einfach abgleiten.

70

„Einen kleinen Moment noch, nehmen sie sich ruhig Wasser", sagte ich Richtung Couch und lief schnell auf den Balkon, zündete mir eine an und schaute zum Parkplatz. Tom drehte sich immer noch einmal um ehe er einstieg und mir ein Handküsschen hochschickte. Ich schickte es zurück, doch diesmal kreisten mir ganz andere Gedanken dabei im Kopf herum. Was erwartete mich jetzt, ich wusste es nicht.

Ich holte noch einmal sehr tief Luft, dann schenkte ich uns Wasser ein und setzte mich schweigend in den Sessel gegenüber. Mir entging nicht, dass sie auf dem Bild weit jünger ausgesehen hatte, vielleicht lag es an den tiefen Augenringen, die sie sehr müde erscheinen ließ.

„Ist er immer so", sagte die blonde Frau, lachte kurz auf und fuhr fort," damit meinte ich nicht den Jungen, sondern seinen Vater. Übrigens, mein Name ist Weinhold, hatte mich ja noch gar nicht vorgestellt."

„So ist er immer, freundlich und charmant zu allen anderen, nicht gerade nett zu mir", gluckste ich leicht amüsiert, ohne auf die letzte Bemerkung einzugehen, und überlegte dabei nur krampfhaft, was sie wohl eigentlich von mir wollte. Wusste sie vielleicht von dem „Hüttengeheimnis", denn; dass ich vor zwei Jahren auf dem Werkstatthof gewesen war, wusste sie ganz sicher.

„Sie haben einen großartigen Sohn, wie alt ist der? Meiner wird jetzt 10 Jahre und meine kleine Tochter wird fünf. Haben sie noch mehr Kinder?"

„Mein Tom ist acht   Jahre alt und meine Tochter 17", antwortete ich sehr ruhig, aber in meinem Inneren fing es an zu brodeln, das musste ich jetzt beenden. Vor allem ahnte ich plötzlich, dass sie sich den Besuch auch ganz anders vorgestellt hatte und jetzt selbst nicht weiterwusste. „Alles gut und schön, sie sind doch nicht hier, um mit mir über unsere Kinder zu reden, oder? Was kann ich für sie tun?"

„Sie haben Recht, Frau Wegner, aber plötzlich hatte mich mein Mut verlassen", antwortete sie leise, und ich nahm besorgt wahr, dass sie ganz blass wurde und in sich zusammensackte.

Plötzlich kribbelte es unter meiner Haut, überall, das hatte ich seit Jahren nicht mehr so erlebt und ich starrte sie an.

„Was ist los, reden sie."

Sie richtete sich mit einem Ruck auf und schaute mir direkt in die Augen. „Haben sie vielleicht von dem Unfall auf der Landstraße gehört, sechs Wochen ist das her. Ein Abschleppdienst sollte einen Wagen bergen, der war in einem Graben gerutscht…"

Bei jedem Wort ihrer Beschreibung kroch mir von den Füßen angefangen eisige Kälte hoch, ich hatte davon gehört, aber mit der Gewissheit, dass Lässe gut in seiner kleinen Familie aufgehoben war, hätte ich diesen Unfall doch niemals mit ihm in Verbindung gebracht. Und jetzt saß hier diese Frau und erzählte mir, dass es ihr Abschleppwagen gewesen war, und dass ihr Mann von einem Auto bei einem Überholvorgang erfasst und lebensgefährlich verletzt wurde.

Die eisige Kälte hatte mein Herz erreicht, jemand zog mir den Boden unter den Füßen weg als ich aufstehen wollte, und mir wurde schwarz vor Augen.

„Frau Wegner, hallo, geht es wieder?", hörte ich eine Stimme von weit her, schlug die Augen auf und eine Frau reichte mir ein Glas Wasser.

72

„Entschuldigung, mir war gerade etwas…"

„Sie müssen sich nicht entschuldigen, ich weiß, dass sie meinen Mann kennen. Den Sinn der Worte begriff ich gar nicht, nur eine Frage hämmerte in meinem Kopf.

„Wie geht es ihm?"

„Er liegt im Koma, aber er lebt."

Wir saßen uns gegenüber und schwiegen uns an, außer dem beruhigenden warmen Licht des Aquariums war es dunkel im Zimmer und das Ticken der Wanduhr, war das einzige Geräusch.

„Soll ich gehen?" erreichte mich zaghaft eine Stimme.

„Aber nein, um Gottes Willen nicht", rief ich laut, sprang aus dem Sessel, machte die Stehlampe an und holte einen Obstler aus dem Schrank. „Jetzt werden wir erst mal unsere Lebensgeister wieder wecken, trinken sie Obstler, oder lieber Likör, den hätte ich auch noch da."

„Passt schon, Obstler trinke ich, allerdings kalt", grinste sie mich schief an und wir mussten lachen.

„Dann stelle ich den mal schnell in den Kühlschrank."

Entsetzt hob sie die Hände, „wegen mir nicht, ich muss noch fahren."

„Müssen sie das?", fragte ich etwas hinterhältig, ich musste doch mehr erfahren, ich konnte sie so nicht gehen lassen und da kam mir die Idee.

„Eigentlich nicht", druckste sie ein wenig herum, „ich hatte meinen Eltern gesagt, dass ich heute wohl die Nacht im Krankenhaus bleiben werde. Sie unterstützen mich sehr und kümmern sich vor allem mit aller Liebe um die Kinder.

„Das glaube ich gern", stimmte ich ihr etwas versonnen zu und ein Bild flitzte an mir vorbei; ein kräftiger, grauhaariger Mann mit einem kleinen Jungen an der Hand, der sich eine lange braune Haarsträhne aus dem Gesicht pustete.

„Ich mache jetzt einen Vorschlag, zuerst lassen wir das lästige Sie weg, einverstanden Heike, ich bin Charly."

„Ja weiß ich, aber woher..."

Ich schob ihr lächelnd eine Visitenkarte zu, die mir Peter damals gegeben hatte.

„Verstehe, na klar", wurde sie plötzlich munter, sie haben…... ich meine, du hast die ganze Zeit schon gewusst, wer ich bin, Benjamin und meinen Vater kanntest du auch schon, du warst die Frau in unsrer Werkstatt, jetzt begreife ich…..."

„Was begreifst du", reagierte ich etwas geschockt, hatte mich aber gleich wieder im Griff und war froh, dass sie es nicht mitbekommen hatte. „Ach, kannst du gleich erzählen, ich habe jetzt Hunger, mein Gott so spät schon, komm mit in die Küche", forderte ich sie auf und meine Gedanken kreisten. Was wusste sie alles von mir, von Charly und woher, hatte Lässe etwa…... niemals, alles das schwirrte in meinem Schädel herum. Da musste endlich Ordnung rein.

Ich brühte uns einen Tee auf, stellte Brot, Butter Käse Wurst und Gemüse auf den Tisch und freute mich, sie langte kräftig zu und langsam kam etwas Farbe in ihr Gesicht zurück. Sie könnte ein paar Jahre jünger sein als ich, hatte derbe Hände, kein Wunder bei der Arbeit. Plötzlich hob sie den Kopf, sie hatte wohl gemerkt, dass ich sie beobachtete und wurde ein wenig rot.

„Danke, ich wusste gar nicht, dass ich so hungrig war. Und nun? Ob ich denn noch ins Krankenhaus komme?"

74

„Aber nein doch.", platzte ich heraus und als ihre Augen immer größer wurden, überfiel mich Heiterkeit, so wie vor ein paar Stunden, als ich mich auf mein Wochenende freute. „Komm mit", ich schubste sie an, „jetzt der Vorschlag Teil 2, hier ist das Bad, und hier das Kinderzimmer, da kannst du heute schlafen." Ich zeigte auf ein Bett. „Schon frisch bezogen, das ist Franziskas Bett, ab und zu schläft Franzi noch hier. Na, was sagst du?"

„Dann benutze ich erst mal das Badezimmer, muss schon lange Mal", kam es ungläubig von ihr zurück und sie lief raus.

Ich räumte schnell den Tisch ab, stellte den Rest in die Spüle und zündete im Wohnzimmer eine Kerze an.

„Trinkst du Rotwein?" Sie nickte, setzte sich wieder auf die Couch und starrte in das Aquarium. Ich ging auf den Balkon und rauchte in aller Ruhe eine Zigarette. Dann hockte ich mich bequem in meinen Sessel ihr gegenüber, das Wasser blubberte leise, und sonst war es friedlich still im Raum.

„Eines Tages stand ein Herr Weller, Dorfpolizist aus einem Nachbarort, mit einem Mann auf unserem Hof", begann sie leise zu sprechen. Ihr Gesicht spiegelte sich in der Scheibe, sie lächelte und ich sah alles, was sie erzählte, bildhaft vor mir, und wagte kaum zu atmen. „Das war so vor 15 Jahren, wir hatten gerade meinen 16. Geburtstag gefeiert und er kam mir alt vor. Lars hieß er, war Mechaniker und sollte jetzt bei uns arbeiten. In einer anderen Werkstatt war er wohl nicht zurechtgekommen. Ich fand ihn etwas komisch, aber mein Vater schaute ihm sehr lange wortlos an und nickte dann. Er hat es nie bereut, Lars war sehr fleißig, lernte sehr viel von meinem Vater und war dankbar dafür. Er schlief in der alten Gesellen Stube im Anbau und aß mit uns gemeinsam. Ein Jahr später begann ich eine Lehre bei meinem Vater als KfZ Mechanikerin, er war Meister und durfte ausbilden. Jetzt hockten wir ständig zusammen, Lars und ich, und irgendwann wurde mehr daraus, und dann kam Benjamin zur Welt, doch vorher wurde noch geheiratet", lachte sie plötzlich aus vollem Hals, „da bestand aber meine Mutter drauf."

Mir entging kein Wort, ich lachte mit und versuchte gleichzeitig meine Gefühle unter Kontrolle zu halten. Plötzlich musste ich an Welle denken, der sicher heilfroh darüber gewesen war, dass er mir nichts von alledem erzählen brauchte, ich war schon längst weg aus Beeshain.

„Prost, Heike, eine schöne Geschichte", ich zog eine Grimasse, sollte eigentlich ein Lächeln werden, „Aber nun erzähl mir mal, wieso sitzt du hier, wie bist du auf mich gekommen, ich kann mir…"

„Warte, warte", fiel sie mir ins Wort und breitete die Arme aus, „da muss ich etwas weiter ausholen."

Die Kerze auf dem Tisch flackerte durch den Luftzug und spiegelte sich in der Anbauwand, es war richtig gemütlich. Ich schenkte Wein nach, lehnte mich zurück und hörte zu.

„Ungefähr vor zwei Jahren redete Lars im Schlaf, murmelte etwas von Charly", erzählte sie weiter, und schaute mich merkwürdig an, hatte ich zumindest den Eindruck. Mein Herz rutschte ein Stück tiefer und für Zehntelsekunden drängten sich mir böse Gedanken auf; was, wenn sie alles wusste, oder vielleicht ahnte, wenn sie mich aushorchen wollte um mich…Quatsch, so hinterhältig war sie nicht, schon gar nicht jetzt. Ganz schnell verwarf ich die fixe Idee und lauschte weiter.

76

„Ich fragte ihn auch nicht danach, ahnte immer schon, dass er ganz tief in sich drin etwas versteckte, was er nie preisgeben würde, und ich akzeptierte es. Warum sollte ich dann fragen. Er war gut zu mir und er liebt seine Kinder über alles."

Mein Igel rollte sich schon eine ganze Weile unter der Haut, doch sie würde es mir nicht anmerken. „Das ist ja herzergreifend, aber wir sind immer noch nicht weiter, irgendwann müssen wir schlafen", sagte ich viel zu laut.

„Du hast ja Recht, ich halt mich kürzer" sie grinste mich an und heulte plötzlich los.

„Mein Gott Heike", rief ich erschrocken, „ist dir das zu viel, dann hören wir auf."

„Nein, nein." Sie lächelte unter Tränen, „ich musste wohl nur mal Druck ablassen, jetzt geht es wieder." Dann kramte sie in ihrer Tasche, schnäuzte sich laut aus und nahm einen großen Schluck und fuhr fort. „Vor zwei Wochen fragte mich der behandelnde Arzt, ob mir der Name Charly was sagte. Ich musste wohl so dumm geguckt haben, dass er mir gleich erläuterte, wie er darauf kam. Lars hatte diesen Namen ständig gesagt, bevor er ins Koma gefallen war. Der Arzt meinte noch, dass die Organe so weit in Ordnung seien, dass er durch die Rückenverletzung vielleicht nicht mehr laufen könne, aber dass das mit der anhaltenden Bewusstlosigkeit nichts zu tun hätte und manchmal Kontakte von außen Wunder wirken könnten.

Mir fielen keine Worte ein, nichts, rein gar nichts, was ich hätte, dazu sagen können. In mir explodierte nun auch der Druck. Ich stützte meinen Kopf in die Hände und die Tränen liefen mir ungehemmt über das Gesicht.

„Du liebst ihn, nicht wahr? Eigentlich wusste ich es schon, als ich vor deiner Tür stand, du hast dich aber   verdammt gut in der Gewalt.

„Heike ich... nein, nicht so wie du ......"

„Hör auf herumzustottern", unterbrach sie mich und legte ihre warme Hand auf meine eiskalte, „ich weiß das, ich kenne jetzt Charly, ich habe sie gesucht und gefunden.

Ich hörte regelrecht den Stein in mir plumpsen, fühlte mit jeder Faser meines Körpers, wie er sich langsam entspannte und stand auf. „Jetzt muss ich erst mal eine rauchen. Dann musst du mir davon erzählen."

Heike verließ das Wohnzimmer und ich ging auf den Balkon, blies nachdenklich den blauen Dunst in den wolkenverhangenen Himmel. Was für ein Tag, ich hatte es noch nicht realisiert. Sie stand wortlos neben mir, atmete einige Male tief durch und schlüpfte wieder ins Zimmer und sprach weiter.

„Auf dem Weg nach Hause letzten Sonntag erinnerte ich mich, dass Lars vor zwei Jahren mal den Namen Charly im Schlaf ausgesprochen hatte. Ich wusste wohl, dass er als Kind in Beeshain gelebt hatte, aber er hat nicht viel aus seiner Vergangenheit erzählt, nur dass er Einzelkind war und seine Mutter vor vielen Jahren gestorben sei. Also begann ich meine Suche gleich am Montagnachmittag in Beeshain, fragte herum, ob jemand Charly kannte. In den Neubauhäusern konnte mir niemand helfen, aber im „Eulenwirt" sofort. Der Wirt selbst strahlte mich an, fing an zu schwärmen von früheren Zeiten und das Charly seine beste Freundin war und jetzt noch ist, dass sie über 20 Jahre schon weg war, wegziehen musste, weil ja das Haus fast abgebrannt wäre und jetzt ein Tierarzt drin ist. Auf meine Frage nach der jetzigen Adresse stutzte er plötzlich und blockte völlig ab, im Gegenteil, er wurde richtig grantig, Wer das wissen will, fragte er böse und schwieg. Ich zahlte mein Wasser und ging schnell raus, der Gastraum war leer. Eine ältere Frau fragte ich nach dem Tierarzt und sie schickte mich zum Siedlungsende. Ich zögerte vor dem Haus und bemerkte eine alte Frau, die sich im Nachbarhaus aus dem Fenster lehnte und mich ganz genau beobachtete."

„Oh nein", konnte ich mir nicht verkneifen, „Frau Ewers unsere ehemalige Nachbarin."

„Genau die, und hier erfuhr ich alles", Heike grinste „alles über Charly, ihre Schwestern, ihre Mutter und dann fiel der Name Lässe, und dass Charly ihm immer rausgehauen hätte, wenn er Mist gebaut hatte. Sie erzählte dann noch, dass Charly nach über 20 Jahren wieder mal im Dorf gewesen war und das sie in der Kreisstadt in so einem komischen Kombinat arbeiteten würde. Der Rest war einfach und hier bin ich", endete Heike, ihre Hände kneteten das kleine Kissen vor dem Bauch und in ihrem Gesicht konnte ich lesen wie in einem Buch.

Es gab auch nichts mehr zu sagen und wir versanken in unsere Gedankenwelten. Trotzdem brannten Fragen unter der Haut; was erwartete sie von mir, was konnte ich tun, um zu helfen, aber eigentlich kannte ich die Antworten schon, wollte sie auch nicht weiter drängen und lehnte mich mit geschlossenen Augen zurück.

„Charly, hilfst du mir, hilfst du uns? Er muss wieder aufwachen!"

Der flehende Blick aus großen braunen Augen nahm mir die

Luft zum Antworten. Ich hockte mich zu ihr auf die Couch, schlang meine Arme um sie und flüsterte ihr ins Ohr. „Natürlich helfe ich euch. Aber jetzt geht es erst mal ins Bett, es ist gleich Mitternacht." Bereitwillig folgte mein Gast mir und ich konnte ihr ansehen, dass sie vor Müdigkeit kaum noch stehen konnte.

„Ach warte, ich muss noch mal zum Auto, habe immer eine kleine Notfalltasche bei mir, Zahnbürste und so, man weiß ja nie."

„Eine neue Zahnbürste habe ich immer da, man weiß ja nie", ich schmunzelte, schob sie ins Kinderzimmer und knipste die Leselampe an Franzis Bett an und sie setzte sich erschöpft darauf. Ich flitzte nochmals raus und legte ihr nach zwei Minuten frische Handtücher, ein Longshirt und die Zahnbürste auf die Knie.

Wie gelähmt stand ich in meinem Wohnzimmer. Was passierte hier gerade, war das real, war das ein Traum, ich wusste es im Moment nicht, schenkte mir den Rest Wein ein und hörte, wie jemand die Badezimmertür leise schloss.

„Gute Nacht, Charly", erreichte mein Ohr und erst nach einigen Sekunde begriff ich, dass ich gemeint war.

Tiefe Atemzüge hinter der nur angelehnten Tür sagten alles, eine geplagte Seele fand erst mal Ruhe. Ehe mein Unterbewusstsein die Ereignisse des Tages ausspucken konnte, schlüpfte ich auch nach einer Katzenwäsche unter die Bettdecke, stellte mir zur Vorsicht noch den Wecker und schlief sofort ein.

Noch vor dem Gerassel meines Weckers schlug ich die Augen auf, dehnte und streckte mich und spürte das Fremde in meiner Wohnung. Aber ich musste mir keine Sorgen machen. Leise Schnarch Töne drangen durch die Kinderzimmertür, ich huschte ins Bad, machte mich etwas frisch, und verließ lautlos die

80

Wohnung. Statt Morgengymnastik trabte ich zügig zum Baumarkt. Der kleine Bäckerladen daneben öffnete 7 Uhr und ich holte leckere frische Semmeln.

In der Wohnung war es noch still, ich brühte mir schnell einen Kaffee auf, ging auf den Balkon und rauchte mir in Ruhe eine. Trotzt mehrmaliger Versuche hatte ich es noch nicht geschafft, dieses Laster endlich loszuwerden, Immer kam etwas dazwischen, zuletzt musste die Ehekrise herhalten, ha, ha, kicherte ich vor mich hin, flitzte in die Küche und deckte den kleinen Frühstückstisch am Fenster.

„Guten Morgen", kam es zaghaft von der Tür und ich legte die Zeitung weg.

„Guten Morgen, Heike, hast du gut geschlafen?"

„Unverschämt gut", erwiderte sie sichtbar zerknirscht und setzte sich. „Seit Wochen fühle ich mich das erste Mal wieder richtig ausgeschlafen und wohl. Ich habe fast ein schlechtes Gewissen dabei."

„Aber nicht doch", ereiferte ich mich, schenkte uns Kaffee ein und sah ihr in die Augen. „Dir muss es gut gehen, verstehst du, du musst versuchen etwas Ruhe zu finden, dich zu entspannen."

„Das verstehe ich nicht, wie soll das gehen, gerade jetzt", begehrte sie auf, legte das Brötchen aus der Hand und sah mich fast feindselig an.

Das amüsierte mich derart, dass ich lachen musste und ihr Blick noch grimmiger wurde. Ich riss mich zusammen, dachte kurz nach und legte ganz sachte meine Hand auf ihren Arm.

„Ich will versuchen es dir zu erklären. Überlege mal; du fühlst dich schlecht, vielleicht hast du Schmerzen, Sorgen oder sogar

Angst, wie reagiert Benjamin darauf, er merkt das nämlich genau, wird vielleicht traurig. Also was ich sagen will, über alles, was sich in deinem Inneren abspielt, sendet dein Körper Signale nach außen und die kommen bei den Menschen an, die man liebt, oder zu denen man eine gewisse Bindung hat. Deshalb ist es sehr wichtig seine eigenen Stärken und innere Ruhe zu finden und positiv zu denken. Denn nur wenn es dir selbst gut geht, kannst du auch anderen helfen."

Mein Gegenüber verzog keine Miene, keine Ahnung, ob sie verstanden hatte, was ich damit eigentlich sagen wollte. Plötzlich glätteten sich ihre Falten und der starre Blick verschwand, wurde sehr lebendig und ein feines Lächeln umspielte ihr Lippen. Mit einem gesunden Appetit widmete sie sich den frischen Brötchen, sah nicht einmal hoch, stellte irgendwann die leere Tasse ab und unsere Blicke kreuzten sich.

„Ich weiß jetzt genau was du meinst und ich weiß auch, dass du von Lars sprichst, von meinem Mann den ich sehr liebe", sie zögerte einen Moment, atmete tief durch und nahm meine Hand, „den wir lieben."

Damit hatte ich nicht gerechnet, es verschlug mir die Sprache und als ich antworten wollte, stoppte sie mich mit einer eindeutigen Handbewegung.

„Ich fahre jetzt endlich zu meinen Kindern, gestern im Krankenhaus hatte ich schon Bescheid gegeben, dass du jederzeit zu meinen Mann Zutritt hast. Alles andere musst du selbst wissen, das kann ich dir nicht abnehmen. Danke für alles."

Sie reichte mir die Hand zum Abschied, griff sich ihre Handtasche und lief zum Fahrstuhl. Ich nahm meinen Schlüssel vom Brett, da stand sie in der Wohnungstür, fiel mir um den Hals und schluchzte danke, danke, danke, da blieb ich zurück und ging auf den Balkon, schaute ihr nach, als sie den Parkplatz verließ.

Ganz mechanisch erledigte ich alle Handgriffe in der Wohnung, putzte Küche und Bad, bezog Franzis Bett neu, räumte Toms Spielecke etwas auf und schaltete dabei meinen Denkapparat einfach ab. Im Moment konnte ich mit niemandem über irgendetwas reden und verschob den Besuch bei meiner Mutter, vielleicht auf danach...

„Wo finde ich Herrn Weinhold, Lars Weinhold?"

„Weinhold, Lars, der liegt auf der Intensiv, Etage 3.

„Danke, Fahrstuhl noch dahinten", ich zeigte mit der Hand ins Haus. Der Mann in der Pforte nickte und ich steuerte darauf zu, lag selbst vor Jahren schon mal hier drin und hatte auch etliche Bekannte hier mal besucht. Aber was mich jetzt erwartete, wusste ich nicht.

„Bitte, was kann ich für sie tun?" fragte eine Schwester an der Tür, nachdem ich geklingelt hatte.

„Guten Tag, ich möchte Herrn Weinhold besuchen.

„Sind sie verwandt mit Ihm?"

„Nein, verwandt nicht, aber Frau Weinhold hat wohl hier die Zustimmung hinterlassen."

„Da muss ich fragen, wie ist ihr Name?"

Nachdem ich mich ausgewiesen hatte, ging die Tür zu und ich wartete eine gefühlte Ewigkeit, aber eins war klar, hier bekam mich niemand weg.

„Kommen sie bitte?", forderte die Schwester mich freundlich

auf und ging mir voran bis Ende des Ganges.

Mit einem Blick erfasste ich das Zimmer, sah Geräte zur Überwachung der Vital Funktionen, 90 – 60 - 50, das konnte ich erkennen, sah Kurvendiagramme und Infusionsschläuche und schaute dann auf einen blassen, stillen Mann mit geschlossenen Augen, der ganz flach atmete.

Ich desinfizierte gründlich meine Hände, zog mir einen Stuhl heran und setzte mich so nah wie möglich an sein Bett. In meinem Körper summte es wie auf einer schönen Blumenwiese und ich legte vorsichtig die linke Hand auf seine Brust und schloss die Augen.

Nach einer Weile spürte ich deutlich, dass mich jemand beobachtete, und ich schlug die Augen auf. Auf der anderen Seite des Bettes hatte sich ein Arzt, wie ich am Namensschild erkennen konnte, Oberarzt Dr. Berghoff, gesetzt. „Doktor, können sie mir bitte……?

„Ich kann", unterbrach er mich, „Frau Weinhold hat die Erlaubnis gegeben Frau Wegner, oder für Charly?", er lächelte und sprach gleich weiter. „Herr Weinhold erlitt eine Gehirnerschütterung, die aber ohne weitere Folgeschäden blieb. Einige Rippenbrüche müssen noch ausheilen, doch die Rückenverletzungen waren schwer, und der weitere Verlauf ist noch nicht abzusehen. Aber das hat mit dem jetzigen Zustand nichts zu tun. Nach einer Notoperation vor drei Wochen musste Herr Weinhold reanimiert werden, war kurz ansprechbar und fiel kurz darauf ins Koma. Die Hoffnung, dass er…Moment, ich muss weg, entschuldigen sie", er sprang auf, seinen Pieper in der Hand.

„Vielen Dank für ihre Zeit, Doktor, ich habe auch alles

84

verstanden und komme wieder. Er nickte kurz und raus war er.

Es gab auch nicht viel zu reden. Innerlich ein wenig entspannter schaute ich auf Lässe, betrachtete lange sein Gesicht und berührte vorsichtig eine große Narbe, die sich über der rechten Augenbraue bis runter zum Wangenknochen zog. Genauso reglos wie er lag, saß ich auf dem Stuhl, meine linke Hand ruhte auf seinem Herzen. Ich ließ ihn nicht aus den Augen, zuckte leicht zusammen als sich die Tür öffnete und stand auf. Die Besuchszeit war längst vorbei und ich musste gehen.

Wie eine Ohrfeige klatschte mir unverhofft der kalte Novemberwind ins Gesicht. Ich knöpfte meine Jack bis unters Kinn zu, wickelte mir den Schal fester und lief mit gesenktem Kopf geradewegs zur Bahn. Das Wetter hatte plötzlich umgeschlagen, nass, kalt und windig. Am Himmel türmten sich viele dicke, dunkle Wolkenberge und drückten aufs Gemüt, auch das noch. Ich mochte jetzt nicht allein in meiner Wohnung sein, stieg am Baumarkt aus und eilte zu meiner Mutter.

„Ach Charlotte, komm rein", empfing sie mich etwas überrascht, wolltest du heute nicht mit einer Freundin ins Kino, aber ich freue mich natürlich."

Wortlos drängte ich mich an ihr vorbei, setzte mich in die kleine Küche und schenkte mir einen Kaffee ein, den sie wohl gerade frisch aufgebrüht hatte. Sie kannte mich gut genug, um zu wissen, dass ich ein wenig Zeit für mich brauchte und musterte mich nur sehr genau, vielleicht auch ein bisschen besorgt.

„Oh, Mama, der Kaffee tut gut, der kommt gerade richtig."

„Kind, du hast doch sicherlich nicht deine Freundin wegen meines Kaffees versetzt, oder?" Sie lächelte verschmitzt und wartete.

„Natürlich nicht, haben wir verschoben", gluckste ich erheitert, doch ihr entging gar nichts und ehe sie weiter bohren konnte, erzählte ich ihr, woher ich kam, und was passiert war. Ihr Gesichtsausdruck wechselte zwischen Ungläubigkeit, Mitgefühl und Entsetzen. Sie sprang auf und rief durchs Treppenhaus laut nach Christel. Nach wenigen Minuten stand die auch in der Küche und starrte uns erschrocken an.

„Was ist los, Mutter, brennt die Hütte ab?"

Das hätte sie wohl lieber nicht sagen sollen, denn jetzt schauten wir ihr entgeistert ins Gesicht.

„Oh nein, entschuldigt, was bin ich für eine dumme Kuh", quetschte sie zerknirscht heraus.

„Wenn man ohne nachzudenken spricht", tadelte unsere Mutter lächelnd und sah mich an. „Charlotte, nun erzähle es noch einmal", bat sie mich, ging voran ins Wohnzimmer und ich wiederholte das Wesentliche.

Christel verschlug es die Sprache, sie schüttelte nur mit dem Kopf und streichelte meine Hand. „Mein Gott, im Salon hatten Kunden von dem Unfall erzählt, aber Lässe? wieso Lässe, das wusste ich nicht, wo war er abgeblieben in den 20 Jahren, was…"

Meine Handbewegung stoppte sie und ich erzählte nun auch von gestern Abend, von Heikes Besuch und unserem Gespräch. Sie hätten mich doch nicht in Ruhe gelassen. Bestimmte Details ließ ich natürlich aus, denn meine Mutter war sehr spitzfindig, und Christel auch, die Fragen hätten kein Ende genommen.

Es klingelte an der Tür und kurz darauf schallte schon durchs Treppenhaus, „Wieder mal verquatschen, gibt es heute kein

Abendbrot?" Christel erhob sich sofort und ich drehte meine Finger vor dem Mund. Sie nickte und unsere Mutter zog nur die Augenbrauen hoch.

„Bleibst du noch zum Abendbrot", betonte sie extra und wir grinsten uns an.

„Gerne Mama, aber vorher gehe ich eine rauchen." Ihre Stirne kräuselte sich, doch sie verkniff sich heute den üblichen Kommentar. Ich schnappte mir die Jacke und huschte leise durchs Haus bis hin zum Gartentor. Zum Glück lag Christels Wohnung hinter dem Laden und niemand bemerkte mich.

Die Dämmerung hatte längst das letzte Tageslicht aufgesogen und fröstelnd schweifte mein Blick von den hohen, hell erleuchteten Neubaublöcken bis hinunter in die Stadt und blieb dort irgendwo hängen. Der heutige Tag zog in aller Deutlichkeit noch einmal an mir vorbei und dann sah ich nur noch ein blasses Gesicht mit geschlossenen Augen vor mir, da lief ich wieder ins Haus, hoch zu meiner Mutter.

Schweigend saßen wir uns in der Küche gegenüber und ich verspürte eigentlich gar keinen Hunger.

„Charlotte, was willst du… besser gesagt, was kannst du denn tun, wie willst du ihm helfen?", fragte sie zaghaft.

„Keine Ahnung, Mama, ich werde jeden Tag nach der Arbeit zu ihm gehen und mit ihm reden, werde ihm Geschichten von früher erzählen. Natürlich nur, wenn Tom etwas länger bei dir bleiben kann?" Ich schaute sie fragend an und sie nickte sofort.

„Ja sicher geht das meine Liebe, vielleicht dringt etwas zu ihm, ich habe mal einen alten Film gesehen, da saß eine Frau wochenlang am Bett ihres Mannes und er..."

„Alles gut, Mama" unterbrach ich ihre Begeisterung lachend, „ich habe auch mal ein Buch gelesen, da war es ähnlich...vielleicht, wer weiß das schon. Ich würde dann ab Montag Tom zwischen fünf und halb sechs abholen. Er wird das verstehen, ich rede morgen mit ihm darüber, was genau; muss ich mir noch überlegen. Danke Mama, für alles."

Es war schon kurz vor neun als ich zuhause ankam und etwas verloren in der leeren Wohnung stand. Mich quälte plötzlich große Sehnsucht nach den Kindern.

Ich schüttelte mich kurz, rauchte eine Zigarette und nahm eine heiße Dusche, die brachte tatsächlich etwas Entspannung. Mit einem Glas Wein hockte ich mich vors Aquarium und starrte eine Ewigkeit hinein, ohne wirklich etwas wahrzunehmen. Irgendwann fielen mir die Augen zu.

Früher als sonst kam Tom nach Hause, lief zuerst auf den Balkon und winkte zu seinem Vater runter. Der stand auf dem Parkplatz und fuhr danach gleich los.

„Nun komm doch mal her, mein Großer, ich will dich knuddeln", stoppte ich ihn lachend, hielt ihn fest und drückte ihm ein paar Küsschen auf. „War irgendwas?"

„Och nee, aber drin macht das nicht so viel Spaß und dann der komische Peter, hat sich mit seiner Mutter gestritten, da hatte ich keine Lust mehr heute."

„Ich freue mich ganz doll, dass du schon da bist. Dann räume doch schnell deine Sachen aus, und dann kochen wir uns was Schönes zusammen. Was hältst du davon? Auf was hast du Appetit, Kartoffeln oder Nudeln?"

„Oh ja, Nudeln mit Ketchup, Spaghetti mit Ketchup", jubelte

er und hüpfte zur Küchentür raus.

„Hilfst du mir, dann wasch dir die Hände", rief ich schmunzelnd hinterher.

„Mama, machst du mal allein, ich muss mein Treck reparieren, da ist der olle Peter richtig draufgetreten." Weinerlich stand Tom in der Tür und hielt zwei Teile in der Hand.

„Och Schatz, das hat der bestimmt nicht mit Absicht gemacht und du kriegst das doch wieder hin, oder?"

„Kann schon sein", murmelte er, doch seine Augen sagten was ganz anderes.

Nachdenklich setzte ich die Nudeln auf. Ich wusste doch, da war etwas gewesen, auch nicht zum ersten Mal. Sein Vater brachte ihn dann früher zurück, doch sie erzählten nichts und ich versuchte auch nicht Tom auszuhorchen.

Ankes Sohn aus erster Ehe war ein paar Jahre älter, lebte bei seinem Vater und wenn es dort mal Ärger gab, tauchte er schon mal unverhofft bei der Mutter auf, das hatte ich schon mitbekommen.

Ich schnitt Zwiebeln klein, würfelte frische Tomaten, die Spaghetti brodelten schon, machte die Soße fertig und grinste dabei in mich hinein; das Leben ist nun mal kein Wunschkonzert.

Auf der Arbeit ging es schon montagmorgens hoch her. Die Wiedervereinigung verschaffte uns allen jede Menge Mehrarbeit. Eine Besprechung jagte die andere und im Haus brodelte natürlich die Gerüchteküche. Die Fakten jedoch wurden wie immer hinter den Türen in Vier- Sechs- oder Acht Augengesprächen auf den Tisch gelegt.

„Sind sie noch anwesend, Frau Wegner", motzte mich der

Direktor für Kader und Bildung an.

„Aber sicher, Herr Junkermann, hätten sie denn dann noch fünf Minuten Zeit für mich?" Ich lächelte ihn treuherzig an und er nickte gnädig. Eigentlich verstand ich mich mit meinem Vorgesetzten recht gut. Seine Sekretärin sagte Bescheid, nach der Mittagspause wäre er für ein paar Minuten frei.

„Was ist mit ihnen los, Wegner. Sie schienen heute nicht bei der Sache zu sein."

„Das stimmt, Herr Direktor, ich habe im Moment ein kleines familiäres Problem; kann ich ab morgen eine halbe Stunde eher anfangen und natürlich dafür früher gehen?", überrollte ich ihn einfach.

„Na, wenn es weiter nichts ist, dann machen sie es." Er grinste gönnerhaft und schaute nicht mal von seinen Papieren hoch.

Tom war nicht ganz so begeistert, aber gleich wieder versöhnt bei der Aussicht, dass er einen oder zwei Wünsche frei hätte. Immerhin mussten wir eine halbe Stunde eher aus dem Haus, und für wie lange…ich hatte keine Ahnung.

Von Montas bis Freitag lebte ich ab um vier in einer anderen Welt, sie bestand aus Liebe, Traurigkeit und Hoffnung. Ich saß eine Stunde neben einem Menschen, der nicht mit mir reden wollte, noch nicht. Aber ich gab nicht auf, streichelte ihn und erzählte Geschichten aus meiner Kindheit, in der er damals schon eine sehr große Rolle gespielt hatte. Ich erzählte von seinem jetzigen Leben, seiner Arbeit, seiner Frau und vor allem seinen Kindern, die auf ihn warteten.

Die Schwestern auf der Station empfingen mich sehr freundlich und sein behandelnder Arzt schaute ab und zu rein.

90

Meine Mutter stand mit Tom viertel nach fünf vor Christels Friseurladen und manchmal ging ich mit ihm schnell noch etwas einkaufen, was sich natürlich immer mehr häufte, Mein Junge war ja nicht dumm und nutzte es aus, dass ich ihm kleine Wünsche außer der Reihe erfüllte. Innerlich schmunzelte ich darüber, er war sonst eher bescheiden. Richtig erschrocken war ich am zweiten Mittwoch, als meine Mutter allein wartete.

„Was ist los, Mama", rief ich ihr schon entgegen, doch sie hob beruhigend die Hände.

„Nichts ist los, Charlotte, Franziska ist bei Tom, sie wollte ihn vor der Schule überraschen und Tom hat sie dann mit zu mir geschleppt, damit ich mir keine Sorgen machen würde, schlaues Kerlchen unser Tom.! Sie lachte verschmitzt, „jetzt warten sie zuhause auf dich. Sag mal, hast du Franziska noch gar nichts davon erzählt", tadelte sie mich, das finde ich nicht gut."

„Du hast ja recht, Mama, es hat sich einfach noch nicht ergeben", redete ich mich heraus, „kann ich ja jetzt machen."

„Das will ich hoffen, sei froh, dass ihr euch wieder so gut versteht. Und dein Schwager", flüsterte sie mir noch ins Ohr, „der lästert schon mächtig über dich ab."

„Soll er doch", ich machte ne lange Nase und lachte, „grüß Christel von mir."

In der Wohnung war es verdächtig still und ich schlich mich auf den Balkon.

„Wer ist Lässe?"

„Hast du mich erschreckt, Kind", fuhr ich Franzi an, die plötzlich hinter mir stand, „entschuldige, ich war in Gedanken."

„Das habe ich gemerkt und ich hätte gerne mehr über deine

Gedanken gewusst." Etwas unsicher schaute sie mich an. „Also wer ist dieser Lässe, den du täglich im Krankenhaus besuchst."

„Ach Franziska, das ist eine lange Geschichte, was hat dir denn Tom schon erzählt, oder Oma?"

„Tom nicht viel und Oma gar nichts, die hat gesagt, da muss ich dich schon selbst fragen, also, ich habe heute Zeit."

„Wo ist Tom überhaupt?"

„Der spielt in seinem Zimmer und gegessen haben wir unterwegs, Pommes mit Ketchup", blieb sie hartnäckig und amüsierte sich über mein Ablenkungsmanöver.

„Na gut, trinkst du ein Glas Wein mit mir?" Ich gab auf, sortierte dabei meine Gedanken für diese Beichte.

„Lässe, das war eine Junge aus dem Dorf und meine erste große Liebe. Ich war zwölf Jahre damals, er vier Jahre älter und interessierte sich überhaupt nicht für mich. Oft war er auch wochenlang gar nicht da. Nicht weit von uns stand das Häuschen, indem seine Mutter ihr Leben lang gewohnt hatte. Und wenn er mal da war, schlich ich heimlich dort herum. Immer wieder baute er Mist, hatte die falschen Freunde und ich rettete ihm einige Male den Hintern, Daraus entstand unsere Freundschaft, und mit 14 hatte ich dann ganz komische Gefühle und ich wusste; ich hatte mich verliebt." In aller Ruhe nahm ich einen Schluck Wein und Franziska hing wie gebannt an meinen Lippen.

„Weiter Mama, wie ging es weiter`?"

„Er war wieder einmal auf einem Jugendwerkhof untergebracht und kam nur ins Dorf, wenn es seiner Mutter ganz schlecht ging. Übers Jahr starb sie dann, sie war sehr krank, Oma besuchte sie sehr oft und half, wo sie konnte und ich auch. Nach

92

der Beerdigung kam er gar nicht mehr ins Dorf, die Gemeinde nahm sich das Haus. Ich ging in die Lehre, da war ich so alt wie du jetzt und blieb die Woche über im Wohnheim. Eines Nachts brannte hinter uns das Wäldchen ab und das kleine Häuschen von Lässes Mutter gleich mit. Unser Haus wurde dabei so stark beschädigt, dass wir ausziehen mussten und Oma endlich mit in die Stadt zog. Lässe und ich verloren uns aus den Augen, aber meinen Traum träumte ich weiter."

„Mama, warum weiß ich darüber so gar nichts? Mit großen Augen schaute Franzi mich fragend an und mir wurde warm ums Herz.

„Tja, Kind, kannst du dich an meine Dienstreise erinnern? Ich musste nach Beeshain und besuchte so nach über 20 Jahren meinen Heimatort das erst Mal wieder. Gern hätte ich dir darüber erzählt, aber..."

„Klar erinnere ich mich noch daran, ach Mama, es tut mir heute so leid."

„Franzi, bitte", schnitt ich ihr das Wort ab und lachte, als sie völlig zerknirscht auf der Couch hockte, „ich konnte das gut verstehen, die Stimmung hier war, na ja, und ganz besonders du hattest große Probleme damit, wolltest ausziehen und, und."

„Stimmt, war eine Sch…Zeit für uns, aber jetzt ist alles gut. Erzähle, wie ging es weiter, wieso ist er jetzt hier im Krankenhaus?"

Nach wenigen Minuten kannte sie auch den Rest der Geschichte. Ich erzählte von dem Freitag, als ihr Vater Tom abholte, ließ dabei seine Gehässigkeiten aus, und schilderte dann Heikes Besuch, wie sie mich gefunden hatte, dass sie über Nacht geblieben war und natürlich von ihrer Bitte, ihnen zu helfen. Franziska ließ mich nicht aus den Augen, rutsche immer mehr zusammen und ich hatte den Eindruck, sie war von dem Gehörten regelrecht überwältigt, musste es erst mal verarbeiten.

„Mein Gott, so spät schon, ich habe noch gar nichts gegessen", rief ich aufgekratzt und stand auf. „Tom, wo steckst du, hast du auch noch Hunger?" Ich schaute ins Kinderzimmer und musste lächeln. Tom spielte mit seinem Treck und inzwischen hatten wir einen ganzen Bauhof dazu gekauft.

„Großen Hunger, Mama, ich komme." Er schob alles in die Ecke und stürmte mir hinterher. Franzi hatte schon den Kühlschrank geplündert und brühte gerade Tee auf, sie schwieg immer noch, mit einem tiefen Seufzer schaute sie mich an, „Meinst du die würden mich mal mit reinlassen?"

Etwas erstaunt forschte ich in ihrem Gesicht. „Möchtest du denn das wirklich?" Sie nickte nur und stand auf.

„Ich gehe dann mal, wir sehen uns morgen um vier vor dem Krankenhaus, oder?"

Ich folgte ihr zur Tür und nahm sie wortlos ganz fest in die Arme.

„Mama, Franzi geht mit ins Krankenhaus, kann ich da auch mit?"

„Ach Großer, du wartest bei Oma auf uns, es würde dir dort nicht gefallen, vielleicht kommst du mal mit, wenn es meinem Freund besser geht, ja? Und jetzt ab ins Bett, vorher Bad." Ich kitzelte ihn aus und quiekend sauste er raus.

Gedankenverloren rauchte ich später auf dem Balkon. Eine traurig-fröhliche Stimmung hielt mich gefangen. Aus meiner

94

kleinen Franzi war eine erwachsene, kluge Franziska geworden, wir hatten einiges nachzuholen.

Auf der Arbeit war nun die Katze aus dem Sack, die Stimmung der Kollegen auf dem Nullpunkt und die Nerven lagen bei vielen blank. Seit heute Mittag sorgte ein Aushang am „Schwarzen Brett" für große Aufregung, Es wurde offiziell bekannt gegeben, welche Planstellen im Zuge der Rationalisierung wegfallen werden, und, dass mit jedem Kollegen ein persönliches Gespräch stattfinden würde. Meine Stelle war auch dabei. Aber deshalb ließ ich mir keine grauen Haare wachsen. Zum einen hatte ich schon Kenntnis darüber und zum anderen keimten schon lange neue Pläne in mir. Nach der Wende war ja so viel mehr möglich, es gab immer einen Weg, aber im Moment beschäftigten mich andere Gedanken.

Ich freute mich sehr, dass Franziska tatsächlich vor dem Krankenhaus stand. Ohne Probleme durfte sie mich begleiten. In Lässes Zimmer empfing uns leise Country Musik. Ich wusste, dass er sie mochte, stellte ihm gleich am zweiten Tag einen kleinen Rekorder aufs Fensterbrett. Die Totenstille im Raum fand ich furchtbar.

Franzi hatte sich schon den zweiten Stuhl ans Bett gezogen, setzte sich mir gegenüber und schaute fast andächtig in sein blasses Gesicht. Mein Blick schweifte als erstes auf die Geräte, seine Vital Werte hatten sich etwas verbessert, der Puls war auf 60 geklettert. Ich strich sanft über seine Stirn, über die lange Narbe und ließ meine Hand auf seinem Herzen ruhen.

„Heute habe ich dir jemanden mitgebracht, meine Tochter Franzi, sie wollte dich gern kennenlernen, die würde dir gefallen", erzählte ich ihm leise. „Und Tom, meinen Sohn, den wirst du auch mal kennen lernen." Meine Hände kreisten sanft über die Bettdecke und ich redete und redete. Franziska schwieg die ganze Zeit, schaute plötzlich zur Tür und ich drehte mich um.

„Heute mit Verstärkung, das ist schön." Dr. Berghoff kam ans Bett und begrüßte uns lächelnd.

„Das ist meine Tochter Franziska, sie wusste bis gestern noch nichts von meinem Geheimnis", scherzte ich und zeigte gleich darauf auf die Geräte. Doktor, der Puls ist gestiegen, ist das ein gutes Zeichen?"

„Das haben wir seit gestern Abend auch bemerkt, jede Verbesserung des Zustandes ist ein gutes Zeichen", wich er lächelnd einer näheren Erklärung aus", und sie geben doch die Hoffnung nicht auf, oder Charly? Und wir auch nicht, also dann bis morgen", setzte er noch hinzu und verabschiedete sich.

„Was war das denn?"

„Was meinst du Franzi, du weißt doch, dass man nie eine konkrete Antwort bekommt."

„Das meine nicht, wieso hat er dich Charly genannt", wollte sie wissen und zog eine Grimasse.

„Ach herrje, so spät schon, wir müssen erst mal los, Tom wartet." Schnell hauchte ich Lässe noch einen Kuss auf die Stirn, stellte die Stühle zurück und wir verließen das Zimmer. In der Bahn schielte Franzi mich von der Seite an, wortlos.

„Ist ja schon gut." Ich lächelte und war plötzlich sehr müde. „Ehe Lässe ins Koma fiel, nannte er den Namen. Der Doktor sprach Heike darauf an, die erinnerte sich, dass ihr Mann irgendwann mal von Beeshain und einem Charly erzählt hatte, da

96

fuhr sie dort hin, suchte nach ihm, fand dann mich und den Rest kennst du ja, Und jetzt ist Schluss damit!"

Bevor ich ausstieg, Franzi fuhr noch weiter, drückte sie fest meine Hand und murmelte, „Du liebst ihn wirklich."

Tom stand heute gar nicht vor dem Laden. Ich schaute kurz rein und Christel kam mir entgegen, das Gesicht war ein einziges Fragezeichen.

„Mutti und Tom sind oben, du bist heute spät dran, war Franzi wirklich mit, und…"

„Am Sonntag komm ich zu Mutti essen, Tom ist bei Papa, wenn du ein bisschen Zeit hast zum Kaffee…"

Sie nickte und drehte weiter Lockenwickler ein. Vor der Tür lief mir mein Schwager über den Weg, der hob nur die Hand und grinste mich an. Ich klingelte kurz und schon kam Tom angesprungen.

„Mama, gehen wir noch mal in den Baumarkt?"

„Heute nicht, mein Schatz, deine Mama ist ganz kaputt und will nach Hause.

„Ist gut, Tschüss Oma", trällerte er, und hüpfte los.

„Gegessen haben wir schon", sagte meine Mutter, „mit Franzi alles gut?"

„Ist alles gut Mama, danke, wir sehen uns am Sonntag." Ich schickte noch ein Handküsschen und trabte Tom hinterher.

Schon wieder war Freitag und am Sonntag war erster Advent. Aber meine Gedanken beschäftigten sich gerade noch mit dem Besuch im Krankenzimmer. Schon beim Eintreten hatte ich eine Veränderung gespürt. Ich konnte es nicht erklären, aber ich beobachtete Lässe noch intensiver als sonst. Friedlich und regungslos lag er da, kein Flattern, Zucken, Beben und doch spürte ich etwas.

„Mama, guck mal, das hier brauche ich unbedingt." Tom stupste mich bei unserem Einkauf an und riss mich endlich aus dieser Grübelei. Ich betrachtete den kleinen Karton in seiner Hand.

„Ah, eine Hebebühne, na meinetwegen, aber geöffnet wird er erst nach dem Wochenende." Lachend verpasste ich ihm eine kleine Kopfnuss. Die steckte er pfiffig grinsend weg und hopste vor mir her zur Lebensmittel Abteilung.

Überpünktlich klingelte es heute und Toms Vater wartete im Auto auf dem Parkplatz. Zum Glück hatte ich gestern schon alle Sachen eingepackt und ertappte diesen Schlingel gerade noch, als er einen Karton dazu legen wollte.

„Hallo", grollte ich mit strengem Blick.

„Ist ja gut, Mama", piepste er reumütig und legte ihn wieder weg.

„Pass auf dich auf, mein Großer, und viel Spaß." Unsere Handküsschen schwebten noch in der Luft, da breitete sich schon eine himmlische Ruhe aus

Neue Wege gehen

Am grauen Novemberhimmel rissen Samstagmorgen endlich die Wolken etwas auf und ein paar Sonnenstrahlen drängten sich dazwischen.

Gott sei Dank, genau der richtige Tag, um die vagen Zukunftspläne in Angriff zu nehmen. Ich hatte noch niemanden von meinem nächsten Traum erzählt. Dass Träume in Erfüllung gehen können, wusste ich ja jetzt. „Nein, nicht schon wieder abschweifen", rief ich mich zur Ordnung. Es ging um viel mehr, in einem halben Jahr würde ich arbeitslos sein, den Aufhebungsvertrag hatte ich schon unterschrieben. Und die wundervolle Idee geisterte schon lange in meinem Kopf herum. Zu DDR- Zeiten rannte ich damit gegen Mauern, doch die gab es jetzt ja nicht mehr. Überlebt hatte aber mein Traum, ich möchte ein kleines Lese-Cafe eröffnen.

„Ups", eine Böe pfiff um die Ecke des letzten Plattenbaus und nahm meinen Schal mit sich. Lachend fing ich ihn wieder ein und ergötzte mich an dem Ausblick. Eine grüne Oase trennte die tristen, grauen Häuserblocks zweier Baugebiete. Idyllisch schmiegte sich ein kleines Wäldchen in die Senke, genau wie das große Anwesen mit den zahlreichen Stallungen. Früher breiteten sich hier Felder und Wiesen aus, soweit das Auge reichte, dazwischen lagen kleine Bauernhöfe.

Jetzt gab es nur noch diesen Reiterhof, den die Kinder des Altbauern betrieben. Aber das war nicht mein Ziel. Etwa 50 Meter vor dem schmiedeeisernen Tor des Reiterhofes stand ein leeres Gebäude, ein Flachbau. Ich konnte mich erinnern, dass vor 20

Jahren, als ich herzog, ein Eisenwaren - und Holzhandel drin war. Als der große Baumarkt eröffnete, ging er nach wenigen Jahren bankrott. Das Gebäude wurde dann von den unterschiedlichsten Gewerken als Lagerplatz angemietet, der Eigentümer war die Stadt, da hatte ich mich vor Jahren schon mal schlau gemacht. Doch in den letzten zwei Jahren, schien sich da nichts mehr zu bewegen. Immer wenn ich meine älteste Schwester besuchte, fuhr ich daran vorbei und gewann so den Eindruck.

„Also los", spornte ich mich selbst an, „wir werden das jetzt erkunden." Zwischen zahlreiches Gerümpel, es nutzten wohl manche als Müllkippe, schlich ich um das Haus und wollte in die Fenster schauen, war leider nicht möglich, alles verdreckt oder mit Brettern vernagelt. Gut, erster Versuch, knurrte ich und lief entschlossen den breiten Weg zum Reiterhof hinunter. Links und rechts trabten einige Pferde hinter dem Zaun neben mir her. Ich entdeckte noch ein Gatter mit zwei Grautieren, die ihre besten Jahre wohl schon hinter sich hatten. Dann stand ich mitten auf dem Hof, der sehr aufgeräumt, aber menschenleer war.

„Hallo, ist hier jemand, Hallo" rief ich laut.

„Wollen sie zu uns?"

Das hatte ich doch schon mal gehört, schoss mir eine Erinnerung hoch. Ganz schnell verbannte ich sie und ging lächelnd auf eine Frau zu, vielleicht in meinem Alter, etwas größer, die langen blonden Haare zum Pferdeschwanz gebunden, markantes Gesicht und sehr wache, blaue Augen, nahm ich wahr. Sie lehnte lässig an einer Stallung.

„Guten Tag, Charlotte Wegner, hier aus der Ecke, ich hoffe sie können mir helfen", stellte ich mich vor und strahlte sie an.

100

„Wobei soll ich ihnen helfen?" Sichtlich amüsiert musterte sie mich und zeigte auf die kleine Terrasse vor dem Haus. Sie zündete sich eine Zigarette an, hielt mir die Schachtel hin und irgendwie hing von der ersten Minute an Sympathie in der Luft.

Ohne drumherum zu reden, fragte ich nach dem Gebäude am Grundstücksanfang, ob man das pachten könnte und deutete auch an, was ich damit vorhätte. Wortlos hörte sie zu und schmunzelte vor sich hin.

„Ich hol uns mal schnell einen Kaffee, oder?" Sie wartete die Antwort gar nicht ab und stellte nach wenigen Minuten zwei Pötte auf den Tisch. „Ich bin Kati, die Tochter des Hauses, eigentlich Katharina, aber das ist mir zu lang."

„Charlotte ist auch viel zu lang, ich bin Charly, schon mein ganzes Leben", ich grinste sie an und wir fingen an zu lachen, es schallte über den ganzen Hof.

„Ach ist das herrlich, lassen wir das Sie weg, Kati und Charly", prustete sie immer noch vor Lachen, wurde aber gleich darauf ernst. „Das ist eine super Idee, so etwas fehlt hier. Das Grundstück mit Gebäude gehört der Stadt, sollte vor Jahren schon abgerissen werden, da wir uns nicht dafür interessiert hatten. Warum sollten wir Pacht für etwas bezahlen, was wir eigentlich gar nicht brauchten. Mein Vater weiß sicher mehr darüber, der streitet sich ständig mit der Gemeinde herum, weil es inzwischen eine Müllhalde geworden ist. Er hat schon angedroht, den Schandfleck abzufackeln."

„Um Himmels Willen nein", rief ich mit gespieltem Entsetzen und wir lachten uns wieder krumm.

„Im Ernst, da muss etwas passieren. Ich frage meinen Vater,

der weiß an wem du dich im Rathaus wenden musst. Kann ich dich anrufen? Ach warte, du kannst ihn gleich selbst fragen". Sie zeigte auf einem Bulli, der gerade auf den Hof fuhr.

Ein hochgewachsener Mann mit vollem grauem Haar stieg aus, fünf Erwachsene und zwei Kinder kletterten aus der Schiebetür. „Und jetzt los Leute, an die Arbeit", trieb der Grauhaarige die Leute an und kam dann zur Terrasse.

„Und du, hast du nichts zu tun", knurrte er Kati an.

„Papa", schmollte sie, stand auf und kraulte seinen Nacken, „gesetzliche Pause und netten Besuch, das ist Charly, sie hat ein Anliegen."

„So, so, und wer ist Charly, und was will Charly von mir?" Er nahm jetzt mich ins Visier und musterte mich.

„Guten Tag, Herr Schwenner, ich hatte ihre Tochter nach dem leerstehenden Gebäude gefragt, ich dachte es gehöre zum Hof."

„Nee, gehört es nicht und es muss weg!"

„Kati, bitte erzähle ganz kurz deinem Vater, was ich damit vorhabe, ich komme mit seinem Tonfall nicht klar," bat ich sie, schaute ihm dabei in die Augen und zündete mir eine Zigarette an. Sein überraschter Blick wanderte von mir, zu seiner Tochter und dann setzte er sich, hörte schweigend zu, musterte mich noch einmal und stand auf. „Ich kläre das, kommen sie in einer Woche wieder, 13 Uhr!"

Kati begleitete mich noch über den Hof. „Das ist er nicht gewohnt", kommentierte sie, „aber ich glaube, du hast ein Stein bei ihm im Brett, mach es gut, bis nächste Woche."

Sonntag gegen Mittag lief ich zu meiner Mutter. Sie merkte schon an der Tür, dass es mir heute wohl besser ging. Die winzigen Sorgenfalten um ihren Mund und den Augen wichen einem gütigen Lächeln.

„Geht es ihm gut, ist er etwa aufgewacht?"

„Nein, nein Mama, ich hatte nur gestern einen interessanten Tag, erzähle ich später", ich lächelte traurig, drückte ihr den hübschen Weihnachtsstern in die Hand und folgte dem wunderbaren Geruch von Gulasch und Rotkohl.

Drei Gedecke standen auf dem Tisch und Franzi kam um die Ecke. „Ich lass mir doch das beste Gulasch der Welt nicht entgehen." Sie grinste und drückte mir einen auf.

„Na, Charlotte, Überraschung gelungen", meine Mutter stellte einen Topf ab, Franziska brachte den Rest hinterher und wir setzten uns.

Satt und zufrieden lehnten wir uns zurück. Nachdem der Tisch abgeräumt und der Abwasch erledigt war, schauten mich beide wie gebannt schweigend an.

„Nun erzählt doch mal was Schönes", ignorierte ich es einfach.

„Wir......du", kam es wie aus einem Mund."

„Ich, mal überlegen, ich bin ab ersten Juli nächsten Jahres arbeitslos."

„Mama, veralbere uns nicht", fuhr mich Franzi an und schaute zu Oma.

„Ich mache keinen Spaß, nicht damit, meine Lieben, aber keine Sorge, es geht immer weiter und ich habe schon Plan B", reagierte ich ernst und erzählte ihnen vom Zusammenschrumpfen unseres Kombinates und dass meine Planstelle mit betroffen sei."

„Was hast du für einen Plan", drängte Franziska, sie hatte sich eher gefangen als meine Mutter.

„Wollte nicht Christel zum Kaffee kommen, dann muss ich nicht alles doppelt erzählen."

„Da ist sie schon", rief Franzi und in dem Moment klingelte es auch noch und Ursula stand vor der Tür.

Ich erzählte in groben Zügen von meinen Plänen und sie staunten nicht schlecht, waren aber sehr angetan, fanden es machbar und schon schwirrten die Anregungen, Vorschläge, Fantasien durch den Raum.

Nur unsere Mutter schaute schweigsam in die Runde, lachte aber ab und zu mit.

„Wo steht das Gebäude sagst du, ist das der Reiterhof hier in der Nähe?"

„Genau der Mama, Reiterhof Schwenner, aber… vor nächsten Samstag lege ich mich da nicht fest. Der alte Schwenner wollte was klären. Das ist vielleicht einer, ein Patriarch wie er im Buche steht", ich grinste, zog eine Grimasse und schilderte unsere Begegnung, was eine große Heiterkeit auslöste. Wir hatten schon lange nicht so entspannt und lustig zusammengehockt, ganz ohne Männer. Der Gedanke war noch nicht zu Ende gedacht, da standen sie in der Tür, unsere Männer, Johann mit Sebastian und Tom mit seinem Vater.

„Wieder mal typisch", spöttelte mein Schwager, die Herrschaften klönen hier herum und die Kinder stehen vor der Tür."

„He mein Schatz, komm her, du bist ja heute sehr früh dran, möchtest du Kuchen", ich streichelte Tom und warf Johann einen giftigen Blick zu.

„Bis in zwei Wochen Großer." Bernhard klatschte mit Tom ab

und ging raus, Johann hinterher.

„Jungs kommt, Apfelmus mit Decke, den esst ihr doch so gerne", lockte die Oma, kam uns dann in die Küche hinterher.

„Was lief denn hier ab?" Franzi schüttelte mit dem Kopf und schaute mich an.

„Keine Ahnung, mir erzählt Tom nicht viel, wenn er von seinem Vater kommt."

„Oder soll er nichts erzählen", mutmaßte sie und ging ins Wohnzimmer zurück, Christel holte Sebastian und Ursel packte noch Kuchen für zuhause ein und ich war mit Oma allein.

„Charlotte, bist du sicher, dass du das tun möchtest, ist bestimmt nicht einfach."

„Ach Mama, was ist schon einfach, aber ich freue mich darauf und ich weiß, dass Träume auch wahr werden können, oder?"

Darauf antwortete sie nichts, sah mich nur an und ich wollte gar nicht wissen, was in ihrem schlauen Köpfchen alles so herumschwirrte.

Am Montagmorgen rief ich eine Freundin an, die im Rathaus arbeitete. Ich erklärte kurz um was es ging, und sie faxte mir, was ich alles brauchte, um ein Gewerbe anmelden zu können. Natürlich wurde sie neugierig und wir verabredeten uns zum Kaffee, irgendwann mal. Halb vier eilte ich zur Bahn.

Schon am Eingang des Krankenhauses beschlich mich das eigenartige Gefühl vom Freitag, nur viel stärker. Aufmerksam betrachtete ich Lässe und sprach mit ihm. Plötzlich bewegten sich seine Augenlider und er schaute mich einen Moment an, einen kurzen Moment nur, dann schlief er wieder. Mir wurde abwechselnd heiß und kalt und ich konnte die Tränen nicht mehr zurückhalten. Ich legte meinen Kopf auf seine Hand und weinte.

Ein leichter Druck auf meiner Schulter rüttelte mich auf, ich sah hoch und folgte Dr. Berghoff, der mir ein Handzeichen gab, hinaus auf den Gang.

„Gestern Nachmittag ist er aufgewacht.. Frau Weinhold hatte das erste Mal ihren Sohn mit dabei, vielleicht der Auslöser", erklärte er mir, „und dennoch denke ich", sprach er lächelnd weiter, „dass die tägliche Nähe ihrer Person vor allem dazu beigetragen hat."

„Vielleicht, das Unterbewusstsein spielt nach eigenen Regeln, wer weiß das schon, er ist wieder wach und nur das zählt", erwiderte ich noch etwas aufgewühlt. „Aber jetzt schläft er doch, oder?"

„Er schläft, seine Vital Werte sind stabil", beruhigte mich der Doktor und hielt eine Weile meine Hand fest.

„Das ist gut, morgen schaue ich noch einmal nach ihm, dann muss ich …, Tschüss Doktor:"

Ich spürte nicht mal den feinen Nieselregen, stieg am Baumarkt aus und ging zum Bratwurststand, holte mir einen großen Becher Kaffee und rauchte. Tief atmete ich einige Male durch, musste mich erst mal neu sortieren.

„Und", empfing mich meine Mutter vor der Tür, aber ich schaute mich suchend um. „Tom ist noch mal mit Sebastian los, der wollte ihm etwas zeigen, kommt gleich. Aber was ist nun", ließ sie nicht locker.

„Lässe hat mich kurz angeschaut, gestern ist er wach geworden, seine Frau war mit seinem Sohn Benjamin da. Ich bin froh. Aber sag mal, hat Tom dir etwas erzählt von dem Wochenende bei

Bernhard", blockte ich ab.

„Als ich ihn danach fragte, hat er nur gesagt, dass er nicht wer dort hinwill, wenn Peter auch da ist."

„Ich habe mir so etwas gedacht, doch wenn er mir nichts erzählt, kann ich auch nicht mit seinem Vater reden, du kennst ihn ja." Meine Mutter nickte und rief laut nach hinten, aber da flitzte Tom schon um die Ecke.

„Wo bleibst du denn, mein Großer, ich will nach Hause", ich wirbelte ihn im Kreis herum.

„Sonst muss ich auf dich warten, nun komm schon!" zickte er mich an und sauste los.

„Endlich kann ich meine Hebebühne bauen", sagte er ohne Begeisterung und verschwand nach dem Abendbrot gleich in sein Zimmer. Ich hockte mich später daneben und schaute zu.

„Mama, ich gehe nicht mehr zu Papa, wenn der olle Peter da ist, der macht alles kaputt."

„Hast du das deinen Papa mal erzählt?"

„Nö, wenn ich das mache, streiten Anke und Papa immer, das will ich auch nicht."

„Hmmmm...da müssen wir mal überlegen", tastete ich mich vorsichtig heran, „was hältst du davon, wenn wir beide mal mit Papa reden?"

„Oh ja, wenn er mich wieder abholt", krähte er und stellte stolz die fertige Hebebühne in seinen Bauhof, der schon mächtig gewachsen war.

Was für ein Wochenanfang. Mit einer Mischung aus Freude, Traurigkeit, Hoffnung und Entschlossenheit blickte mir mein Spiegelbild entgegen. Ich schüttelte mich kurz und beendete wie immer den Abend mit einer Zigarette auf dem Balkon.

Am Dienstagmorgen fühlte ich mich weder – noch, also furchtbar, das sollte aber keiner mitbekommen, diese Sache musste ich ganz allein mit mir selbst austragen. Der Arbeitstag war einfach anstrengend und zog sich endlos hin.

Kurz nach vier öffnete ich besonders leise die Tür zum Krankenzimmer und ein Blick aus wachen noch etwas glanzlosen blauen Augen traf mich mitten ins Herz. Ich zog mir einen Stuhl heran, setzte mich und schweigend sahen wir uns minutenlang nur in die Augen.

„Du hast dir ja Zeit gelassen." Lässe lächelte schwach und fasste nach meiner Hand.

„Das musst du gerade sagen", moserte ich ihn ein wenig hilflos an und legte die andere Hand über seine. So vieles hätte ich ihm sagen wollen, aber dafür war jetzt nicht die Zeit und ich rief mich zur Ordnung, unterdrückte alle Empfindungen und versuchte locker zu bleiben. „Was machst du nur für Sachen, kann ich dich denn gar nicht allein lassen?"

„Vielleicht hättest du mich nie allein lassen sollen." Er feixte spitzbübisch und ich ging lächelnd darauf ein.

„Ach komm, das fällt dir ein bisschen spät ein, meinst du nicht? Außerdem bist du gegangen, ich war dir ja wohl zu jung", konterte ich, nickte dazu und verdrehte die Augen.

„Ich bekenne mich schuldig, euer Ehren", bin jetzt zu müde, um mich zu verteidigen, kommst du morgen wieder? "Sein leises Lachen ging mir unter die Haut und wenig später fielen ihm die Augen zu.

„Aber ja", flüsterte ich ihm ins Ohr, streifte mit den Lippen seine Stirn und ging.

Am Mittwoch schlief er nur und ich schaute ihm dabei zu. Donnerstag hatte ich einen Termin im Rathaus und kam etwas später. Als ich die Tür öffnete, schloss er schnell die Augen, tat so, als würde er schlafen. Still setzte ich mich ans Bett, strich ihm die Haarsträhne aus dem Gesicht und kämpfte gegen den Wunsch an, ihn einfach in die Arme zu nehmen. Plötzlich packte er meine Hand und erzählte mir leise, dass er am Montag in eine andere Klinik verlegt werden sollte zur weiteren Heilbehandlung.

„Das ist doch prima, freue dich doch", ermunterte ich ihn, wagte aber nicht, nach seiner Rückenverletzung zu fragen.

„Meinst du, die liegt ein ganzes Stück weg von hier." Sein trauriger Blick aus blaugrün schimmernden Augen ging mir durch Mark und Bein.

„Hauptsache es geht voran", antwortete ich banal und streichelte weiter seine Hände. Sein Blick hielt mich gefangen und plötzlich fragte er fast ängstlich, „du vergisst doch die kleine Hütte im Wald nicht?"

Ich hatte immer große Angst vor dieser Frage, aber ich kannte auch die Antwort für heute.

„Niemals vergesse ich diese kleine Hütte im Wald", versprach ich ihm, küsste ihn ganz sanft auf den Mund und lief zur Tür.

Am Freitag war ich schon wieder spät dran. Mein Chef zitierte mich kurz vor Dienstschluss noch zu sich. Er hatte wohl etwas über meine Zukunftspläne gehört und wollte Näheres wissen. Wie sich herausstellte war Herr Schwenner, der Besitzer des Reiterhofes, ein alter Freund von ihm. Das machte die Sache einfacher, ich konnte ihn auf später vertrösten, da ich ja am

Samstag selbst erst mehr wusste.

Etwas abgehetzt erreichte ich das Krankenhaus, musste mich ein bisschen sammeln und fuhr hoch. Genau vor dem Schwesternzimmer stand Dr. Berghoff, als hätte er auf mich gewartet.

„Ich habe auf sie gewartet." Er lächelte und ging mir voraus in den Beobachtungsraum neben Lässes Zimmer und ließ mich allein. Durch die Scheibe konnte ich Heike, Benjamin und die kleine Lisa sehen, die ihren Papa kosten und streichelten, immer wieder, und ich sah seine Augen leuchten. Bevor sie mich entdeckten, verließ ich schnell den Raum und fragte nach dem Doktor, der auch gleich vor mir stand.

„Vielen Dank Dr. Berghoff, für alles, aber vor allem, dass sie uns diese Situation erspart haben. Für mich war es das jetzt wohl"

„Ich wünsche ihnen alles Gute, Frau Wegner." Er reichte mir die Hand und schaute mir fest in die Augen. Sein Blick sagte so vieles mehr, aber ich weigerte mich einfach darauf einzugehen, wollte nur weg, raus aus diesem Haus. Zu Mutter konnte ich jetzt auch nicht, viel zu früh und Angst vor Fragen. Also erst mal Kaffee, Zigarette am Stehtisch und meine Wunden lecken, die gerade meiner Seele und meinem Herzen zu schaffen machten.

„Trinkst du deinen Kaffee immer kalt."

„Gott Hendrik, musst du mich so erschrecken, „ich war in Gedanken", fauchte ich meinen Arbeitskollegen an, der plötzlich neben mir stand.

„Das ist mir nicht entgangen", er kicherte albern und stieß mich an, „geht dir der Schlamassel auf der Arbeit auch so auf den Geist?"

„Hendrik, jetzt höre aber auf, dass die Wende nicht ohne Konsequenzen bleiben würde, war ja wohl klar, aber alle wollten sie", antwortete ich aufgebracht, doch du als ehemaliger Stellvertreter des Direktors für Technik, demnächst Leiter der Forschungsabteilung, hast ja gar keinen Grund zu meckern."

„Wie bist du denn drauf, ich meckere doch nicht", reagierte er patzig, „oder liegst du vielleicht demnächst auf der Straße. Da habe ich was anderes gehört", fuhr er beleidigt fort und drehte sich um.

„Warte Hendrik, entschuldige", ich hielt ihn lachend zurück, „ich musste gerade mal Druck ablassen und du warst zur falschen Zeit am falschen Ort, trinkst du noch einen Kaffee mit mir, nun mach schon", bettelte ich mit treuem Blick und er nickte erhaben.

„Nun sag, hast du schon was in Aussicht?"

„Da ist noch nichts spruchreif, mein Lieber, und jetzt muss ich los", endete ich abrupt und eilte davon. Etwas Gutes hatte das ungewollte Gespräch, es holte mich in die Realität zurück.

„Mama holt mich Papa heute wieder ab?", fragte Tom auf dem Heimweg, fast etwas zu zaghaft.

„Nein Schatz, erst nächstes Wochenende bist du bei ihm, ist das schlimm?"

„Überhaupt nicht, dann können wir den ganzen Tag etwas Schönes machen, oder Mama", rief er fröhlich und hüpfte vor mir her, blieb plötzlich stehen und schaute mich fragend an.

Oh, eigentlich wollte ich ihn doch über Mittag zu Oma bringen, war vielleicht nicht so gut im Moment, ging mir durch den Kopf. Warum eigentlich, ich werde ihn einfach mitnehmen, beschloss ich spontan und reagierte endlich.

„Na klar, mein Großer, und eine Überraschung habe ich auch, die wird dir gefallen."

„Was Mama, was?"

„Dann wäre es ja keine Überraschung", vertröstete ich ihn und auch dem treuen Hundeblick hielt ich diesmal stand.

Trotzt aller Befürchtung hatte ich einigermaßen geschlafen, aber langsam wurde ich etwas unruhig und ein kleiner Spannungsbogen begann sich aufzubauen. Da ich weder ängstlich noch unterwürfig war, freute ich mich direkt auf die Konfrontation mit dem ...na ja, eigenwilligen Mann. Er erinnerte mich ein wenig an Herrn Witzler, Lässes Schwiegervater. Wie wird es ihm wohl gehen; und dabei dachte ich nicht an den Schwiegervater.

„Mama, wo ist denn die Überraschung", platzte Tom in meine Gedanken und ich war froh darüber.

„Wo das Bad ist, weiß ich mein Lieber", brummte ich ihn mit gerunzelter Stirn an. Wortlos flitzte er raus, kam nach wenigen Minuten zurück und zeigte seine Zähne. In aller Ruhe frühstückte ich, nahm ein Schluck Kaffee und musste mir das Lachen verkneifen. Nach jedem Löffel Müsli schaute er zu mir und als ich nicht reagierte, zog er die Bittsteller – Schmuse Nummer ab. Erst traurig mit bitte, bitte und Dackelblick, dann umarmen, streicheln und abküssen, da konnte ich nicht mehr widerstehen.

„Ist ja gut, du Quälgeist, setz dich." Ich befreite mich lachend. „Wie geht es eigentlich Frido, hat er wieder gewiehert?"

„Frido, ach Frido mein Pferd meinst du, nee ich hatte immer eine dicke Jacke an, warum fragst du das", murmelte er leise.

Oh, das war wohl unpassend. „Überraschung!" rief ich schnell, „wir gehen heute zu Pferden!"

„Oh toll, Mama, auf eine Pferdeausstellung?"

„Nee, mein Großer, auf einen Reiterhof."

Seine Augen wurden immer größer und wie aus dem Häuschen hüpfte er herum. „Das ist ja noch viel besser, vielleicht kann ich…"

„Schatz, hallo", bremste ich die Vorfreude, „schau mal hinaus, die stehen heute bestimmt im Stall."

Er sauste auf den Balkon und zurück. „Stimmt Mama, ganz doofes Wetter, aber macht nichts, gehen wir in den Stall", bestimmte er lakonisch.

„Viel zu früh waren wir an der Einfahrt zum Reiterhof. Ich nahm ihn an die Hand und ging mit ihm nach links, zum leerstehenden Gebäude.

„Was ist das?", fragte er mit gekrauster Nase, als er den ganzen Müll davor sah.

„Ein leeres Haus mit Müll davor, aber vielleicht machen wir etwas daraus."

„Das verstehe ich nicht."

„Musst du auch nicht, mein Schatz, komm, jetzt wird es Zeit."

„Für was wird es Zeit, Mama?"

Ich war am Ende, lachend zog ich ihn hinter mir her. „Das erkläre ich dir alles später, okay."

„Okay, guck mal, die Pferde sind wirklich alle im Stall."

Pünktlich 13 Uhr schellte ich.

„Ah, da bist du ja, seid ihr ja", verbesserte sich Kati, als sie Tom entdeckte.

„Grüß dich, Kati, das ist Tom mein Sohn, er würde liebend gerne die Pferde besuchen, geht das?"

Wir standen mitten auf der Terrasse, Kati pfiff einmal laut und ein junger Mann kam aus einer Stallung.

„Karli, gehe doch mit Tom ein wenig herum, aber pass gut auf, hörst du!"

„In Ordnung Chefin", antwortete er laut und winkte Tom zu sich, der schon längst auf dem Weg war.

„Danke Kati, ich hatte ihm heute eine Überraschung versprochen."

„Ist schon in Ordnung, aber jetzt los, ab in die Höhle des Löwen, geradeaus ins Büro", sagte sie grinsend und schaute zur Tür. Herrisch stand ihr Vater dort und verfolgte genau, was sich hier abspielte.

Nach kurzem Anklopfen trat ich ein, erfasste mit einem Blick den Raum. Der mächtige Schreibtisch nahm das halbe Büro ein, er thronte dahinter, zeigte mit der Hand auf den Stuhl davor und blätterte schweigsam in Unterlagen. An den Wänden hingen ausschließlich Pferdebilder. Er ließ sich sehr viel Zeit und mir stieg die Hitze zu Kopf

„Nun, ich habe." Er dehnte die Silben in die Länge, da reichte es mir.

"einige Auskünfte über mich eingeholt", fiel ich ihm einfach ins Wort. Sein Kopf zuckte hoch und die buschigen Augenbrauen rückten zusammen.

„Genau, muss doch wissen, ob ich mir eine Laus in den Pelz setze!", polterte er los und starrte mich an. Ich hielt seinem Blick stand und plötzlich ließ er seine Maske fallen.

„Konnte der alte Junkermann wieder mal nicht seinen Mund halten", brummelte er grinsend, „und vom Sheriff Weller soll ich

114

sie auch grüßen."

Ehe ich mich von der überraschenden Wendung erholen konnte, wurde er wieder ganz der Boss, doch die Härte in seinen Gesichtszügen war verschwunden

„Also, Frau Wegner, da sie hier sitzen, gehe ich davon aus, sie halten an ihrem Vorhaben fest."

Ich nickte und schob ihm eine vorläufige Lizenz zur Betreibung eines Gewerbes über den Tisch.

Da lächelte er mich das erste Mal an. „Das gefällt mir, vielleicht kommen wir ins Geschäft. Bis Ende des Jahres habe ich alles geklärt, das Grundstück und Gebäude entrümpelt und Anfang Januar könnten wir wieder hier sitzen, vorausgesetzt, sie können mir ganz konkrete Pläne für ihr Projekt vorlegen."

Ich hob die Hand. „Da brauchte ich …"

„Ich weiß", unterbrach er mich und schob ein Kuvert über den Tisch. „Darin befinden sich alle notwendigen Unterlagen und dann sehen wir weiter. Machen wir das so?" Er stand auf, begleitete mich zur Tür und reichte mir die Hand.

„So machen wir das." Es waren genau zwölf Worte, die ich bisher gesprochen hatte. Mein Bauchgefühl sagte mir, dass er nichts anderes erwartet hatte und dass wir noch sehr viel zusammen sprechen werden. Ich erwiderte seinen festen Händedruck und verabschiedete mich.

Tief atmete ich die köstliche, kalte Luft ein, die nach Schnee roch, und wie auf Kommando schwebten die ersten Flocken vom Himmel hernieder. Ich lief den Stimmen nach, die ich im letzten Stall hörte. Kati stand neben Tom, der mit Hingabe die beiden Esel in einer Box streichelte. Mit hochgezogenen Augenbrauen kam sie mir einen Schritt entgegen.

„Und?"

„Da frag ihn lieber selbst, aber ich glaube, er ist ein prima Kerl." Sie strahlte mich an.

„Dein Tom auch", sagte sie lächelnd und strich ihm über die Haare. Er hat noch eine Schwester?"

„Ja, Franzi, eigentlich Franziska... aber das ist zu lang", beendeten wir gemeinsam den Satz und fingen an zu lachen, was uns einen schrägen Blick meines Sohnes einbrachte.

Kati lief mit über den Hof und wir kicherten immer noch. Als ich ihr hinterher schaute, entging mir nicht, dass sich im oberen Fenster die Gardine bewegte.

Den ganzen Weg nach Hause schwärmte Tom und ich freute mich mit ihm. Es war eine gute Idee ihn mitzunehmen und es passte gut für die Zukunft, dass er sich dort wohlfühlte.

Ein derbes Schneetreiben empfing uns vor der Tür am Montagmorgen, als wir das Haus verließen.

„Schatz, soll ich heute bis zur Schule mitkommen?"

„Mama, ich bin doch schon groß", empörte sich Tom und stapfte los. Seit der dritten Klasse durfte er allein gehen, traf sich am nächsten Häuserblock mit seinem Freund und bisher klappte es gut. Den Weg zur Oma nach Schulschluss ging er schon länger allein, eine Ampelkreuzung musste er nur dabei überqueren.

Unglaublich wie doch die Zeit verging, grummelte ich vor mich hin und wäre dabei fast ausgerutscht. Das fehlte mir jetzt noch, wo ich doch so viel vorhatte.

Auf der Arbeit hatten sich die Wogen etwas geglättet. Mit den Gesprächen war man fast durch und für die meisten betroffenen

116

Mitarbeiter gab es schon Lösungen nach der Aufhebung des Arbeitsvertrages

„Genau das ist es!"

„Haben sie das Ei des Kolumbus entdeckt." Lachend stand Frau Helbig, Junkermanns Sekretärin, in der Tür.

„So ungefähr, meine Liebe, ich muss dann mal zu Sperber in die Technik, sollte jemand nach mir fragen.

„Okay, aber jetzt sollen sie zum Chef kommen." Sie legte mir einige Unterlagen auf den Schreibtisch, sah mich an und wartete.

„Wie, jetzt sofort?"

„Jetzt sofort!", betonte sie und ging mir voraus.

Eine halbe Stunde später kam ich aus dem Chefbüro und grinste sie an. „Mein Gott hat der Probleme", sagte ich leise und verdrehte die Augen.

„Dann weiß ich Bescheid, Frau Wegner", reagierte sie dienstlich und ihr Blick wanderte zur Nebentür, die sich gerade öffnete und ich hatte es plötzlich sehr eilig.

Mit einem Kuvert in der Hand lief ich Minuten später eine Etage höher und hoffte sehr, dass Herr Sperber im Haus und an seinem Arbeitsplatz war. Mir fiel heute früh ein, dass er eigentlich Architekt war, viele Jahre ca. 200 km von hier gelebt und gearbeitet hatte und aus familiären Gründen nach Borgsdorf, dem Nachbarort von Beeshain, fünf Jahre vor dem Ruhestand, umziehen musste.

„Was für eine Ehre", rief er und strahlte mich an, als ich nach kurzem Klopfen sein Büro betrat.

„Aber Herr Sperber, sie übertreiben, haben sie ein paar Minuten für mich?"

„Für sie doch immer, über wem lästern wir heute, aus Borgsdorf oder Beeshain." Er zeigte auf den Stuhl vor seinem Schreibtisch und lachte herzlich.

„Weder - Noch, lieber Herr Kollege, heute muss ich sie aufs Korn nehmen und hoffe, dass sie mir keinen Korb geben. Hier drin liegt meine Zukunft, ein Cafe, besser noch ein „Lese-Cafe", offenbarte ich lächeln und schob ihm das Kuvert hin, hielt meine Hand aber noch drauf.

„Na sie machen es ja spannend meine Liebe, klären sie mich auf."

Seine Neugierde war geweckt und jetzt fasste ich mich kurz und bündig. „Das sind Unterlagen über ein Flurstück mit darauf stehendem Gebäude, was ich ab Juli nächsten Jahres gewerblich nutzen möchte. Weiterhin ein Grundriss des Gebäudes im jetzigen Zustand und eine laienhafte Skizze, wie ich mir das Gebäude nach der Sanierung vorstellen könnte. Zwei kleine Anbauten an der Rückseite wären notwendig, größere Fenster an der Vorderseite und das gesamte Objekt müsste behindertengerecht umgebaut werden."

Wortlos hörte der Kollege mir zu, schaute mich fragend an und grinste. „Klingt nicht schlecht, aber was habe ich damit zu tun?"

„Ach kommen sie Herr Sperber, sie ahnen doch längst, was ich auf dem Herzen habe, oder bin ich da völlig an der falschen Adresse." Ich schaute ihn mit Bittsteller Miene an, bei meinem Sohn klappt das doch immer, und er fing an zu lachen.

„Na sie sind mir ja eine, wollen sie das alles selbst in die Hand nehmen?", fragte er ungläubig und runzelte die Stirn.

„Natürlich nicht, aber mein zukünftiger Verpächter erwartet

von mir einen konkreten Businessplan bis Ende des Jahres."

Während des Gespräches vertiefte sich mein Kollege in die wenigen Unterlagen, musterte mich dann. „Das ist machbar, der Entwurf ist gut gelungen, ihre Arbeit?"

„Oh nein, so etwas kann ich nicht. Meine Tochter kam gestern, wollte wissen, wie das Gespräch mit Herrn Schwenner ausgegangen sei und machte sich begeistert an die Arbeit.

„Da schau, reden sie vom Reiterhof Schwenner?"

„Genau der, ach, hatte ich ja noch nicht erwähnt, das Grundstück mit Gebäude grenzt an den Reiterhof an, gleich links vor der Einfahrt.

„Ich dachte das gehört der Stadt?"

„Jetzt wohl nicht mehr." Ich zuckte mit den Schultern und lächelte. Er schaute auf die Uhr und sprang auf.

„Ich muss jetzt weg, schauen sie morgen rein, kann das hier verbleiben?"

„Ja sicher, wenn sie gut darauf aufpassen."

Ehe er etwas erwidern konnte, fegte Frau Helbig um die Ecke und ich folgte ihr ins Büro.hm

War das nicht ein kleiner Teilerfolg, Ich fühlte mich motiviert, und dass Franzi gestern spontan aufgetaucht war und meine Pläne unterstützen wollte, machte mich glücklich.

„Du siehst zufrieden aus, Charlotte", stellte meine Mutter nach ausgiebiger Betrachtung meines Gesichtes fest. „Und der Bub hat nur geschwärmt", setzte sie lächelnd hinzu.

„Mama, erzähle ich dir alles am Wochenende, Tom hat Papa - Zeit und wir mehr Ruhe. Gekonnt wehrte ich den Schneeball ab, den Tom mir kichernd zuwarf, dann zielten wir beide auf Oma, die lachend ins Haus lief.

„Mama, heute keine Gute Nacht Geschichte, erzähle mir lieber, was wir in dem Haus bei den Pferden machen wollen. Ich will nicht so lange warten wie Oma."

Das hatte er also auch schon wieder mitbekommen, so ein Schlingel, dachte ich und sein Blick entwaffnete mich.   Ich überlegte einen Moment.

„Großer, das erzählst du aber nicht weiter, ich weiß noch gar nicht ob das so funktioniert, versprochen? Also, wir wollen da eine schöne Kaffeestube rein bauen, Eis gibt es bestimmt auch. Auf der einen Seite stehen Tische und Stühle.   Und auf der anderen Seite ist dann eine große Leseecke und eine Spielecke. Bei schönem Wetter können wir draußen sitzen und die Pferde beobachten. Was sagst du dazu?"

„Oh ja, das wird schön", murmelte er und schlief ein.

Das gute Gefühl von den Vortagen bekam gleich früh am Morgen auf dem Weg zur Arbeit einen mächtigen Knick. An der großen Kreuzung am Baumarkt hatte ein Autofahrer die Ampel übersehen und war mit einer Straßenbahn kollidiert. Die Polizei war schon vor Ort, und unsere Bahn stand eine halbe Stunde. Gerade fuhr der Abschleppdienst heran, um das Fahrzeug von der Straße zu holen. Bei diesem Anblick schoss mein Blutdruck in die Höhe, das Herz schlug wie wild und ich sah ganz deutlich ein blasses Gesicht auf weißem Laken vor mir. Es dauerte nur Sekunden und doch spielte meine Gefühlswelt verrückt. Seit dem Freitag des Abschiedes hatte ich nichts mehr von Lässe gehört.

Vor meinem Büro stand Frau Helbig und schaute mir missmutig entgegen. „Wo bleiben sie denn, der Chef ist nicht gut gelaunt heute, Jahresabschluss, die Unterlagen braucht er bis heute Mittag."

„Ich mach mich gleich ran, meine Liebe, war höhere Gewalt, aber vorher brauche ich einen starken Kaffee, geht das?"

„Aber klar, kommen sie mit, was war denn los?"

„Das glaube ich jetzt nicht, wohl die falsche Zeit für eine Plauderstunde!", polterte uns Herr Junkermann im Vorzimmer entgegen.

„Ein Unfall war es, Chef, am Baumarkt, Auto hat Straßenbahn geküsst", klärte ich mit etwas Humor auf und irgendwas vor sich hinmurmelnd verschwand er in seinem Zimmer. Wir grinsten uns an und die Sekretärin füllte mir eine Thermoskanne mit Kaffee ab. Dann tauchte ich bis zum Mittag in Formulare, Berichte, Protokolle und Zahlenkolonnen ein und plötzlich erheiterte mich der Gedanke, dass ich das alles nicht vermissen werde. Selbst wenn das Projekt am Reiterhof nicht umsetzbar wäre, würde ich einfach weitersuchen.

Und die nächste Schlappe ließ auch nicht auf sich warten. Gerade wollte ich kurz vor Feierabend bei Herrn Sperber mal durchrufen, da legte Frau Helbig mir neue Unterlagen auf den Tisch.

„Das können sie sich sparen, Herr Sperber hat sich krankgemeldet, er ist gestern in seinem Garten gestürzt und hat sich wohl den Mittelfuß angebrochen.

„Ach herrje, das fehlt mir auch noch", platzte ich entsetzt heraus.

„Wieso ihnen?", Frau Helbig zog eine Grimasse, , „ihr Fuß ist doch in Ordnung."

„Schon, aber meine Pläne wackeln, er hätte mir sehr helfen können."

„Wenn er das gesagt hat, wird er sich melden, warten sie doch das Wochenende ab", beendete die Sekretärin unser Gespräch und rauschte zur Tür hinaus.

Das gefiel mir an ihr. Sie fragte nicht viel, wusste fast alles und gab nur Auskunft, wenn es für denjenigen bestimmt war.

Am nächsten Tag merkte ich wohl, dass Geduld immer noch nicht mein Ding war. Kurzentschlossen rief ich meine Bekannte im Rathaus an, die mir bei der Antragstellung für eine Gewerbelizenz geholfen hatte. Vielleicht kannte sie auch einen Architekten, der mir t noch bis Jahresende einen Grundriss mit Preiskalkulation zauberte. Ha, ha, und das möglichst umsonst, da musste selbst ich lachen, aber nur ganz kurz. Denn gerade erfuhr ich von einer Kollegin, dass meine Bekannte schon ihren Jahresurlaub angetreten hatte und ihren Sohn in Hamburg besuchte über Weihnacht/Neujahr. Ich gönnte es ihr von Herzen. Der Junge war noch vor dem Mauerfall nach drüben abgehauen und sie hatten sich Jahre nicht gesehen, und den einjährigen Enkel lernte sie nun auch endlich kennen. Aber das alles half mir gar nicht weiter. Egal, ich werde es schaffen und außerdem stand Weihnacht vor der Tür. Am Sonntag war schon der vierte Advent und ich hatte eigentlich noch eine Menge zu tun.

Bis Freitag hörte ich noch nichts von Herrn Sperber, was meine Laune nicht gerade in Hochstimmung brachte. Ich konnte es ja verstehen, aber trotzdem schlichen sich kleine Momente von Egoismus ein und ich musste wieder mal an der Bratwurstbude Halt machen, mir einen großen schwarzen Kaffee holen und

122

Klartext mit mir reden. Dabei rannte mir die Zeit fast davon und schnell eilte ich zu meiner Mutter. Tom lief schon wie ein aufgescheuchtes Huhn vor dem Haus hin und her, gönnte mir keine Streicheleinheit und stampfte gleich los.

„Wo bleibst du denn", tadelte sie mich und raunte mir noch zu, „sein Vater hat ihm doch eine Überraschung versprochen für das Wochenende."

„Ja Entschuldigung, davon wusste ich nichts", verteidigte ich mich etwas lahm, „aber gepackt ist schon alles und wir schaffen das dicke, wie immer, wir sehen uns am Sonntag." Ich grinste sie an und marschierte Tom hinterher, der schon an der Ampel wartete.

„Sag mal, wollte dich Papa heute eher abholen? Das musst du mir aber sagen."

„Nee, so wie immer, aber du bist trotzdem zu spät."

„Sorry, mein Großer, wird nicht wieder vorkommen." Ich zeigte ihm den Daumen und rannte die letzten Meter bis zur Haustür. Lachend überholte er mich und alles war wieder in Ordnung.

Eine Stunde später war es still in der Wohnung. Ich brachte nichts auf die Reihe, hing einfach nur meinen Gedanken nach und versuchte gegen die ersten aufkommenden Zweifel an meinen Zukunftsplänen anzukämpfen.

Spontan entschloss ich mich am Samstagmorgen die Einkäufe in dem neu eröffneten Einkaufscenter im letzten Bauabschnitt zu erledigen. Natürlich nicht ohne Hintergedanken, die Bahn fuhr am Objekt meiner Begierde vorbei. Ich hätte es mal lieber lassen sollen. Neben dem großen Eingang zum Reiterhof Schwenner hatte sich noch nichts verändert, im Gegenteil, die Müllhalde war noch gewachsen und das Gebäude dahinter kaum zu erkennen. Na ja, ich konnte ja auch noch nichts vorweisen.

„Hallo Mama, es geht voran!"

„Was geht voran?", motzte ich Franzi an, die plötzlich im Wohnzimmer stand und mich anstrahlte. Beim Blick ins Aquarium war ich wohl gerade etwas eingenickt nach dem Essen.

„Na was schon, unser Gelände wird beräumt., der ganze Müll ist schon weg."

„Nein... heute früh noch nicht!" Jetzt war ich hellwach und starrte meine Tochter ungläubig an.

„Richtig begeistert schaust du aber nicht, was ist los, Mam?"

„Heute Morgen war ich erst enttäuscht, aber dann auch wieder nicht, ich habe noch nichts vorzulegen bei Herrn Schwenner, wie das mal aussehen soll, unser Gelände." Die letzten beiden Worte betonte ich extra und eine unbändige Heiterkeit überfiel mich, „unser Gelände, klingt gut."

„Ja was, glaubst du nicht mehr daran", knurrte Franzi mich an und konnte meinen Ausbruch gar nicht verstehen.

„Aber natürlich, wir geben doch nicht auf", beruhigte ich sie und erzählte von den fehlenden Unterlagen und den Versuchen da dranzukommen.

„Tja Mam, professionell bekomme ich das auch nicht hin, hast du denn mit dem Schwenner schon einen Termin?"

„Habe ich nicht, aber wenn der sagt Anfang des Jahres, dann meint der das auch so. Beim nächsten Mal nehme ich dich mit, da wirst du mir Recht geben und Kati, seine Tochter, wird dir sicher auch gefallen.

Schweigsam beobachteten wir eine ganze Weile das

beruhigende Treiben im Aquarium. Ich ging auf den Balkon rauchen. Franziska kramte im Kinderzimmer herum und setzte sich mit Zeichenblock, Lineal und Stiften an den Küchentisch.

„Vielleicht können wir den alten Brummbären mit einer passablen Außenansicht des Gebäudes bezirzen." Sie lächelte verschmitzt und zeichnete mit Leichtigkeit einen Flachbau auf das Papier. „Ich mach das morgen zuhause, jetzt muss ich los, die warten in der Stadt auf mich." Sie sprang auf und weg war sie. Ich schaute auf die Zeichnung und musste schmunzeln. Typisch Franzi, wenig Worte, keine Erklärung, aber sie wusste, was sie wollte.

Lustlos stiefelte ich am späten Sonntagvormittag zu meiner Mutter. Etwas Wind war aufgekommen und ein feiner Schneeregen tanzte um die Blöcke. Eigentlich ein Tag für die Couch, aber in einer Woche war Heiligabend und wir mussten noch einige Dinge mit Christel absprechen. Den Weihnachtsabend verbrachte unsere Mutter bei Christel und am ersten Feiertag bewirtete sie uns alle in ihrer eher kleinen Wohnung. Es war jedes Mal sehr eng, aber sehr gemütlich. Meistens blieb mein Schwager Johann nicht lange in der Runde und Toms Vater würde wohl gar nicht dabei sein. Er hatte aber durchblicken lassen, dass er am Weihnachtstag gegen Abend reinschauen wollte.

„Was bringst du für Wetter mit, genauso trüb wie dein Gesichtsausdruck", empfing mich meine Mutter lachend, aber auch etwas misstrauisch an der Tür. Sie hatte meine Stimmung gleich wahrgenommen.

„Alles gut, Mama, oder auch nicht, kommt Christel hoch?. Ich wollte nicht so lange bleiben heute."

„Du bist doch gerade zur Tür rein, ich sag mal Bescheid“, reagierte meine Mutter etwas verwundert, fragte aber nicht weiter nach.

Nach einer guten halben Stunde platzte Sebastian dazwischen, sein Vater schickte ihn, Christel sollte nach unten kommen. Sie schniefte etwas genervt und stand auf.

„Sein Sohn hat sich für heute angemeldet, da gibt es nichts wichtigeres“, erklärte sie kurz und zog die Nase kraus.

„Aber wir haben ja alles besprochen, oder?“

„Sicher Schwester, klappt doch immer und du Mutti, gibst du es an Ursula weiter?“

„Das mach ich, Ursel schaut immer mittwochs rein. Und heute zum Kaffee lass ich mich vielleicht mal unten sehen.“ Lächelnd strich sie Christel über die Hand. Da erübrigte sich jeder weitere Kommentar.

Ich hätte noch etwas bleiben können, auch zum Essen. Aber Mutter spürte immer, wenn etwas nicht stimmte und ich hatte gar keine Lust auf Fragen, auf die ich selbst noch keine Antworten wusste. Doch eins wusste ich genau, ich musste es mit eigenen Augen sehen. Also stiefelte ich zurück bis zur Haltestelle und nahm die Bahn, fuhr aber an meinem Häuserblock vorbei und stieg drei Haltestellen weiter aus.

Schon von weitem sah ich die Veränderung. Der alte Flachbau stand auf ungepflegter Betonfläche und kein Müll mehr davor. Ohne zu zögern, lief ich um das Gebäude herum und konnte diesmal durch ein Fenster hineinschauen. Bretterstapel, einige dicke Bohlen und Schubkarren mit Handwerkszeug entdeckte ich. Die Tür war verschlossen.

„Habe ich doch richtig geguckt, die Charly. Du möchtest wohl am liebsten morgen anfangen."

„Hast mich erwischt Kati, habe dich gar nicht kommen gehört. Ich strahlte sie an, wollte ihre Hand gar nicht wieder loslassen. „Ich freue mich dich zu sehen."

„Geht mir auch so, hab mich sowieso gewundert, dass du nicht schon eher mal herumgeschlichen bist." Sie grinste übers ganze Gesicht und brannte sich eine Zigarette an.

„Das du dich da mal nicht täuschst", klärte ich sie mit todernster Miene auf, „ich bin jeden Tag hier zweimal vorbeigefahren in den letzten zwei Wochen, und bis gestern früh hatte sich ja noch nichts getan."

„Neee, ist das wahr?", rief sie entsetzt und ihre Augen wurden groß.

„Natürlich nicht, meine Liebe, ich hatte meine Neugierde im Griff", gluckste ich herum, erzählte ihr, was Franzi mir gestern berichtet hatte und auch von den Problemen, die mir gerade zusetzten.

„Ja das nehme ich dir eher ab, ich freue mich auf deine Tochter und wie geht es Tom? Willst du nicht auf einen Kaffee mit zu mir kommen, es wird so langsam ungemütlich hier."

„Lass mal, Kati, ich bin nie ganz sicher, wann mein Tom von seinem Vater zurückgebracht wird, sie haben heute Papa-Sohn-Wochenende. Und außerdem möchte ich nicht deinen alten Herrn über den Weg laufen, du verstehst?"

Sie richtete sich kerzengerade auf, zog die Augenbrauen zusammen und nahm mich ins Visier, holte tief Luft und wir prusteten auf Kommando los.

„Gut dass wir davon sprechen, ich hätte dich sowieso morgen angerufen auf Arbeit", grummelte Kati immer noch kichernd, „er erwartet dich am Samstag, den 6. Januar, 13 Uhr in seinem Büro. Und mach dir nicht zu viel Gedanken, wir kennen genug Leute und auffressen wird er dich schon nicht."

„Was meinst du, könnte ich Franziska mitbringen? Sie entwirft gerade die Außenansicht des Gebäudes, so wie ich mir das vorstellen könnte, ihr geht das gut von der Hand."

„Mach das, wenn die so taff ist wie ihre Mutter…und jetzt muss ich los. Tschüss Charly, frohe Weihnacht und guten Rutsch für euch."

„Für euch auch, Kati, wir sehen uns im Januar."

Ich schaute ihr noch hinterher. Sie schwang sich auf ein Herrenrad und düste den breiten Weg entlang. Mit einem weit besseren Gefühl als heute Morgen eilte ich zur Bahn, es war kälter geworden. Die dicke Wolkendecke riss auf und große Schneelocken schwebten sanft zur Erde.

Tom kam heute sehr zufrieden zurück, das erleichterte mich.Er plauderte ununterbrochen von seinen Erlebnissen auf dem Hof und dass er die meiste Zeit bei kleinen Lämmern verbracht hatte, die im November zur Welt gekommen waren. Nach dem Abendbrot fielen ihm schon die Augen zu und er kuschelte sich ohne Widerworte ins Bett. Seinen Teddybär Paulchen, ihm erzählte er alles, fest an sich gedrückt und mit einem Lächeln im Gesicht schlief er schon, als ich ihm eine Geschichte vorlesen wollte.

In mir machte sich endlich ein wenig Entspannung breit nach dieser doch ereignisreichen Woche. Letztlich schrieb ich es dem überraschenden Zusammentreffen mit Kati zu. Das Gespräch mit ihr hatte einige Zweifel von mir genommen, dass ich den Ansprüchen ihres Vaters nicht genügen könnte. Mein Gefühl sagte mir, wenn einer durch die harte Schale zum weichen Kern bei ihm dringen konnte, war sie es.

Auf Arbeit ging es hektisch zu, alle schleppten die ganze Woche irgendwelche Unterlagen herum, bis sie zuletzt im Sekretariat des Chefs landeten. Alles musste zum Abschluss gebracht werden, sauber und dem letzten 5 Jahresplan geschuldet. Als ob das jetzt noch eine Rolle spielen würde. Es war vorbei mit der Planwirtschaft und es begannen Schulungen für einige Kollegen, um Einblick in die freie Marktwirtschaft zu bekommen. Ich musste mich Gott sei Dank damit nicht mehr herumschlagen, oder vielleicht noch viel mehr, fiel mir dazu ein, so als völliger Laie in der Selbstständigkeit. Das machte mir aber keine Bauchschmerzen, im Gegenteil, ich freute mich auf diese neue Herausforderung, auch wenn es nicht ganz so lief, wie ich es mir erhofft hatte.

„Frohe Weihnacht, Frau Helbig, wir sehen uns am Mittwoch", verabschiedete ich mich bei unserer Sekretärin und legte ihr ein Pfefferkuchenherz auf den Schreibtisch.

„Das ist aber lieb, ich wollte gerade zu ihnen kommen, für sie ist doch heute noch Post ins Haus geflattert." Sie kam mir entgegen, strahlte mich an und hielt mir ein großes Kuvert vor die Nase, „da sage ich mal Frohe Weihnacht."

„Das glaube ich jetzt nicht, das ist von dem Sperber, na wenn das keine Weihnachtsüberraschung ist, danke, danke, ich schau zu Hause rein."

„Übermorgen ist Weihnachten, juchhe, was bekomme ich denn Mama?" Tom umkreiste mich übermütig.

„Ich weiß nicht, was hast du dir denn gewünscht?"

„Ein Pferd natürlich!"

„Ach ein Pferd, größer geht es wohl nicht, und wo stellen wir das hin?"

„Na bei Kati in den Stall, ist doch klar."

Über diese Logik musste ich lachen und schob den Einkaufswagen zum Ausgang. Ich wollte endlich nach Hause.

„Lass dich einfach überraschen, mein Großer, und morgen backen wir erst einmal Pfefferkuchen."

„Oh ja, ganz viele und danach schmücke ich den Weihnachtsbaum, meine Schwester hilft diesmal nicht, fährt ja lieber mit ihren Freunden weg", sprudelte es ganz ernsthaft aus ihm heraus, „aber macht nichts, oder Mama, wir schaffen das schon."

„Aber klar schaffen wir das." Mit Mühe verkniff ich mir das Lachen über den drollig ernsten Auftritt und klatschte alle fünf ab.

Es war das zweite Weihnacht, was wir mehr oder weniger allein verbrachten. An letztes Jahr wollte ich gar nicht zurückdenken, die Kinder missmutig und schlecht gelaunt, Franzi blieb nicht lange am Weihnachtsabend, sie war in einer Wohngruppe untergekommen, ehe sie ihre eigne Wohnung beziehen konnte, und fühlte sich dort wohler als zuhause. Tom vermisste seinen Vater, der nach der Scheidung endgültig seine Sachen gepackt hatte und nur nachmittags für eine Stunde kam, um Geschenke für die beiden abzugeben. Mir tat alles furchtbar leid, trotzdem spürte ich damals innerliche Entspannung und ich war überzeugt, dass wir den richtigen Weg gegangen waren, das gute Gefühl gab es nicht mehr, für alle nicht.

„Mama, du putzt doch den Baum nicht allein an!"

Erbost zeigte er auf die Edeltanne, die ich schon mal im Ständer befestigt und auf den kleinen Tisch in der Fensterecke aufgestellt hatte.

„Aber nein, ich bereite nur vor, sonst wird das zu viel auf einmal, die Plätzchen backen dauert und Kartoffelsalat muss ich auch noch machen", beruhigte ich ihn, „und nun husch, wieder ab ins Bett." Misstrauisch beäugte er mich und verschwand.

Nach einer halben Stunde, ich hatte gerade Kartoffeln aufgesetzt, huschte ein Schatten an der Tür vorbei und ich bekam mit, dass er heimlich ins Wohnzimmer spähte, machte mich nicht bemerkbar, wer wollte schon gern ertappt werden.

Am Sonntag gegen Mittag schneite Franziska ins Haus. Erst schnupperte sie mit Hingabe den Duft von frisch gebackenem Pfefferkuchen, der noch in allen Räumen hing, warf einen Blick auf den geschmückten Weihnachtsbaum und steckte dann flüsternd den Kopf mit Tom zusammen. Darüber musste ich schmunzeln. Wahrscheinlich pikste sie ein wenig das schlechte Gewissen, da sie diesmal gar nichts dazu beigetragen hatte und jetzt unsere Stimmung herausfinden wollte.

„Mama, Franzi denkt, wir sind böse auf sie, weil sie uns diesmal wieder nicht geholfen hat", berichtete mir Tom aufgeregt, „das braucht sie doch nicht, oder? Du hast doch mich gehabt, sag ihr das!"

„Du hast nicht gefehlt, liebe Franzi, Tom und ich haben das alles hinbekommen, er ist doch schon groß", rief ich laut hinter ihm her, so dass es auch im Kinderzimmer ankommen musste. „Dafür erzählst du uns dann von eurer Klassenfahrt, wir wollen alles genau wissen", setzte ich noch hinzu.

Schon am frühen Nachmittag sah ich Bernhard auf den Parkplatz fahren, wir hatten keine Zeit ausgemacht. Am Vorabend hatte ich noch die letzten Geschenke eingepackt und versteckt. Abends würde es Kartoffelsalat und Bockwürstchen geben und so zogen wir die Bescherung einfach vor, damit vor allem Tom Zeit mit seinem Vater verbringen konnte. Es war mir tatsächlich gelungen, einen Reiterhof als Baukasten aufzutreiben. Zusammengebaut nahm er richtig Platz ein und ich kaufte gleich einen Tisch passend dazu. Den baute Tom mit seinem Vater als erstes auf, dafür rückten wir etwas Möbel im Kinderzimmer, und Tom freute sich riesig. Von Franzi bekam er ein Buch über Pferde und sein Papa schenkte ihm ein Feuerwehrauto mit Signal.

„Das passt immer", war Toms trockener Kommentar beim Auspacken und wir amüsierten uns köstlich.

Ich konnte mich nicht erinnern, wann wir das letzte Mal so einen lustigen und entspannten Heiligabend verbracht hatten. Und so gab es einige Dinge in der Vergangenheit, die ich wohl verdrängt hatte. Dazu neigte nun mal der Mensch, zumal man an vielen unschönen Begebenheiten selbst schuld mittrug und man gar nicht in die Tiefe gehen wollte.

„Sag mal Mama, hast du denn von deinem Kollegen eine Zeichnung bekommen? Er hatte doch einen Unfall, oder?"

„Mein Gott, das habe ich ganz vergessen!" Aus meinen Gedanken aufgeschreckt starrte ich Franzi an, die gerade den Tisch fürs Weihnachtsessen dekorierte, und lief ins Schlafzimmer.

Dort kramte ich auf meinem kleinen Schreibtisch herum, der sonst in der Wohnzimmerecke vor dem Fenster stand. Aber da glänzte ja jetzt unser Weihnachtsbaum. Schnell hatte ich den großen braunen Briefumschlag gefunden und eilte ins Wohnzimmer zurück. Voller Neugierde schauten wir auf den Inhalt. Erst kamen die bekannten Skizzen zum Vorschein und zusätzlich ein Grundriss des Flachbaus mit neuen Anbauten, maßstabgerecht, und eine unverbindliche Kalkulation aller notwendigen Baumaterialien. Da mussten wir erst einmal schlucken, zumal die Lohnkosten noch nicht aufgeführt waren. Aber dann strahlten wir uns an und unsere Fantasien blühten. Im eifrigen Gedankenaustausch gestalteten wir unser „Lese-Cafe" und vergaßen dabei total die Zeit und auch, die Würstchen fürs Abendbrot heiß zu machen.

„So, ich muss jetzt los! Ach, da hat wohl Tom nicht herum gesponnen, du willst tatsächlich eine Kneipe auf dem Reiterhof aufmachen!"

Bernhard war unbemerkt herangetreten und schaute uns über die Schulter. Ein spöttischer Unterton war deutlich herauszuhören. Ich stand auf, drängte ihn lächelnd zur Seite und verkniff mir eine Antwort.

„Papa, das ist keine Kneipe, sondern ein Cafe und es ist nicht auf dem Reiterhof, sondern davor", motzte ihn dafür Franziska unwirsch an und eine Weile war Ruhe. Grinsend legte ich die Bockwürste ins Wasser und trug sie nach ein paar Minuten zum Esstisch, der schon festlich eingedeckt war.

„Ja meine Lieben, dann lasst uns mal speisen", rief ich fröhlich und unterbrach damit die Erklärungen meiner Kinder, die mit voller Begeisterung ihrem Vater unsere neue Zukunft schmackhaft machen wollten. Ich selbst hatte mit ihm darüber noch nicht gesprochen, warum auch, ich kannte ihn lange genug und wollte mir seine garantiert negativen Bemerkungen zu der ganzen Sache ersparen.

Nach dem Essen hatte er es auch sehr eilig, Tom stürmte wieder in sein Zimmer, nachdem er wie immer seinem Vater einen letzten Gruß vom Balkon hinterhergeschickt hatte. Franzi und ich brüteten noch lange über unseren Plänen und sie stimmte erfreut zu, dass ich sie am 6. Januar mit zu Herrn Schwenner nehmen wollte. Gegen Mitternacht gingen wir schlafen.

Am nächsten Tag traf sich die ganze Familie zum Weihnachtsessen bei Oma, es gab Rouladen, Rotkohl und Klöße, köstlich wie immer, dafür verzichteten wir gern auf die Weihnachtsgans. Das wäre einfach für elf Leute, mit Bernhard waren es immer 12, zu viel gewesen, denn eine Gans hätte da ja wohl nicht gereicht. Hauptthema nach dem Essen war natürlich unser „Lese-Cafe". Schwager Karli, Ursels Mann, hörte das erste Mal davon und war ganz begeistert. Im Gegensatz zu Johann, der hielt sich mit skeptischer Miene zurück Aber als er kurz nach unten wollte, musste er vorher natürlich seine Zweifel streuen, ob ich dazu in der Lage wäre, Selbständigkeit wäre ja so kompliziert und anstrengend.

„Da sagst du was mein Lieber", stimmte ich ihm stöhnend zu, „ich sehe das doch bei meinem Schwesterherz mit ihrem Friseurgeschäft und wenn die dich nicht hätte."

Leicht irritiert schaute er von einem zum anderen und rauschte raus. Selbst unsere Mutter konnte sich ein Schmunzeln nicht verkneifen. Letztendlich bedauerten wir nur, dass, wie eigentlich in jedem Jahr, die vierte im Bunde fehlte. Evelin kam immer den zweiten Weihnachtstag mit ihrer Familie und blieb dann bis zum Wochenende.

Einige Zentimeter Neuschnee bedeckten Dächer, Bäume, Wege, den großen Spielplatz und jedes freie Fleckchen. Ich genoss die weiße Pracht, atmete tief die frische Winterluft ein und erinnerte mich lächelnd an den Jahreswechsel. Tom und ich hatten unsere kleine Party richtig gut vorbereitet mit Bowle, Kinderbowle, Popcorn, Luftschlagen und Leckereien. Gegen neun stand plötzlich Franzi in der Wohnung, nicht gerade fröhlich, hatte wohl Stress mit ihrem Freund. Sie schwieg sich darüber aus, ich fragte nicht und Tom freute sich diebisch. Halbe Stunde vor Mitternacht besuchten wir Oma. Von da aus hatte man einen herrlichen Ausblick hinunter in die Stadt. Punkt 0 Uhr schossen hunderte Raketen in den Himmel, spukten Millionen Sterne in allen Farben aus, und die rieselten wie ein zarter Schleier auf die Erde zurück. Jedes Mal ein einmaliges Erlebnis.

Christel spendierte Sekt für uns und Saft für die Jungs, wir stießen auf das neue Jahr an, umarmten uns, verteilten Küsschen und sogar mein Schwager Johann drückte mir einen auf. Eigentlich konnten wir ganz gut miteinander. Wir drei bummelten später nach Hause, verteilten gute Wünsche für das neue Jahr, und bunter Lichterregen verzauberte den dunklen Nachthimmel. Franzi und Tom gingen gleich schlafen, und ich schaute warm eingepackt mit gemischten Gefühlen noch eine Weile in den Himmel.

Am ersten Samstag des neuen Jahres verließ ich gegen 12 Uhr

mein warmes Nest und entschloss mich für einen Spaziergang zum Reiterhof, Tom war bei seinem Vater. Schon von weitem entdeckte ich Franziska, die um den Flachbau neben dem großen Eingangstor herum stampfte und dann auf die Vorderseite des Gebäudes starrte. Sie hatte eine Mappe in der Hand und ihre Blicke wanderten hin und her, so vertieft, dass sie mich nicht herankommen sah.

„Mama, was schleichst du dich so an", motzte sie los, als ich ihr leicht auf die Schulter tippte.

„Ich schleiche nicht, der Schnee hat die Schritte aufgefressen und nun komm!" Lachend lief ich auf die Einfahrt zu.

„Warte doch mal", rief sie immer noch maulend, soll ich was sagen, fragen......?"

„Lass alles auf dich zukommen und sei ganz einfach du selbst", beruhigte ich sie, „und jetzt los, Kati wartet bestimmt schon auf der Terrasse auf uns."

Und genau so war es. Die Tochter des Hauses strahlte uns entgegen und hielt zur Begrüßung Sektgläser in den Händen.

„Hallo, da seid ihr ja, dann auf ein gesundes Neues Jahr und gutes Gelingen bei allem, was ihr vorhabt."

„Was wir vorhaben, liebe Kati, denn ohne euch geht gar nichts."

„Das mag wohl sein, also dann auf uns."

Für Sekunden hing nur der helle Klang der Gläser in der Luft. Kati bot mir eine Zigarette an, zögerte etwas und hielt die Schachtel Franzi hin. Die schüttelte den Kopf und beide musterten sich einen kurzen Moment.

„Mein alter Herr ist noch nicht im Haus", schnurrte Kati

sichtlich zufrieden, „wir sollen schon mal anfangen, ist es euch kalt, oder wollen wir gleich hier?"

„Hier ist prima", übernahm Franzi freudig erregt die Antwort, stellte die Gläser zur Seite und schnappte sich ein Tuch von der Stuhllehne, wischte damit den großen Terrassentisch ab. Das war alles so selbstverständlich, und Kati gefiel das. Sie grinste mich an und nickte, als wollte sie sagen, habe ich es mir doch gedacht. Ich grinste zurück, wir verstanden uns ohne Worte.

„Eigentlich…", druckste Franzi ein wenig herum und starrte über den Hof zu den Ställen, „eigentlich wollte ich gern zu den Pferden, Tom hat ja so geschwärmt."

„Aber ja, komm!", stimmte Kati begeistert zu, die Zeit haben wir noch, Charly, vielleicht legst du schon mal alles zurecht, wir sind gleich wieder da", rief sie fröhlich und zog Franzi hinter sich her.

Na, die beiden, ich hatte nichts anderes erwartet.

Vorsichtig breitete ich die Zeichnungen auf dem Tisch aus mit etwas schlechtem Gewissen, bisher hatte ich mich nur auf einer Weihnachtskarte bei Herrn Sperber bedanken können. Doch ab Montag war er wieder im Dienst, dann werde ich den Rest klären.

In angeregter Unterhaltung stiefelten die beiden nach ungefähr 15 Minuten wieder über den Hof zurück, gerade legte ich die Blätter aus Franzis Mappe dazu und staunte nicht schlecht. Meine Tochter, bis ins kleinste Detail hatte sie den Innenraum unseres zukünftigen Cafes gestaltet und aufs Papier gebracht, harmonierende Farben, praktisch und gemütlich. Und genau so großartig fand ich die Außen Ansicht des Gebäudes.

„Na, Mama, was sagst du dazu."

Wortlos drehte ich mich um und nahm sie in den Arm.

„Ich bin begeistert, wann hast du das alles gemacht?"

„Na diese Woche, wir hatten doch Ferien." Lachend befreite sie sich und schaute mit gerunzelter Stirn zu Kati, deren Blick noch von einem Blatt zum anderen wanderte.

„Nee...", sie schüttelte mit dem Kopf, zündete sich eine an und füllte noch einmal die Gläser, „nee, das ist einfach gut, ach was sag ich da, großartig ist das, Franzi, ihr seid gut", quietschte sie plötzlich fröhlich los und wir stießen darauf an.

In dem Moment fuhr der Mercedes auf den Hof, wir rissen uns zusammen und packten sehr geschäftig die Unterlagen zurück in die Mappe.

Nach einer knappen Begrüßung und ein paar Höflichkeitsfloskeln folgten wir dem Hausherrn in sein Heiligtum, sein Büro. Er verschwand kurz und ich streifte Franzi mit einem Seitenblick, ich merkte wohl, dass sie genauso beeindruckt war wie ich, als ich das erste Mal diesen Raum betrat.

Vor sich hin lächelnd breitete Kati inzwischen die ganzen Blätter schön geordnet auf dem mächtigen Schreibtisch aus. Mit den sechs derben, gepolsterten Stühlen davor, diente er auch als Besprechungstisch, es stand kein anderer im Zimmer. Geräuschvoll rückte sich Herr Schwenner seinen Stuhl zurecht, pikte mit einer Minireitgerte schweigend der Reihe nach auf jedes Blatt Papier, das einzige Geräusch das die tiefe Stille unterbrach. Ich bereitete mich schon auf eine gefühlte Ewigkeit vor und warf Franziska heimlich einen Blick zu, zog dabei leicht die Brauen hoch, denn zwischen ihren Augenbrauen bildete sich die typische Unmuts Falte, wenn ihr was gegen den Strich ging. Kati bemerkte es wohl auch, bisher verfolgte sie die Szene gelassen und schweigsam, sie kannte ihren alten Herrn gut, aber jetzt räusperte sie sich hörbar.

Aufgeschreckt in seinen Betrachtungen warf er ihr einen grimmigen Blick zu, nahm dann Franzi und mich ins Visier und innerhalb weniger Sekunden glättete sich die tiefe Falte an der Nasenwurzel, sein Gesicht wurde weich, fast väterlich.

„Na dann!", grollte er mit tiefer Stimme, „erzählt mal, wie habt ihr euch das vorgestellt, überzeugt mich von dem Projekt!"

„Na wie gesagt... äh… Veränderungen, ich meine, der Umbau…" stotterte ich los. Noch beeindruckt von seinem Mienenspiel, das er sehr hervorragend beherrschte, fiel mir nichts Gescheiteres ein. Franziska stand auf und grinste mich an.

„Mama, darf ich?"

„Aber klar, mein Kind, leg mal los, der Chef hat gesagt, wir sollen ihn überzeugen", gab ich meine Zustimmung, war sogar erleichtert dabei, spürbar ließ das gefühlte Knistern in der Luft nach. Sie kannte meinen Traum und war noch kreativer; was man alles daraus machen konnte.

„Darf ich?" Franzi beugte sich etwas vor, nahm den Hausherrn das Zeigestöckchen aus der Hand und er lehnte sich sichtlich überrumpelt wortlos zurück.

„Das ist unser „Cafe am Reiterhof", begann Franziska mit ihrer Präsentation und zeigte auf die Seitenansicht des sanierten Gebäudes, verziert mit schwarzer Schrift und darunter einen Pferdekopf mit wehender Mähne. Sie rollte unser Projekt von hinten auf. Lautlos pikste sie auf jedes Blatt Papier, stellte die Vorderfront mit zwei breiten Fenstern und einem barrierefreien

Zugang vor und ging mit wachsender Begeisterung auf jedes Detail der Inneneinrichtung ein. Dann war sie beim neu angebauten Sanitärbereich angelangt und holte erst einmal tief Luft. „Und für den Außenbereich…"

Eine deutliche Handbewegung des Hofbesitzers stoppte sie und drei Augenpaare starrten erwartungsvoll auf die ausgesprochen charismatische Person auf der anderen Seite des mächtigen Schreibtisches. Minutenlang schweifte wortlos sein Blick über die Zeichnungen. Franzi beugte sich abermals etwas vor, schob den Holzstab in seine lockere Faust zurück und ließ sich geräuschvoll auf den Stuhl plumpsen.

„Ja Donner und Doria", dröhnte sein Organ so unverhofft durch den Raum, dass wir drei unwillkürlich die Köpfe einzogen. „Diesen Frauen kann man einfach nicht widerstehen, was sagst du Tochter?", setzte er lachend hinzu und ging zur Tür.

„Du hast wie immer recht, Papa", schmeichelte sie ihm und ihr Grübchen hüpften dabei.

„Hat mir gut gefallen, meine Damen, ich erwarte sie zur nächsten Besprechung, den Termin wird Katharina dann mitteilen. Und wir Frau Wegner, müssen uns jetzt noch etwas unterhalten. Kati, bring uns einen Kaffee und dann kontrolliere die Ställe!"

Mir war völlig klar, was jetzt noch kommen musste, die Finanzierung, und klar war auch, ich hatte nix. Kredit müsste ich beantragen und mich beraten lassen von der Bank. Was ich schon in Erfahrung gebracht hatte, für Neueinsteiger in die Selbstständigkeit gab es staatliche Hilfe in Form von Darlehen mit günstigen Zinsen oder sogar einmalige Starthilfen. Doch ehe ich mich mit Kreditbeantragungen herumschlagen wollte, musste ich

140

erst wissen, welchen Plan Herr Schwenner verfolgte. Ich spürte, dass er mich schon eine Weile beobachtete und genau meine Gedanken kannte.

„Bitte schön, euer Kaffee. Charly, wir sind bei den Pferden". Kati rauschte heran, stellte das Tablett ab und weg war sie wieder. Seelenruhig schenkte ich aus, postierte die Tassen und schwieg ihn weiter an.

„Ein gutes Konzept, Frau Wegner, gratuliere, auch ihre Tochter hat hervorragende Arbeit geleistet. Ihnen ist sicher klar, worüber wir jetzt reden müssen. Es gibt eine kurze und eine lange Variante, über die man dann stundenlang diskutieren müsste.

„Ich nehme die kurze Variante." Sein etwas überraschter, auch ein wenig ironischer Gesichtsausdruck brachte mich nicht aus der Ruhe, auch nicht das eintönige Klopfgeräusch des Stockes auf dem stabilen Schreibtisch.

„Hmmm, dann legen sie mal los!"

„Sie, Herr Schwenner, sind der Eigentümer, der Bauherr und der Geldgeber. Ich verpflichte mich, die mir zur Verfügung stehenden privaten und staatlichen Mittel auszuschöpfen und mit einzubringen und erwarte Mitspracherecht bis zur Fertigstellung des Objektes."

„Dem ist nichts weiter hinzuzufügen, verehrte Frau Wegner, warum bin ich nicht überrascht." Er lächelte einen winzigen Moment, hielt mich aber zurück, als ich mich erheben wollte.

„Wir sind noch nicht fertig, wann bitte sollte die Eröffnung sein?"

„Am 4. Juli, dem 18. Geburtstag meiner Tochter."

„Sehr passend, aber eins möchte ich noch wissen. Wieso die

durchgehende Barrierefreiheit, um nicht zu sagen behindertengerecht. Es ist ihnen doch klar, dass das die Kosten ganz schön nach oben treibt."

Wie eine eiskalte Dusche trafen mich diese Worte, zerstörte die bisher lockere Atmosphäre beim Gespräch und mein Inneres krampfte zusammen, hinderte mich an einer schnellen Antwort. Seit Wochen versuchte ich immer wieder Träume zu verarbeiten, in denen ein junger Mann im Rollstuhl ständig auftauchte und ich die Verzweiflung in großen blauen Augen sah, fast fühlte. Und das hier war kein Traum.

„Frau Wegner…?", herrschte er mich an, schüttelte sich kurz und redete ganz normal weiter. „Ach, lassen wir das, ich habe es akzeptiert!"

Hoch aufgerichtet schritt er zur Tür, etwas verwirrt folgte ich ihm und wir liefen schweigend über den Hof. In den Ställen verloren wir uns.

Ich lenkte meine Schritte zum Ende der langgestreckten Anlage mit geschätzten 30 Boxen, in denen gut gepflegte Reitpferde untergebracht waren. Auf Strohballen hockend waren Kati und Franzi so im Gespräch vertieft, dass sie mich erst bemerkten, als ich vor ihnen stand. „Und…", schoss es wie aus der Pistole gleichzeitig aus ihrem Mund, dabei starrten sie mich erwartungsvoll an.

„Was soll ich sagen…", ich zögerte die Antwort hinaus und feixte, „er ist der Boss, der Eigentümer, der Geldgeber und der Macher."

„Ist doch gut, oder", rief Kati mit blitzenden Augen, sprang auf und zog Franzi mit sich hoch.

„Natürlich, mehr als gut", antwortete ich verhalten.

„Und warum schaust du dann, als hättest du in eine Zitrone gebissen", reagierte meine Tochter erregt, ihr Gesicht glühte regelrecht, „wir haben doch kein Geld, oder?"

„Ist ja gut, alles wunderbar." Ich zog sie zu mir heran und schlang die Arme um sie. „Seine letzte Frage hatte mich etwas aus dem Konzept gebracht", erklärte ich leise, „er wollte wissen, warum alles barrierefrei, verstehst du das?"

„Das hat mich Kati auch gefragt", flüsterte sie zurück und schüttelte mit dem Kopf. Erleichtert ließ ich sie los, ich hatte sie verstanden, und drehte mich zu Kati um.

„Genau das habe ich deine Tochter auch gefragt", hing die sich jetzt ins Gespräch, sie hatte jedes Wort mitgehört und sah mich jetzt ganz merkwürdig an.

„Es war nicht die Frage, es war sein Blick, so voller Zorn, voller Schmerz, der mich irritierte", sinnierte ich weiter, forschte dabei in ihren Augen. „Und, konnte Franzi es erklären?", forderte ich sie heraus.

Kati atmete tief durch und quälte sich ein Lächeln ab.

„Aber ja, sie hat es so erklärt; es könnte ja mal einer vom Pferd fallen beim Reitunterricht, und dann könnte er im Rollstuhl zumindest den anderen zusehen vom Cafe- Garten aus und dabei Kuchen essen."

Ohne meine Reaktion abzuwarten, drehte sie sich um und lief raus. Wir fanden sie hinter dem Stall in der Raucherecke. Tief inhalierte sie den blauen Dunst und hatte sich wieder gefangen, und schaute uns etwas traurig entgegen.

„Nein im Ernst, Charly, das war simpel ausgedrückt, aber der

Grundstock für eine fantastische Idee. Ein guter Freund, wir haben zusammen studiert, leitet jetzt die Orthopädische Abteilung in der Kreisklinik. Er hatte mich angesprochen, ob wir auf unserem Hof Reiten als Therapie anbieten würden. Ich könnte es mir vorstellen, mit einem Therapeuten als Reitlehrer, den ich noch nicht gefunden habe, und was will ich damit sagen?"

Wie ein Quizmaster sah sie uns erwartungsvoll an und wartete auf Antwort. Aber meine Gedanken krallten sich fest...Studienfreund, vielleicht etwas älter, Leiter der Orthopädischen Abteilung, könnte Dr. Berghoff sein. Dann würde sie über kurz oder lang auch den wahren Beweggrund für die Barrierefreiheit unseres Konzeptes herausfinden. Franzi beobachtete mich die ganze Zeit mit einem Blick der Bände sprach. Ihr war wohl klar, was mich gerade bewegte und irgendwie bedrängte sie mich ohne Worte, bei der Wahrheit zu bleiben, sie hatte nichts verraten.

„Du redest von Dr. Berghoff, nicht wahr?"

„Ja, kennst du ihn, ein guter Arzt und toller Mann", reagierte Kati etwas erstaunt.

„Ich durfte ihn kennenlernen, und deshalb verrate ich dir die wahren Beweggründe des Konzeptes, du würdest irgendwann selbst darauf kommen, ist auch kein Geheimnis und wir wollen mit offenen Karten spielen. Bei deinem Vater vorhin, war ich allerdings etwas überfordert, konnte nicht darüber reden. Also..."

Andächtig, als würde man ihr ein Märchen vorlesen, lauschte Kati meinen Worten, sah ab und zu Franzi an, die still zuhörte. Sie kannte die Geschichte und genauso erfuhr Kati jetzt davon, selbstredend - ohne das „Hüttengeheimnis."

„Wow, was soll ich dazu sagen und was erzähle ich meinem Vater, wenn er mich fragen sollte?"

„Dann erzähl es ihm genau so," gluckste ich und fühlte eine ungeheure Erleichterung.

„Vielleicht betonst du die Win-win-Situation, das Cafe und der Reiterhof könnten davon profitieren, haben wir doch herausgefunden", setzte Franzi eifrig nach.

„Ihr habt recht Mädels, ich gebe mein Bestes, aber jetzt muss ich." Kati sprang auf und hob die Hand, „ich melde mich, ich denke mal, wenn der Schnee weg ist, geht es richtig los."

„Kann ich noch bleiben?"

Franzi schaute erst zu Kati, die lächelnd nickte, und dann mit Toms typischer Bittsteller Miene zu mir.

„Natürlich, wenn du darfst, ich marschiere dann mal los", scherzte ich, umarmte beide kurz, lief über den Hof, ohne diesmal einen Blick zu den oberen Fenstern zu werfen.

Bis Ende Februar hielt uns, im ständigen Wechsel, der Winter auf Trab mit eisiger Kälte, Schneeregen, Glätte, Tauwetter und Neuschnee. Sogar heftige Gewitter und Schneegestöber bescherte uns der Wettergott und in „meinem Grundstück" bewegte sich nichts.

Nichtsdestotrotz lag ich nicht auf der faulen Haut und trug alle notwendigen Unterlagen für die Betreibung eines Gewerbes zusammen, schloss Versicherungen ab und beantragte Zuschüsse für Jungunternehmer.

Am ungeduldigsten war mein kleiner Tom. Mit seinen gerade

9 Jahren gingen ihm tausende Gedanken durch den Kopf und die unendliche Fragerei brachte mich manchmal fast zur Verzweiflung. Trotzdem ging ich immer auf ihn ein, war aber auch froh, wenn er mit Oma oder seinem Vater Zeit verbrachte, die konnte er ja auch mal nerven.

Seit sich die ersten Sonnenstrahlen Anfang März durch die Wolken drängten und die letzten Schneereste weg schleckten, raste er aller halbe Stunde auf den Balkon und beobachtete das Wetter.

„Mama", rief er gerade wieder in die Küche, „das Wetter ist toll, fangen die nun endlich an zu bauen bei unserem Cafe?"

Das konnte heiter werden dachte ich und räumte den Freitagseinkauf in die Schränke.

Mama, es hat geklingelt", schallte es im nächsten Moment an mein Ohr.

„Habe ich gehört Tom, dann geh und schau mal nach, ich packe gerade unseren Einkauf weg."

„Mama, komm doch mal, da steht ein Junge draußen, der will zu dir."

Für Sekunden erinnerte ich mich, dass er genau diese Worte im November letzten Jahres schon einmal zu mir gesagt hatte. Da stand dann eine fremde blonde Frau vor der Tür, und jetzt. Ich schaute um die Ecke und erschrak.

„Benjamin, wo kommst du denn her? Komm erst mal rein, weiß deine Mutter, dass du hier bist?"

Er schüttelte trotzig mit dem Kopf. „Nee, die weiß das nicht und ich will auch nicht zurück!"

Oha, bei mir schlug es Alarm und ich musste schnell meine

146

Gefühle unter Kontrolle bringen, die bei seinem plötzlichen Anblick in mir hoch wallten.

„Aber, aber, so schlimm kann doch gar nichts sein", ermunterte ich ihn und er folgte mir ins Wohnzimmer, sah das Aquarium und setzte sich daneben.

„Das ist ja eine Überraschung, Benjamin, dass du uns hier besuchst, dass du dich an mich erinnerst", tastete ich mich ganz vorsichtig heran und setzte mich gegenüber in meinen Sessel, ließ ihm Zeit. Da drängte sich mein Großer vor, starrte neugierig auf den fremden Jungen und wollte wissen, wer das sei.

„Tom, das ist Benjamin, das ist der Sohn von dem Freund, den ich im Krankenhaus besucht hatte.

„Oh schön, wir können zusammen spielen in meinem Zimmer. Ich habe ganz viele…"

„Vielleicht gleich", stoppte ich seinen Jubel, verdrehte dabei meine Augen und zeigte zur Tür, „ich glaube Benjamin möchte mir erst etwas erzählen."

„Okay, aber beeilt euch", sprudelte Tom heraus und sauste in sein Zimmer zurück.

„Du hast doch schon mal meinem Papa geholfen, weil ihr Freunde seid", begann er leise und ließ dabei nicht das bunte Treiben der Fische aus den Augen. „Seid ihr noch Freunde, dann kannst du ihm vielleicht wieder helfen. Meine Mama hat ihn glaub ich nicht mehr lieb, die hat mit Albert geküsst, ich habe es gesehen, in der Grube unter dem Auto."

Diese Beichte schlug mir derart auf dem Magen, dass mir ganz schlecht wurde, nicht wegen Heike und Lässe, nein, nur wegen des Jungens, der mit seinen 10 Jahren jetzt ein riesiges Problem hatte. Ich brauchte ein wenig Zeit, holte Saft aus der Küche und setzte mich neben ihn.

„Erzähle doch erst mal, wie du mich gefunden hast", stupste ich ihn an, danach überlegen wir beide, wie wir deinem Papa helfen können. Aber erst rufen wir deine Mama an, die hat euch alle sehr lieb und jetzt macht sie sich um dich Sorgen, willst du das?"

„Nein, das will ich nicht", antwortete er kleinlaut, „aber reden will ich nicht mit ihr", bockte er gleich wieder.

„Na gut, dann mach ich das, wenn du willst kannst du jetzt mit Tom spielen."

Wie ein Blitz war er aus dem Zimmer und ich suchte Heikes Telefonnummer heraus, wir hatten bisher noch nicht miteinander telefoniert.

„Ja, wer ist da, habt ihr ihn gefunden", dröhnte es im Hörer und ich musste ihn ein Stück weghalten.

„Hallo Heike, hier ist Charly, hörst du mich, ich muss dir etwas …"

„Charly, das ist jetzt schlecht, ich warte auf Anrufe, Benjamin ist seit heute Mittag verschwun…", der Rest ging in Schluchzen unter.

„Heike, hör mir zu, Benjamin ist bei mir, es geht ihm gut, hörst du", rief ich klar und deutlich in den Hörer.

„Wie, was bei dir, wieso denn", schrie sie mich an und dann war Ruhe, nur lautes Geraschel und Gemurmel war zu hören und plötzlich grollte mir eine tiefe Männerstimme ins Ohr.

„Frau Wegner, der Benjamin ist bei Ihnen, ich bin in einer Stunde da!"

148

„Warten sie Herr Witzler, hören sie mir wenigsten eine Minute zu, bitte. Der Benjamin stand heute Nachmittag plötzlich vor unserer Tür, keine Ahnung wie er hergekommen ist, keine Ahnung woher er meine Anschrift hatte, aber ich weiß jetzt warum.

„Das kann er uns ja dann sagen", grollte Benjamins Opa weiter, „geben sie mir die Adresse."

„Bitte Herr Witzler", flehte ich ihn fast an, holen sie Benjamin erst morgen früh, er spielt jetzt mit meinem Tom, die sind nur zwei Jahre auseinander, verstehen sich prima und dabei hat er wohl gerade seine Sorgen vergessen, es geht ihm gut, er kann mit bei Tom im Zimmer schlafen, das Bett meiner großen Tochter ist frei", redete ich mit Engelszungen auf ihn ein. Einen Moment dachte ich schon, er hätte aufgelegt.

„Also gut, Frau Wegner, dann machen wir das so, morgen um neun, Adresse habe ich."

„Herr Witzler, richten sie bitte ihrer Tochter aus, dass es Benjamin hier wirklich gut geht, und bitte, kommen sie allein, er hat etwas gesehen, das kann nur in der Familie geklärt werden. Also dann bis Morgen." Schnell legte ich auf, wollte keine Frage beantworten, aber seine Stimme klang am Schluss schon ruhiger.

„So ihr beiden, ich habe gerade mit Benjamins Opa gesprochen am Telefon." Die Hände in den Hüften und mit strengem Blick schaute ich auf sie herab. „Und jetzt", machte ich es spannend, aber nicht lange, Benjamin war schon den Tränen nah, „jetzt gibt es gleich Abendbrot, Benjamin du darfst heute hier schlafen, wenn du willst, dein Opa hat es erlaubt.

Ein riesiger Jubel brach los und wir überhörten sogar die

Türklingel. Aber Franziska hatte ja einen Schlüssel und stand plötzlich neben mir.

„Was ist denn hier los", rief sie laut und fing Tom auf, der sie gleich bestürmte.

„Du kannst heute nicht hier schlafen, heute schläft Benjamin in deinem Bett."

„So, so, du bist also Benjamin", sie musterte genau das fremde Kind und drehte mir große Augen zu, „aber mit euch essen darf ich doch, oder?" Heftiges Nicken war die Antwort.

„Mama, ist das etwa der Benjamin, der Sohn von…?"

„Genau der", unterbrach ich sie und legte den Finger auf den Mund. Sie warf einen Blick hinter die Tür und wollte natürlich mehr wissen.

„Wie kommt er hier her und sah sein Vater auch so aus?"

„Sein Ebenbild, vor 25 Jahren." Ich schmunzelte, rührte dabei den Teig für Pfandkuchen zusammen und erzählte ihr von dem Überraschungsbesuch bis hin zur Erlaubnis vom Opa.

„Das ist ja ein Ding", murmelte sie vor sich hin, „denkst du, dass die Mutter vielleicht…"

„Kind, das geht uns nichts an", fiel ich ihr ins Wort, „und jetzt rufe die Jungs zum Essen."

Wir hatten viel Spaß dabei und die beiden vertilgten eine Menge Pfandkuchen mit Apfelmus oder Kirschen.

„Ich habe auch eine Schwester, aber die ist noch klein, sechs Jahre wird die", plapperte Benjamin fröhlich. Auf einmal wurde er still, musterte mit großen Augen Franzi und platzte heraus, „Wo schläfst du dann heute, wenn ich in deinem Bett schlafe." Das klang so drollig besorgt, dass wir drei herzhaft lachen mussten.

„Da musst du dir keine Sorgen machen, Benjamin, ich habe schon eine eigene Wohnung und wollte nur mal meiner Mama und meinem Bruder „Hallo" sagen. Und jetzt habe ich dich auch kennengelernt, und das ist sehr schön"

„Gut", er sprang auf, „Tom spielen wir weiter?" Und weg waren beide und ich ging zum Balkon.

„Lass alles stehen, Franzi, mache ich später, wenn Ruhe ist. Hast du noch etwas vor heute?"

„Das habe ich, wir treffen uns dann im „Ratskeller". da spielt heute eine gute Band. Ich hatte mich in der Zeit verguckt und konnte deshalb noch bei euch reinschauen. Hat der Junge wunderschöne Augen", fing sie auf einmal an zu schwärmen und grinste mich an, „jetzt verstehe ich."

„Was verstehst du", ich nahm sie ins Visier.

„Na, dass du dich in ihn verliebt hattest, vor 25 Jahren. Wie geht es ihm denn eigentlich?"

„Weiß ich nicht, werde ich morgen mal seinen Schwiegervater fragen, ich habe ihn das letzte Mal im Krankenhaus gesehen."

Da konnte ich mich beherrschen, wie ich wollte, selbst Franzi hörte die Zwischentöne heraus, wenn es um Lässe ging, so schaute sie mich auch an, genau wie es meine Mutter immer tat.

„Kennst du den Schwiegervater", bohrte Franzi weiter, „denkst du, er weiß Bescheid über Benjamins Erlebnis?"

„Nun", ich zögerte kurz, „ja, ich habe seinen Opa einmal in der Klinik gesehen, bodenständig, denke ich, ehrlich und ein Herz für Familie, alles andere ist nicht unser Problem, Schluss damit."

„Du hast ja recht, Mam, muss jetzt auch los." Sie stand auf, rief noch ein Tschüss ins Kinderzimmer und weg war sie.

„Ihr macht euch schon mal fürs Bett fertig", rief ich über den Flur, „und halb zehn ist das Licht aus."

Wie an jeden Abend, ehe ich mich schlafen legte, zog noch einmal der ganze Tag an mir vorbei. Die heutige Überraschung schwemmte sehr viele andere Gedanken dazwischen und ich versuchte mit aller Macht schnell einzuschlafen, einfach um ihnen zu entkommen.

Punkt neun klingelte es. Ich hatte ihn schon gesehen, den kräftigen grauhaarigen Mann. Er stand bereits zehn Minuten auf dem Parkplatz und schaute suchend an den Balkonen entlang.

„Guten Morgen, treten sie bitte ein Herr Witzler", empfing ich ihn an der Tür und da kam auch schon Benjamin angeflitzt.

„Opa, kann ich noch ein bisschen bleiben", rief er schon von weitem und sprang ihm in die Arme.

„Moment du Ausreißer, eigentlich müsste ich mit dir böse sein, was hast du dir dabei gedacht, und woher   kanntest du die Adresse", brummelte er ihn grimmig an, drückte und herzte ihn dabei.

„Nicht böse sein Opa, die Adresse lag auf dem Schreibtisch in der Werkstatt und ich mach es auch nie wieder, aber ich…"

„Ist schon gut mein Großer, wir reden später darüber, jetzt muss ich erst mit Toms Mutter etwas bereden, so lange kannst du noch bleiben."

„Juhu, Tom ich komme", er hüpfte jubelnd den Flur hinunter und sein Opa schmunzelte.

„Wohnzimmer oder Küche?", fragte ich entspannt und zeigte nach links und nach rechts.

„Dann Küche", murmelte er kaum hörbar und schritt mit leicht

152

gebeugtem Rücken vor mir her.

Flink räumte ich unseren Frühstückstisch ab und spürte seinen Blick, der jede meiner Handbewegungen verfolgte, danach einmal durch die Küche schweifte und an einem Bild hängen blieb.

„Das ist ihre Tochter!"

Er stellte fest, er fragte nicht, sein Tonfall gefiel mir ganz und gar nicht.

„So ist es, Franziska und Tom beim Plätzchen backen", reagierte ich sehr reserviert.

Da zog er die Augenbrauen hoch, musterte mich kurz und kleine Lachfältchen machten sich um Mund und Augen breit.

„Schönes Bild, leben sie allein, wenn ich fragen darf?"

„Kann ich ihnen etwas anbieten, einen Kaffee vielleicht, der ist noch heiß." Er nickte kurz, ich stellte zwei Tassen auf den Tisch und setzte mich ihm gegenüber.

„Wir sind geschieden nach 20 gemeinsamen Jahren, Franziska hat inzwischen eine eigene Wohnung und Tom   freut sich zweimal im Monat auf sein Papa - Sohn - Wochenende. Es ist bestimmt nicht immer einfach, aber allen geht es besser damit."

Regungslos hörte er mir zu, doch seine Pupillen waren in Bewegung, im Wechsel verengten und weiteten sie sich und die kräftigen Hände verschränkte er so fest, dass die Knöchel weiß hervortraten.

„Es ist wahrlich nichts leicht. Seit dem Mauerfall ist die Arbeit nicht mehr zu schaffen und ich musste einen Mechaniker einstellen. Nebenher haben wir für meinen Schwiegersohn umgebaut." Er hob plötzlich den Kopf und schaute mir das erste Mal direkt in die Augen. „Ihm geht es den Umständen entsprechend, in einer Woche ist die zweite REHA beendet und dann werden wir weitersehen.

Still war es in der Küche, aber schwer lasteten die unausgesprochenen Gedanken im Raum. Ich wusste nichts, was ich hätte sagen sollen, und schaute ihn nur mitfühlend an.

„Ich verstehe das nicht", sprach er leise weiter, warum ist Benjamin nicht zu mir gekommen, er hatte mir bisher alles anvertraut, warum ging er bloß diesmal zu einem Fremden. Ich habe nichts bemerkt, was hat er denn gesehen?"

Jetzt musste ich wohl, deshalb war er ja hier und er schien tatsächlich nichts zu wissen, oder.... er konnte es gut vor mir verbergen.

„Vielleicht hatte er Angst jemanden weh zu tun, seine Mutter ist ja ihre Tochter, ihr Kind", antwortete ich vorsichtig und berichtete ihm fast wortwörtlich, was Benjamin mir erzählt hatte. Er stützte schwer den Kopf in seine Hände und schwieg.

„Opa, Opa, darf uns Tom auch mal besuchen, bitte, bitte, ich will ihm unsere Werkstatt zeigen.", platzte Benjamin in die Stille, und beide Buben standen mit großen Augen lauernd an der Tür.

„Natürlich darf er das, zuhause reden wir darüber, ja? Aber jetzt ziehe dich an, wir müssen endlich los, Oma, Mama und Lisa warten doch schon auf dich."

Schwerfällig stand Benjamins Opa auf, trat ganz nah an mich heran und umfasste meine Hände mit seinen Pranken. „Danke dafür, dass es meinem Enkel wieder gut geht und danke für alles, was sie …"

„Hören sie auf, Herr Witzler", stoppte ich ihn und zog meine Hände weg. „Ich mache meistens, was mir mein Herz sagt und

154

wenn ich damit helfen kann, umso besser, aber ich tu es auch für mich."

„Sie haben ein großes Herz. Mein Schwiegersohn kommt in einer Woche nach Hause, besuchen sie uns, die Kinder lassen uns eh nicht mehr in Ruhe."

„Vielleicht", ich lächelte, aber mir war schon klar, dass er in meinen Augen lesen konnte.

Am Sonntag fing Tom schon weit vor dem Mittag an zu drängeln. Meine Mutter hatte uns zum Essen eingeladen und er musste ihr doch unbedingt von seinem neuen Freund erzählen.

„Da wird Oma aber staunen", rief er aufgeregt und stand halb zwölf fix und fertig an der Tür.

„Da wirst du wohl recht haben, mein Großer", stimmte ich ihm zu und musste jetzt schon schmunzeln bei der Vorstellung, wie ihre blauen Augen immer größer wurden, wenn sie die ganze Geschichte erst hörte. Wir waren noch gar nicht richtig in der Wohnung, da zupfte Tom schon an ihr herum.

„Oma, ich muss dir was erzählen, du errätst nie, wer gestern ..."

„Ach, habt ihr es auch schon gesehen", fiel sie ihm ins Wort, und ich dachte, ich könnte euch mal überraschen damit."

„Wie überraschen, er hat doch uns besucht", rief Tom aufgebracht, „du warst doch gar nicht dabei."

„Stopp, ihr beiden, ihr redet aneinander vorbei", unterbrach ich den Disput und stellte mich lachend dazwischen. „Mama, das kommt davon, wenn man jemanden nicht ausreden lässt, nicht wahr Tom?" Ich strich ihm über die Haare, wir grinsten uns an und dann Oma, die ganz bedröppelt guckte.

„Reden wir nicht über die Baustelle", wunderte sie herum und setzte sich erst einmal hin.

„Aber nein Oma, Benjamin war gestern bei uns, stand einfach vor der Tür, verstehst du, der Junge von dem Mann, den Mutti immer im Krankenhaus besucht hat, und jetzt sind wir Freunde. Aber was ist mit unserer Baustelle? Haben die da endlich mal angefangen zu bauen?", schwenkte er sofort um und ließ Oma nicht aus den Augen.

Fragend schaute sie zu mir. Hinter Toms Rücken gab ich ihr Zeichen, dass sie erst ihn reden lassen sollte.

„Was höre ich da, ihr hattet Besuch, erzähle mal", wechselte sie geschickt das Thema und mit heller Begeisterung berichtete Tom ihr von Benjamin und dem Opa. Aber was ist nun mit der Baustelle?", hing er übergangslos dran. Da klingelte es. Er sauste zur Tür und zerrte Franzi hinter sich her bis in die Küche.

„Überraschung, Leute, die fangen an zu bauen, haben jede Menge Material abgeladen", verkündete die lautstark und schaute verwundert in die Runde als es still blieb. Plötzlich verzog meine Mutter ihr Gesicht.

„Damit wollte ich euch überraschen, gelingt mir denn gar nichts mehr", piepste sie weinerlich. Jetzt guckte Franzi bedröppelt von einem zum andern, schaltete aber schnell und wir lachten alle vier, bis uns die Tränen über das Gesicht liefen. Nach dem Mittag kamen Christel und Sebastian kurz hoch.

„Was war denn bei euch vorhin los, das Gelächter hat man durchs ganze Haus gehört, erzählt mal!"

Mit wenigen Sätzen erzählte ich von Überraschungen und dem missverständlichen Durcheinander und wir amüsierten uns. Fehlte nur noch, dass mein Schwager auch seinen Kopf durch die Tür

156

steckte, aber er würde Sebastian sowieso ausquetschen.

Das Wetter blieb beständig und frühlingshaft, genauso meine Laune. Die Bauarbeiten gingen gut voran. Im Wechsel überzeugten Franziska und ich uns davon, Tom natürlich meistens dabei, und anschließend stöberten wir in dicken Katalogen herum, suchten nach günstigen, zweckmäßigen aber vor allem schönen Möbeln und Accessoires für die Innenausstattung des Cafes. Für größere Ausgaben holte ich mir das Okay des Bauherrn, der den Teil Kati überließ, das uns sehr freute. Franzi hatte schon Flyer und Getränkekarten entworfen, aber jetzt musste sie sich erst mal für Zwischenprüfungen vorbereiten. So lief alles optimal, bis zu dem schrecklichen Samstag letzter Woche. Diesen Vorfall werde ich wohl nie im Leben vergessen.

Wie so oft spazierte ich ein/zweimal um den fast fertig sanierten Bau herum, begutachtete die Anbauten hinten, die eingesetzten neuen Fenster und breiten Türen und lief danach vor mich hin summend den Weg zum Reiterhof hinunter. Eine kurze Rücksprache mit Kati war der Grund, aber ich sah schon von weitem, dass sie mit ihrem Hengst Floh auf dem Platz Parcours ritt. Ihr alter Herr stand am Zaun und starrte geradeaus. Hätte ich ihm bloß ins Gesicht geschaut, dann wäre ich garantiert schnurstracks vorbeigelaufen. Aber so…, ich stellte mich daneben und als er sich kurz räusperte, drehte ich mich zu ihm hin, musste doch irgendetwas sagen, dachte ich.

„Ich bin froh, Herr Schwenner, dass sie sich doch mit dem behindertengerechten Bau…", der Rest des Satzes blieb mir im Hals stecken. Er hatte sich auch zu mir gedreht, zitterte am ganzen Körper vor Zorn, seine Augen sprühten gefühlte Funken und er schrie mich an.

„Halt! Stopp! erwähnen sie niemals wieder dieses verdammte Wort mir gegenüber, niemals wieder, haben sie das verstanden!" Er zischte es noch einmal und ballte die Fäuste dabei. Ich sprang entsetzt einen Schritt zurück, dachte nur, jetzt packt er dich und schüttelt dich, da stand Kati plötzlich neben mir.

„Papa, was machst du da?", rief sie aufgebracht, zerrte ihn weg von mir und schob ihn in Richtung Hof. Ich war völlig benommen und Tränen schossen mir in die Augen.

„Alles gut Charly, komm, wir trinken einen Kaffee", sagte sie leise, dann pfiff sie laut. Sofort kam Karli aus einem der Ställe und kümmerte sich um Floh, den sie wohl am Gatter festgebunden hatte, als sie auf das Drama aufmerksam geworden war.

Schweigend liefen wir über die Terrasse ins Haus und an der Treppe nach oben blieb sie stehen.

„Geh schon mal, erste Tür rechts, ich mach uns schnell einen Kaffee."

„Ein Schnaps wäre mir lieber", rutschte mir so raus und mein Gesicht schrumpfte spürbar zusammen.

„Auch das!" Kläglich grinsend gab sie mir einen leichten Schubs und verschwand in der Küche.

Es war der zweite Raum in diesem großen Haus, den ich nach kurzem Zögern betrat. Helligkeit empfing mich, moderne Möbel, ich tippte auf skandinavischen Still, ein massiver Schreibtisch mit Computer, die Wandregale voller Bücher und im hinteren Teil eine riesige Polsterecke. Mein Blick wanderte zurück und streifte die Wand hinter dem Schreibtisch, die war übersät mit Pferdebildern, die meisten mit Reiter, und das in der Mitte zog mich magisch an.

158

Ein stolzer Reiter auf einem ebenso stolzen dunklen Braun Falben sah mich an und ich sah sofort die Ähnlichkeit mit dem Herrn des Hauses. Ein eigenartiges Gefühl durchzog mich dabei.

„Setz dich bitte, geht es wieder?"

„Geht schon, dein Zimmer hat mich versöhnt."

„Das freut mich, dann macht der hier den Rest." Sie lächelte und reichte mir ein Whiskyglas.

„Hmmmm", entfuhr es mir, als wir genippt hatten. „Ich bin kein Whisky Kenner, aber der…"

„Ja, das ist wahrlich ein edler Tropfen, Papa musste den spendieren", gluckste sie erheitert, doch in der nächsten Sekunde zog Traurigkeit über ihr markantes Gesicht und die Stimme wurde ganz weich. „Das auf dem Bild ist mein Bruder Alexander mit seinem Hengst Pietro. Bei einem Springturnier stach eine Biene dem Hengst am Auge, er stürzte am Wassergraben und brach sich das Genick."

Vor Entsetzen schlug ich die Hände vors Gesicht und starrte sie durch die Finger nur an.

„Alex hatte Glück, er brach sich nur drei Halswirbel und sitzt seitdem im Rollstuhl, das war vor genau 10 Jahren", endete sie mit einem tiefen Schluchzer.

Mir wurde heiß und kalt, ich klapperte mit dem Kaffeelöffel, konnte die plötzliche Stille im Zimmer nicht ertragen. Dann berührte ich leicht ihre Hand und sie schaute mich an, schon wieder ziemlich gefasst.

„Kati, mein Gott, jetzt verstehe ich es, verstehe alles."

„Das glaube ich dir, Charly, und genau deshalb erzähle ich es dir, damit du meinem alten Herrn diese Ungeheuerlichkeit vielleicht verzeihen kannst. Er hat es immer noch nicht verarbeitet und gerade heute jährt sich der Unglückstag. Und ehe du fragen musst, Alex ist damals zu seinem Onkel aufs Land gezogen, zum Bruder unserer Mutter und sie ist mit ihm gegangen."

Mein Blick wanderte wieder auf das Bild und unzählige quälende Gedanken rasten mir durch den Kopf, Gedanken, die ich in den letzten Wochen ganz gut verdrängen konnte.

„Ich muss jetzt los, Kati, danke für alles."

„Nicht dafür, Charly, aber was wolltest du eigentlich mit mir besprechen?"

„Das ist jetzt nicht wichtig, kann warten", erwiderte ich, trank den kostbaren Whisky aus und stand auf.

Leichtfüßig lief sie vor mir die Treppe hinunter, warf einen Blick ins Büro, die Tür stand offen, und wartete an der Ausgangstür auf mich. Ich stoppte vor der Tür, schaute auf den nach vorn gebeugten Rücken des grauhaarigen, großen Mannes, der sonst immer aufrecht stand und ging. Instinktiv lief ich ins Büro hinein. Seine Augen weiteten sich, als er mich kommen sah. Ganz dicht vor ihm stellte ich mich auf die Zehenspitzen, schlang meine Arme um seinen Hals und drückte ihn so fest ich konnte, für Sekunden nur. Dann drehte ich mich um und folgte Kati auf den Hof, hob die Hand zum Abschied und eilte, ohne zurückzuschauen, den breiten Weg zur Straße hoch.

In dieser Nacht hatte ich einen verrückten Traum: Zwei junge Männer im Rollstuhl jagten mich lachend und scherzend durch die barrierefreien Räume meines Cafes und lieferten sich anschließend ein Wettrollen auf dem breiten Weg zum Reiterhof. Am Morgen erwachte ich völlig ausgeschlafen und mit einem

160

guten Gefühl, was ich mir selbst nicht erklären konnte. Mein Erlebnis pikste manchmal, aber weder Oma, Franzi oder sonst jemand erfuhr etwas darüber.

Am ersten Sonntag im Mai kam Tom etwas wortkarg und miesepetrig schon am frühen Nachmittag von seinem Vater zurück und ich war froh, dass ich nicht aus dem Haus gegangen war, um schnell mal einen Blick auf die Baustelle zu werfen.

„Schatz, kommst du mal, ich habe Post für dich", rief ich ihm hinterher und hielt einen Brief ohne Absender hoch. Ich ahnte, wer an Tom geschrieben hatte, und konnte nur mit Mühe meine Erregung verbergen. Etwas ungläubig drehte er das Kuvert hin und her, er hatte noch nie Post bekommen, riss es auf und sauste auf sein Zimmer. Eine ganze Weile hörte ich nur halblautes Buchstabieren von Sätzen und dann stand er mit strahlenden Augen an der Tür.

„Mama, Benjamin hat mich zu seinem Geburtstag eingeladen und Franzi soll mitkommen und du auch", sprudelte er heraus, hielt mir völlig aus dem Häuschen das Papier vor die Nase und bedrängte mich. „Hier, lies selbst, das hat Benjamin geschrieben, was soll ich ihm schenken, da müssen wir morgen gleich in der Stadt was aussuchen, Mama, was denkst du, was..."

„Stopp, mein Großer", bremste ich ihn lachend, klar suchen wir was aus. Lass mich doch schauen, wann du eingeladen bist."

„Wir, Mama, wir sollen kommen, lies doch endlich", protestierte er aufgeregt und tippte mit dem Finger auf dem Papier herum, „du musst mitkommen, weil du ja weißt, wo er wohnt, das hat er geschrieben!"

Die letzten Worte versetzten mir einen Stich. Tief durchatmend ließ ich mich am Tisch nieder und zog Tom auf meinen Schoß.

„Nun lass mich doch erst mal in Ruhe lesen und dann überlegen wir gemeinsam, was wir deinem Freund Benjamin schenken könnten."

Wie ein Frosch hüpfte er von meinem Knie, stellte sich vor mich hin und starrte mich an. Laut las ich vor, „Hallo Tom, ich habe am Sonnabend Geburtstag, das ist der 12. Mai und da lade dich ein, deine Schwester soll auch mitkommen und deine Mama, die weiß genau wo ich wohne, du kommst doch bestimmt, dein Freund Benjamin."

„Sag ich doch", rief Tom triumphierend und nickte mit dem Kopf wie ein Alter.

Von ganzem Herzen gönnte ich meinem Tom die Vorfreude, vor allem, weil er von dem wohl nicht so gut gelaufenen Papa Wochenende abgelenkt wurde.

„Mama, was schenke ich Benjamin, gehen wir gleich morgen etwas kaufen?"

„Aber ja, das machen wir und jetzt überlege doch mal, über was er sich freuen würde. Ihr habt doch zusammen gespielt, denk mal nach", spornte ich ihn an und ging schmunzelnd in die Küche.

„Gute Idee, Mama, ich kontrolliere meine ganzen Spielsachen und überlege dabei!", rief er fröhlich und flitzte in sein Zimmer.

Auch am nächsten Morgen schwirrten tausende Gedanken in meinem Kopf herum und bedrängten sehr unterschiedlich mein Inneres. Was würde mich wohl bei Familie Witzler erwarten, was, wenn ich nach Monaten Lässe das erste Mal gegenüberstehen werde? Plötzlich musste ich an das letzte, für mich ganz furchtbare, Gespräch mit Herrn Schwenner denken, schlimmer konnte es nicht kommen. Und als ich mich an den Traum in der Nacht danach auch noch erinnerte und ich zwei Männer in Rollstühlen schemenhaft herum flitzen sah, legte sich meine Erregung und ein leichtes Kribbeln fuhr mir unter die Haut.

Meine Mutter merkte am Nachmittag sofort, dass mich etwas bewegte und ich erzählte ihr von dem bevorstehenden Besuch. Das ist gut, sagte sie, irgendwann musst du dich dem stellen, es ist ein Teil deines Lebens, den du niemals abhaken wirst, indem du ihn verdrängst."

Wahre Worte, wie immer, das war mir auch bewusst, er gehörte zu meinem Leben. Und in meinen Träumen fühlte sich das wunderbar an, aber eben Träume. Bis zum Mittwoch hatte ich damit zu kämpfen und nach der Arbeit lief ich wie Falschgeld auf meiner Baustelle herum.

„Hast du dich entschieden?" Plötzlich stand Kati hinter mir und zeigte auf die Wand vor mir. Der Maler hatte einige Probeanstriche hinterlassen und wollte am nächsten Tag mit dem Anstrich für die Leseecke und den Spielbereich beginnen.

„Was überlegt ihr denn so lange, hatten wir uns nicht schon entschieden?", motzte es plötzlich hinter uns und Franzi drängelte sich lachend zwischen uns durch.

„Sag ich doch", tutete Kati ins gleiche Horn, „aber ich glaube, deine Mutter ist mit den Gedanken ganz wo anders."

„Ist ja gut, ihr seid Nervensägen", wehrte ich mich und zog eine Grimasse, „und ja, ich habe nicht an Farbe gedacht. Wo kommst du denn auf einmal her?"

„Na woher schon, von zuhause natürlich, war doch so ausgemacht, du bist wirklich durcheinander, Mama, was ist los?"

Gott, wie spät ist es, Tom muss doch abge…"

„Mama", fuhr mich Franzi jetzt unwirsch an, „der ist bei den Pferden, habe ich ihn vielleicht von der Schule abgeholt!"

„Ah ja, entschuldige, stimmt, heute ist Mittwoch, da wollten wir uns hier treffen", gab ich zerknirscht zu. Nun musste ich wohl Farbe bekennen und berichtete kurz, was mich derzeit so durcheinanderbrachte. Die beiden sahen sich vielsagend an und Franzi streichelte meine Hand.

„Oh, das klinkt anstrengend, und ich kann nicht mal mitkommen, hab es Tom schon erklärt. Wir machen mit der Klasse eine Exkursion in die Landeshauptstadt, mit Übernachtung."

„Aber ich kann euch fahren, wenn du möchtest, ich kenne den alten Witzler", unterbrach Kati das   Schweigen. „Was sagst du, ihr kommt am Sonnabend zur Baustelle und ich fahr euch rüber. Ach, apropos fahren, hast du nicht mal daran gedacht, dir ein Kleinwagen anzuschaffen, die Fahrerlaubnis hast du ja wohl, oder?"

„Na klar hat sie die, aber sie fährt wie eine Prinzessin auf der Erbse", antwortete Franzi ziemlich keck für mich und sprang einen Schritt zur Seite, als ich ihr eine Kopfnuss verpassen wollte.

„Sei nicht so frech Große, aber ja, ich fahre nicht gerne Auto…und ja, habe darüber nachgedacht, dass ich ohne Auto zukünftig nicht auskommen werde. Vielleicht frage ich Herrn Witzler mal, oder was meint ihr?

Als keine Antwort kam besann ich mich auf den eigentlichen Grund unseres Treffens. Wir einigten uns auf die Farben und liefen schweigend zum Reiterhof.

164

„Ich könnte Mario fragen, einen alten Schulfreund, wir sind 20 Jahre in seiner Autowerkstatt Kunde, der findet den passenden Wagen für dich. Denkst du an etwas bestimmtes?"

„Mazda vielleicht, hat sich eine Kollegin gekauft. Ich bin mal damit gefahren, fand ich ganz gut."

„Oh, ein Japaner, warum nicht, kompakt und viel Stauraum. Ich horch mal ran."

„Und ich werde mal unseren Pferdenarr einfangen", platzte Franzi in unsere Unterhaltung und eilte Tom hinterher, der gerade wieder im Stall verschwand. Davor stand Herr Schwenner und beobachtete mit Adleraugen, wie Karli den letzten Hengst vom Reitplatz führte. Kati blieb plötzlich stehen und schaute mich mit großen Augen an.

„Charly, wie hast du das gemacht, was hast du ihm gesagt? Seit dem Tag ist er verändert, irgendwie…ich weiß nicht, wie ich es ausdrücken soll, er ist nicht mehr so verbittert, irgendwie weicher, zugänglicher. Nun sag schon", drängelte sie, „ich möchte es gern wissen."

„Ach Kati", reagierte ich ziemlich gerührt, ich wusste genau, dass sie von ihrem Vater sprach und ein wunderbares Gefühl von Freude und Zufriedenheit durchströmte mich. In dem Moment hatte er uns gesehen und kam auf uns zu. Da nahm ich sie einfach ganz fest in die Arme und flüsterte in ihr Ohr, „nur das habe ich gemacht, nur das."

„Was gibt es da zu tuscheln, meine Damen?", polterte er schon von weitem, doch seine Augenbrauen zogen sich nicht zusammen dabei.

„Kati will mir helfen einen passenden Kleinwagen zu finden,

Herr Schwenner, ist das nicht toll?", rief ich fröhlich und zwinkerte ihr zu.

„Aha, werden sie wohl brauchen, frag doch Mario!"

„Mache ich, Papa, gleich nächste Woche, da muss ich sowieso hin."

„Gut, aber jetzt kümmere dich um Bonni, müsste bald so weit sein!"

Sein Tonfall erlaubte keine Widerworte und Kati war auf dem Sprung. Gerade kamen Tom und Franzi aus einem der Ställe und schauten zu uns rüber.

„Bis Samstag, Charly, die Stute Bonni kann jede Minute ihr Fohlen bekommen, kann aber auch noch dauern, ich muss."

„Bonni bekommt gleich ihr Fohlen", rief mir Tom ganz aufgeregt entgegen. „Aber es kann auch noch viele Stunden dauern, wir können ruhig erst mal nach Hause gehen", setzte er noch altklug dazu und hüpfte vor unseren Füssen herum.

Da hat er recht, unser Tom", „na dann los, ich muss noch lernen", stimmte Franzi ihm zu und hüpfte hinterher.

Mit einem flauen Gefühl im Magen, einem großen Geschenkkarton und einer Überraschungstüte für das Geburtstagskind marschierten Tom, der nicht mehr zu bändigen war, und ich am Sonnabend nach dem Mittag zur Baustelle. Eigentlich zu früh, aber ich konnte mir gleich die Malerarbeiten genau unter die Lupe nehmen.

„Ist doch gut geworden, oder?" Lautlos wie immer stand Kati plötzlich neben mir und strahlte mich an, auch wie immer, ein griesgrämiges Gesicht hatte ich bei ihr noch nicht gesehen, ein aufgebrachtes schon.

„Du sagst es, da kann man nicht meckern, sieht wirklich gut aus. Wollen wir hoffen, Franziska ist auch zufrieden", setzte ich noch grinsend nach und Kati zog schulmeisterlich die Augenbrauen hoch. Da musste sogar Tom lachen, aber in nächster Sekunde drängelte er zur Abfahrt. Mitten im Schritt stoppte er, drehte sich um und starrte Kati an. „Hat Bonni jetzt ihr Fohlen bekommen?" Als Kati lächelnd nickte lief er weiter und rief laut, „das ist gut, da können wir ja jetzt fahren."

„Dein Sohn überrascht mich immer wieder."

„Wem sagst du das, meine Liebe, ich staune oft genug."

Auf dem Werkstatthof war keiner zu sehen, aber hinter einem geschmückten Bogen, wahrscheinlich der Eingang zum Garten, ging es hoch her. Und da sauste auch schon Benjamin auf uns zu, der sicherlich jede Minute um die Ecke geguckt hatte.

„Endlich, Tom, komm mit, wo ist deine Schwester?"

„Nun mal langsam junger Mann", bremste ich ihn aus, „das kann Tom dir gleich alles erzählen. Aber erst müssen wir uns vom Fahrer verabschieden, etwas aus dem Auto ausladen und vor allem dir gratulieren, was meinst du?"

Benjamin nickte, blieb ganz artig stehen und schaute uns mit großen Augen an. Das war so drollig, dass wir drei lachen mussten. Tom half ihm die Geschenke tragen und weg waren sie.

Etwas verloren schaute ich ihnen hinterher und dann zu Kati. Am liebsten wäre ich mit ihr zurückgefahren.

„Etwas Zeit habe ich noch."

„Das würdest du tun, kannst du auch schon Gedanken lesen?"

„Was heißt auch", gluckste sie los und sah mich fragend an.

„Erzähl ich dir ein andermal, dauert länger… jetzt komm, 5

Minuten, ja?" Erleichtert hängte ich mich bei ihr ein und gemeinsam schauten wir unter dem Bogen stehend auf das bunte Treiben. Frau Witzler, ich kannte sie nur von dem Bild, Heike und ein großer, kräftiger Mann mit Halbglatze, konnte eigentlich nur Albert der Mechaniker sein, stellten eine Menge Platten und Obstteller auf die lange Tafel. Eifrig langten die Kinder unter Lachen und Schwatzen zu und es wurde etwas ruhiger. In einem Anbau neben der Haustür sahen wir Herrn Witzler verschwinden und nach wenigen Minuten schob er einen Rollstuhl die kleine Rampe herunter und steuerte genau auf uns zu, mit Lässe.

„Ich fahr dann mal, ist das okay?"

„Ja natürlich, Kati, Danke für alles."

„Nicht dafür, Charly, vielleicht sehen wir uns noch." Sie schaute mich verschmitzt an und lief zum Auto. Ich realisierte das gar nicht wirklich, dachte nur, dass wir uns natürlich bald sehen würden, wurde aber abgelenkt vom knirschenden Kies und ich kämpfte gegen meine innere Erregung an.

„Hallo Frau Wegner, schön sie zu sehen", begrüßte mich Herr Witzler herzlich und drückte mir fest die Hand. „Ich habe jemand mitgebracht, kommt ihr dann rüber zur Kaffeetafel?"

„Machen wir, Vater, gib uns ein paar Minuten", antwortete Lässe für uns, denn ich brachte keinen Ton heraus, starrte nur auf die verbundene Hand meines Freundes und dann in strahlende blaue Augen, die im nächsten Moment grün schimmerten, wie ein tiefer, stiller See.

„Charly, du denkst doch nicht etwa...nein, soweit ist es noch nicht. Sein dunkles gurrendes Lachen holte mich zurück in den Moment und ich konnte wieder durchatmen.

„Musst du mich so erschrecken", zürnte ich mit ihm, beugte mich runter und küsste ihn mitten auf den Mund, war mir so egal, ob das jemand mitbekam.

„Erzähle, wie geht es dir."

„Lass uns erst Kaffee trinken, Benjamin hat schon rüber gewunken, er ist heute die Hauptperson."

Am Tischanfang waren Plätze frei und so saß Benjamin neben seinem Vater, dann Tom und daneben nahm ich Platz. Bevor ich mich setzte, ging ich Heike entgegen, die gerade mit ihrer Mutter aus dem Haus kam, und wir begrüßten uns.

„Mama, das ist Charlotte Wegner, eine Jugendfreundin von Lars, der wir sehr viel zu verdanken haben."

„Aha, sie sind das also, dann danke ich ihnen auch", brummelte sie mit spürbarer Feindseligkeit und so musterte sie mich auch von oben bis unten, ehe sie mit erhobenem Haupt weiter schritt.

„So ist sie eben, entschuldige", versuchte Heike die Situation noch zu retten und war fast erleichtert, als ich laut lachte.

„Du musst dich nicht entschuldigen, du musst mit ihr klar kommen", witzelte ich, hakte sie unter und zog sie zum Tisch.

Es war eine lautstarke, fröhliche Runde, der Kaffee schmeckte und der Kuchen auch. Tom belagerte mich schon eine Weile, ob er nicht hier über Nacht bleiben könne, Benjamin hatte ihm den Floh ins Ohr gesetzt

„Nun warte erst mal ab", vertröstete ich ihn und schaute weiter aufmerksam in die Runde, sah einiges, was mir zu denken gab. Herr Witzler knurrte mehrmals seine Frau an, kein Wunder, bei ihrer Ausstrahlung. Albert hatte sich neben Heike gesetzt, kleine zufällige Berührungen der Hände und Blickkontakte blieben mir nicht verborgen. Und Lässe auch nicht. Wenn sich unsere Blicke mal kreuzten, sah ich es in seinen Augen, wie sehr er darunter leiden musste.

„Auf Kinder, da hinten warten einige Überraschungen und Preise gibt es zu gewinnen", übertönte Herrn Witzlers dunkle Stimme das Geschnatter am Tisch und johlend folgte die ganze Bande ihm, Albert bildete das Schlusslicht.

Heike begann mit ihrer Mutter das Kaffee Geschirr abzuräumen und schüttelte leicht mit dem Kopf, als ich helfen wollte. Sollte mir nur recht sein.

„Jetzt haben wir Zeit zum Plaudern", rief ich absichtlich laut und schob den Rollstuhl über die Wiese zum Torbogen hinaus. Wir grinsten uns an, aber wir spürten beide, es lag keine Fröhlichkeit in der Luft.

„Nun sag schon, wie geht es dir, was sagen die Ärzte", machte ich den Anfang, hockte mich auf einen großen Stein und wartete.

„Ich habe gehört, du eröffnest demnächst ein Cafe, was ist passiert, finde ich aufregend, ich bewundere dich", platzte Lässe plötzlich heraus, sah mich fragend an und fasste nach meiner Hand.

„Eh, darüber sprechen wir vielleicht später, das war keine Antwort auf meine Frage", moserte ich zurück und zog lachend an seiner langen Haarsträhne, die ihm wie immer ins Gesicht fiel.

„Dann eben nicht", blockte er ab und verfiel wieder ins Schweigen. Nach einer gefühlten Ewigkeit atmete er tief durch.

„Du hast es bemerkt, nicht wahr? Ich weiß nicht, wie lange ich mir das mit anschauen kann."

170

Seine kaum hörbar gesprochenen Worte trafen mich so unvermittelt, dass mir die Luft wegblieb und ein großer Kloß im Hals jeden Pieps blockierte. Und sein Blick voller Trauer und Hilflosigkeit trieb mir die Tränen in die Augen.

„Du hast es bemerkt", stellte er laut fest, „aber Charly, deswegen musst du nicht weinen, nicht um mich."

„War nur eine Fliege, du Dussel", versuchte ich mich herauszureden, „Du hast recht, mein Lieber, heute geht es nicht um dich. Dein Benjamin hat Geburtstag und ich denke, wir sollten uns langsam wieder sehen lassen, nicht dass der Hausdrachen seine Häscher losschickt."

„Charly, Charly, immer noch die alte und das liebe ich so an dir."

Kichernd rollten wir über den Hof und hinter uns parkte ein Auto ein. Ich drehte mich nicht um, vielleicht wurde jemand abgeholt von Benjamins Gästen. Aber der stürmte gerade mit Tom im Schlepptau auf uns zu und belagerte seinen Vater.

„Papa, kann Tom heute bei mir schlafen, Opa und Mama haben es schon erlaubt. Die Oma war nicht begeistert, aber wenn du ja sagst, haben wir die Mehrheit."

Das kam so wahrheitsgetreu aus seinem Mund, dass sich die Erwachsenen das Lachen verkneifen mussten und Heikes Mutter achselzuckend davon rauschte.

„Natürlich kann Tom hierbleiben, aber vielleicht fragt ihr erst mal seine Mutter um Erlaubnis."

Benjamin fasste Tom bei der Hand und beide standen mit Dackelblick vor mir. „Du hast doch nichts dagegen, oder? Ich habe ja schon in Franzis Bett geschlafen und heute kann Tom in

Lisa ihr Bett schlafen, bitte."

Ich hob beide Daumen, strich ihnen über die Haare und schon sausten sie jubelnd davon und seine Schwester Lisa, ein bezaubernder blonder Lockenkopf, hinterher.

„Auf dem Hof wurde es unruhig und Heike kam mit einigen jungen Frauen und Männern über die Wiese, hin zur Kaffeetafel, die teilweise neu eingedeckt war. Ihre Mutter schleppte ein Tablett mit Thermoskanne und Kuchenplatte aus dem Haus, würdigte mich keines Blickes und ich kam mir ziemlich überflüssig vor. Von Lässe keine Spur. Irgendjemand zupfte hinten an meiner Jacke, ich drehte mich etwas unwirsch um und blickte in Katis lachendes Gesicht.

„Oh Mann", würgte ich heraus und fiel ihr spontan um den Hals. Das hatte sie wohl nicht erwartet, sie machte sich frei und schob mich ein Stück weg.

„So schlimm…?"

„Schlimmer…!"

„Ich habe doch gesagt, dass wir uns vielleicht noch sehen", plauderte sie fröhlich drauf los als sie mitbekam, dass man uns vom Tisch aus beobachtete. Sie lenkte ihre Schritte zu einer dicht bewachsenen Pergola und mir fehlten schon wieder die Worte, aber wohltuende Wärme breitete sich in mir aus und verdrängte das fröstelnde Unbehagen der letzten halben Stunde.

„Da seid ihr ja endlich", rief Lässe uns zu und das Aufblitzen seiner Augen sagte mir, dass er von diesem Besuch gewusst hatte.

„Ich freue mich sie zu sehen, Frau Wegner und ich glaube, diese Überraschung ist uns gelungen", begrüßte mich der hochgewachsene Mann an Lässes Seite.

172

„Das kann man wohl sagen, Dr. Berghoff", erwiderte ich betont ernst, streifte Kati mit einem provokanten Blick und verpasste Lässe schmunzelnd eine leichte Kopfnuss. „Ich freue mich auch sehr sie zu sehen Herr Doktor, sie ahnen gar nicht wie ich mich..."

Heike und ihr Vater steuerten auf uns zu und ich brach mitten im Satz ab, doch der prüfende Blick des Arztes sagte mir, dass er wohl ahne, wie ich mich fühlte.

„Ich sehe schon, ihre Heimfahrt ist gesichert, liebe Frau Wegner, ich wollte es ihnen gerade anbieten."

„Das freut mich Herr Witzler und vielen Dank, dass Tom heute hierbleiben darf, und danke für die gelungene Geburtstagsfeier.

„Ich hatte es den Jungs versprochen", führte der alte Witzler weiter das Wort, Heike wich meinem Blick aus und Lässe unterhielt sich leise mit seinem Doktor, „und morgen nach dem Mittag bringen wir ihren Tom zurück, einverstanden?" Damit war die Sache für ihn vom Tisch und er nahm Dr. Berghoff aufs Korn.

Alles, was in der nächsten halben Stunde gesprochen wurde, rauschte einfach an mir vorbei. Der Doktor stellte ein neues Verfahren zur Stimulierung der Nerven vor, doch ich konnte einfach nichts aufnehmen und schaute wie hypnotisiert von einem zum anderen.

„Ein Taler für deine Gedanken." Übermütig stupste mich Kati an und da bemerkte ich, dass keiner mehr sprach und alle auf mich schauten.

„Ja, ja, alles sehr kompliziert, oder? Ich glaube Doktor, das müssen sie mir irgendwann noch einmal erklären", verteidigte ich mich grinsend und alle mussten lachen.

„Das machen wir Frau Wegner, aber jetzt muss ich los."

Lässe begleitete die beiden zum Auto und ich hielt nach Tom Ausschau. Bei den Geschenken entdeckte ich ihn und musste natürlich alles begutachten. Ich drückte meinen Großen noch einen auf, klopfte kurz auf den Tisch und wünschte noch einen schönen Abend, spürte bis zum Torbogen die Blicke in meinem Rücken.

Lässe kam mir entgegen, bremste vor mir ab und schaute mich schweigend an. Ich beugte mich zu ihm runter, griff mir seine Hände, legte für ein paar Sekunden meine Lippen auf seinen Mund und lief rasch zum Auto.

Still war es während der Fahrt. Da fing mich ein mitfühlender Blick des Doktors im Spiegel ein, löste ein Gefühlschaos in mir aus und ich war machtlos gegen den Strom Tränen, der unaufhaltsam nach außen drängte. Kati reichte mir eine Packung Tempotücher nach hinten und es blieb still.

„Charly, möchtest du vielleicht…"

„Aber nein, setzt mich bitte zuhause ab", fiel ich ihr ins Wort und setzte noch grinsend nach, „ich werde euch doch nicht den Abend verderben. Nein ehrlich, ich brauche etwas Zeit für mich und ich danke euch.

Furchtbar verkatert quälte ich mich am nächsten Morgen aus dem Bett, was hieß morgen… der Wecker zeigte halb elf. Ich eierte ins Wohnzimmer, auf dem Tisch ein wahres Stillleben; Scheibe Toast mit Käse, halbvolle Flasche Obstler, leere Flasche Rotwein und ein halbvoller Aschenbecher, das brachte meine grauen Zellen wieder auf Trab. Ich hatte noch nie in der Wohnung geraucht und war entsetzt, aber gleichzeitig schüttelte mich ein

174

fast hysterischer Lachanfall. Eine ausgiebige warm/kalte Dusche spülte die bösen Geister aus mir heraus und nach einem kräftigen Frühstück war ich bereit für den Tag.

Gegen vier Uhr klingelte es, ich hatte das Auto schon auf dem Parkplatz entdeckt, und ausgelassen stürmte Tom mit Benjamin in die Wohnung und erst mal ins Kinderzimmer.

Herr Witzler stapfte in die Küche, ich schenkte uns Kaffee ein, nahm ihm gegenüber Platz und dann schwiegen wir uns an. Unsere Blicke tauchten ineinander und jeder versuchte die Gedanken des anderen zu ergründen. Plötzlich räusperte er sich, packte fest meine Hände und schaute kurz zur Tür.

„Werden sie für ihn da sein, wenn er jemanden braucht? Er ist mir ein Sohn geworden, aber…"

In diesem „Aber" steckte wohl alles, was ihn bewegte. Mir wurde warm, ich hatte einen Verbündeten.

„Ich werde immer für Lars da sein, er ist ein Teil meines Lebens. Jeder hat ein Recht auf ein gutes oder bestmögliche Leben und er ist auch Teil anderer Leben. Was ich damit sagen will, Veränderungen müssen mit Sorgfalt, Ehrlichkeit und sehr feinfühlig gemeinsam angegangen werden, um die Kinder zu schützen. Ich weiß, wovon ich rede, und heute würde ich vieles anders machen."

„Ich bin froh, dass sie das so sehen, Frau Wegner, Danke, aber jetzt müssen wir!"

Sein Blick war freundlich, drückte aber auch große Entschlossenheit aus und mir wurde klar, dass er immer sein Kind, seine Familie beschützen würde.

Bis zum Schlafen gehen erfuhr ich von meinem Tom alles was

er von gestern bis heute erlebt hatte, welche Geschenke Benjamin bekommen hatte, die Hebebühne gerade richtig war und Franzis Überraschungstüte alle Kinder toll fanden.

„Da waren ganz viele lustige Figuren mit drin und jeder durfte sich eine aussuchen", schwärmte er und stellte mir ein Miniatur Pony vor die Nase. „Und heute nach dem Frühstück, durften wir mal bei seinem Papa auf dem Schoss mitfahren und der andere musste schieben, aber am längsten saß Lisa darauf. Sein Papa ist prima, vielleicht ein wenig traurig und seine Oma hat immer komisch geguckt."

„Schön, dass es dir gefallen hat, mein Großer, aber jetzt wird geschlafen, morgen ist wieder Schule."

„Wann ist Franzi wieder hier, der muss ich auch noch alles erzählen", murmelte er noch und dann vielen ihm die Augen zu.

Eine Decke fest um die Schultern gezogen schaute ich vom Balkon in die kalte, sternenklare Nacht. Auch in mir wogten die Erinnerungen hoch und ich musste schmunzeln bei dem Gedanken, wie unkompliziert doch die Kinder ihr Erlebtes wahrnahmen, für sich werteten und wiedergaben. Ich selbst geriet in einen regelrechten Gewissenskonflikt. Einerseits hatte ich kein Recht, mich in das Leben der Familie Witzler einzumischen, anderseits wusste ich genau, dass ich nicht tatenlos zusehen würde, wie mein bester Freund daran kaputt ging.

Ihre langen Beine auf einer umgedrehten Bierkiste ausgestreckt, lümmelte Kati in dem alten Korbstuhl vor dem Cafe, blies blauen Dunst in die Luft und schaute versonnen den aufsteigenden Kringel nach. Sie sah glücklich aus und ich gönnte es ihr.

176

„Kati, darf ich zu Bonnie, wie heißt ihr Fohlen, geht es ihm gut?", überfiel Tom sie, noch ehe ich ein Wort sagen konnte.

„Ja sicher darfst du das, lieber Tom", lauf, Karli ist gerade bei ihnen. Und was möchtest du gern, meine liebe Charly", fragte sie, sprang mit einem Satz hoch und nahm mich ganz fest in die Arme.

„Eh, willst du, dass ich schon wieder heule? Mir geht es gut, wirklich." Diesmal schob ich sie ein Stück weg und grinste sie an. „Du schaust aus, als geh es dir auch gut."

„Ja, ich hatte noch ein schönes Wochenende", gurrte sie, und eigentlich bist du schuld daran. Aber sag mal, wie bist du draufgekommen, du hast uns doch noch nie zusammen gesehen."

„Die Art wie ihr miteinander umgeht, eure Blicke, Berührungen, eben …"

„Etwa so wie bei Heike und ihren Mechaniker?", fiel sie mir ins Wort und ihr Gesicht verzog sich zu einer gruseligen Grimasse.

„Etwa so", reagierte ich völlig ernst, „vielleicht ein paar Levels höher", piepste ich noch, ehe ich vor Lachen kein Wort mehr herausbrachte. Als ich wieder Luft bekam, umkreiste ich sie lauernd, wie ein Wolf seine Beute. „Und???" Kati ging nicht auf mein Spiel ein, zündete uns eine Zigarette an und musterte mich besorgt.

„Das ist jetzt nicht wichtig, wichtig ist; wie fühlst du dich, wie gehst du mit dem Dilemma um?"

„Eine Flasche Rotwein und ein paar Obstler mussten am Sonnabend dran glauben." Ich grinste schief, hob beide Hände dabei und fuhr bedrückt fort, „wie du gesagt hast, schlimm, und das Schlimmste ahne ich nur, Heike hat sich verändert, körperlich meine ich."

„Oh nein! Auch das noch, weiß es Lässe und wie verhält sich der alte Witzler?"

„Ich denke, Lässe weiß es, sein Blick sprach Bände. Und Herr Witzler äußerte sich so gestern Nachmittag, ich zitiere: „Werden sie für ihn da sein, wenn er jemanden braucht? Er ist mir ein Sohn geworden, aber..."

Schweigend rauchten wir, dann schnippte Kati ihre Zigarettenkippe auf einen Steinhaufen, schaute mich nachdenklich an und stellte leise fest, „dann muss er dort weg, dein Lässe!"

Ich war sehr gerührt, doch ehe mir die Tränen kamen, überspielte ich es lautstark. „Was stehen wir hier eigentlich herum, ich müsste längst zuhause sein!"

„Genau, und ich im Stall", parierte sie lachend und zeigte auf ihren Vater, der wie ein Feldwebel über den Hof marschierte und gerade Tom losschickte.

„Übrigens, morgen kommt die Putzkolonne und am Mittwoch fangen sie an, den Vorplatz zu pflastern, informierte mich Kati noch schnell und wollte aufs Rad steigen.

„Warte, ich gehe ein paar Meter mit dir. Da liegen wir gut in der Zeit und ich habe mir überlegt, dass wir die Eröffnung des Cafes auf Samstag, den 30. Juni vorziehen könnten. Franziskas Geburtstagsparty und Eröffnung ist nicht wirklich passend, was meinst du?"

„Da sagst du was, dann reden wir am Mittwoch darüber. Vielleicht möchte Franzi dabei sein."

„Okay, die kommt heute zurück und wird sich melden."

„Huch je, Franzi kommt heute, wann Mama, ich muss ihr

178

doch…", platzte Tom, der uns gerade erreicht hatte, ins Gespräch.

„Stopp Großer, erst mal nach Hause", bremste ich ihn aus und Kati düste lachend davon.

Am Dienstag hatten wir verschlafen, uns hing wohl beiden das Wochenende noch in den Knochen. Für Tom nicht schlimm, er hatte erst zur zweiten Stunde Unterricht, aber ich kam wohl zu spät zur Arbeit.

„So, so, wieder ein Auto die Straßenbahn geküsst", witzelte Frau Helbig, die schon vor meiner Tür wartete.

„Nee, verpennt", antwortete ich, verzog das Gesicht schuldbewusst und bat sie ins Zimmer herein.

„Hat keiner gemerkt", beruhigte sie mich lächelnd, aber nach dem Frühstück möchten sie gleich zum Chef kommen."

Warum hat sie so geguckt, grübelte ich, hatte er wieder mal ein paar Zusatzaufträge für mich, wäre nicht das erste Mal. Überstunden kann ich gar nicht mehr brauchen, mein Tag reichte schon so nicht aus und meine Mutter beschwerte sich auch schon, dass ich keine Zeit mehr hätte mit ihr zu plaudern, wenn ich Tom bei ihr abholte. Aber da mussten wir durch, und mein Chef…na ja, abwarten.

„Nehmen sie Platz, Frau Wegner", forderte Herr Junkermann mich auf und musterte mich ein paar Minuten, undurchdringlich war sein Blick, doch in seinen Mundwinkeln fing es an zu zucken, als er weitersprach. „Es geht voran, habe ich gehört. Ich kann mich nicht erinnern lobende Worte von dem Griesgram Schwenner in den letzten 10 Jahren gehört zu haben, und in ihren Jungen scheint er regelrecht vernarrt zu sein. Wie haben sie das angestellt?"

Mir war sofort klar, um was es hier eigentlich ging, und ich konnte nicht verhindern, dass mir die Hitze ins Gesicht stieg. Er lächelte fast väterlich und hob die Hand.

„Sie brauchen darauf nichts antworten, verehrte Kollegin, ich habe nichts anderes erwartet, kenne sie ja fast 20 Jahre und hatte selten etwas auszusetzen. Ich freue mich, dass sie auch zukünftig ihren Mann stehen werden. Und sie wird es freuen zu hören, dass sie sich ab Ende Mai ganz ihren Zukunftsplänen widmen können."

„Ich weiß nicht, was ich sagen soll, danke Chef." Spontan lehnte ich mich vor, drückte ihm fest die Hand und unterdrückte meine aufsteigende Freude.

Sein herzliches Lachen, das man selten gehört hatte, schallte durchs Zimmer und Frau Helbig steckte den Kopf zur Tür herein, selbst sie war neugierig geworden.

„Kommen sie ruhig rein Frau Helbig und bringen sie uns einen Kaffee mit. Also Frau Wegner", fuhr er dann sachlich fort, „abzüglich ihres Jahresurlaubes und den Überstunden, die noch zu Buche stehen, wäre dann am 25. Mai ihr letzter Arbeitstag. Laut Aufhebungsvertrag besteht ihre Betriebszugehörigkeit bis 31. Dezember 1990 und ebenso ihr Anrecht auf 90% ihres Grundgehaltes. Aber das wissen sie doch alles, nicht wahr, sie sind ja vom Fach. Und jetzt erzählen sie uns ein wenig über ihren neuen Wirkungskreis", forderte er mich schmunzelnd auf und Frau Helbig setzte sich zu uns für ein paar Minuten.

Trotzt verspäteten Arbeitsbeginns eilte ich pünktlich aus meinem Büro, erwischte noch eine Bahn früher und machte an der Würstchenbude halt, seit langem das erste Mal wieder. Mir ging einfach die Audienz bei Junkermann nicht aus dem Kopf und ich fragte mich, wie dick mein alter Chef eigentlich mit Schwenner war. Vor allem die Bemerkung über das Verhältnis zu Tom gab mir zu denken, obwohl es mir nicht entgangen war, dass die beiden sich ganz gut verstanden. Das freute mich natürlich sehr, wer konnte Tom schon widerstehen.

Diesmal stand Franziska in der Tür bei meiner Mutter und lachte mich an.

„Wird Zeit Mam, ich musste mir schon dreimal Toms Erlebniswochenende anhören. Und…. wie war es für dich", setzte sie etwas leiser hinzu und umarmte mich spontan, als ich etwas zusammenzuckte.

„Nicht jetzt, Franzi, später erzähle ich dir davon.

„Mama, ich habe Oma und Franzi alles schon genau erzählt, gehen wir jetzt zum Reiterhof", bestürmte mich Tom, „ich muss nach Bonni gucken und nach Winni, so heißt das Fohlen."

Lachend schob ich ihn vor mir her. „Nun lass mich doch erst mal rein, muss die Oma begrüßen, du Wildfang. Und nein, heute gehen wir nicht zum Hof, aber einkaufen, du hast doch noch einen Wunsch frei, oder?"

Erst zog er eine weinerliche Schnute, aber dann hüpfte er strahlend durch die Stube und brachte uns zum Lachen. Nur meine Mutter schaute etwas nachdenklich.

„Was ist los, Mama", fragte ich und sah Franzi an, die schüttelte aber mit dem Kopf und wir schauten beide zu Oma.

„Na ja, vielleicht braucht ihr mich bald nicht mehr", brummelte sie vor sich hin.

„Mutter!", rief ich entrüstet, wie kommst du denn darauf, es fängt gerade erst an und du wirst demnächst mehr gebraucht, als dir vielleicht lieb ist."

„Und Christel wird richtig sauer auf uns sein", warf Franziska noch hinterher.

„Hallo, was ist mit mir, worauf werde ich sauer sein?" Meine Schwester stand plötzlich hinter uns und zog eine Grimasse. Gleich sofort berichtete Tom auch ihr von seinem Wochenende, dabei fixierte sie nur mich.

„Und du Charlotte, wie…"

Mit Blick auf Tom stieß Franzi ihre Tante an und flüsterte ihr etwas ins Ohr.

„Genau, das wollte ich fragen, warum sollte ich sauer auf euch sein?", rettete Christel die Situation.

Wir wussten doch, wie hellhörig und gescheit unser Tom war.

„Ja darf ich dann auch mal was sagen", protestierte ich laut, „oder interessiert es gar niemanden, wie es mit unserem Cafe vorangeht."

In dem Moment knallte hörbar eine Tür und Christel sprang auf.

„Okay, verschieben wir es auf Sonntag, oder? Ich wollte ja auch noch etwas einkaufen", lenkte ich ein und sah Franzi an.

„Ist mir recht, Mam, ich muss auch los, wollte mich noch in der Stadt treffen. Aber sag, bist du morgen im Cafe, da hätte ich Zeit und gespannt bin ich auch."

„Na klar, Kind, das wäre gut.. Außerdem wollte ich die Eröffnung vorziehen, da wir sehr gut in der Zeit liegen und Freitag in einer Woche ist mein letzter Arbeitstag, erzähle ich dir dann auch morgen." Als die Tür hinter Franzi zufiel, sah ich zu meiner Mutter, die still zugehört hatte.

„Und Mama, ahnst du jetzt was auf dich zukommt?"

„Aber ja, sollte doch nur ein Scherz sein", redete sie sich raus,

182

lächelte fein und brachte uns bis vor die Tür.

„Mama, warum soll Tante Christel auf uns sauer sein?", fragte Tom auf dem Nachhauseweg, blieb stehen und schaute mit zusammengekniffenen Augen zu mir hoch.

Ich hatte es gewusst, so ein Ausspruch würde ihn beschäftigen und er würde erst Ruhe geben, wenn er eine plausible Antwort darauf bekäme.

„Ach mein Großer, das erkläre ich dir zuhause und am Sonntag müssen wir auch mit Oma und Tante Christel darüber reden."

„Okay, dann komm jetzt, ich habe Hunger", spitzte er mich an und rannte bis zur Haustür, „aber gleich nach dem Essen will ich es wissen."

Der Rest der Woche verging wie im Fluge und am Freitag gegen 18 Uhr schaute ich nachdenklich meinem Tom hinterher. Er trottete langsam über den Parkplatz, warf mir eine Kusshand zu und stieg ins Auto.

Mit viel Feingefühl, aber eindringlich musste ich ein langes Gespräch mit ihm führen. Ich hatte schon eine Weile den Eindruck, dass er gar nicht mehr so erpicht auf das Papa – Sohn Wochenende war. Das konnte ich nicht zulassen. Mein Verhältnis zu seinem Vater war immer etwas angespannt und durfte nicht zum Problem werden. Doch als mein kluges Kind dann sagte, dass er seinen Papa ja ganz dolle liebhabe und es auf dem Bauernhof auch schön wäre, war ich beruhigt. Die wohltuende Ruhe nach dieser turbulenten Woche erledigte jetzt den Rest und ich; gutgelaunt die notwendigen Hausarbeiten.

Später hockte ich über Inventarlisten, verglich sie mit den Bestelllisten und machte mir Notizen. Kaum zu glauben was für eine Menge Ausstattungsgegenstände notwendig waren, um ein so kleines Cafe perfekt einrichten zu können. Accessoires konnte man immer ergänzen, aber das Wesentliche musste stehen.

Ich rief mir das Treffen mit Kati und Franziska noch einmal ins Gedächtnis und mir wurde warm ums Herz. Die Beiden lagen wirklich auf einer Wellenlänge und wir waren ein gutes Team. Doch was die Gestaltung des Innenraumes betraf, verließen wir uns voll auf Franzi. Sie hatte einen Blick für das Zusammenspiel von Farben und Formen, um die passende Atmosphäre in jede Ecke zu zaubern. Selbst ihre Entwürfe von Flyer und Getränkekarte waren ein Hingucker. Und sie fand es gut, dass die Eröffnung nicht mit ihrer Geburtstagsfeier zusammenfiel.

Zufrieden mit mir und dem Stand der Dinge packte ich alles zusammen, goss mir ein Glas Rotwein ein und ließ blaue Kringel in den klaren Nachthimmel steigen.

Die erste Lieferung war am nächsten Tag eingetroffen und dick rot prangte mir die Warnung „Vorsicht Glas" schon entgegen, als ich die Tür des Cafes weit öffnete. Vorsichtig hob ich eine Kiste hoch, und genau in dem Moment erreichte mich ich eine dunkle Männerstimme.

„Ich habe gehört, die Kaffee Maschine ist schon in Betrieb."

Beim Umdrehen starrte ich auf einen Rollstuhl, er stand auf den frisch verlegten Platten vor der Tür, und der Karton wäre mir beinahe aus den Händen gerutscht. Für Sekunden rasten all die Gedanken, die ich erfolgreich verdrängt hatte in letzter Zeit, durch meinen Kopf und ich sah Lässe, blass, eine lange Strähne fiel ihm ins Gesicht.

„Hallo, Charly, sie sind doch Charly, oder?"

184

„Entschuldigen sie, ich…ich war etwas…, genau den Satz habe ich schon mal gehört", stotterte ich ein wenig benommen, stellte den Karton ab und ging zur Tür. Lange musste ich nicht rätseln, wer mir da einen Besuch abstattete. Der gutaussehende Mann mit vollem schwarzem Haarschopf, durchzogen von zahllosen silbergrauen Strähnen, kam mir bekannt vor, ich hatte ihn schon gesehen auf einem Bild und hoch zu Ross, da fehlten allerdings die grauen Strähnen. „Hallo Alexander, was für eine Überraschung, ich freue mich und natürlich gibt es auch schon Kaffee bei mir; schwarz, weiß, mit Zucker, oder?", plapperte ich drauf los und merkte gar nicht, dass ich seine Hand immer noch festhielt.

„Einfach schwarz und stark", reagierte er lächelnd und zog sie langsam zurück.

‚Oh je, wie peinlich' dachte ich nur und eilte nach hinten. Ich ließ mir Zeit, um mich etwas zu sammeln, ehe ich zwei Pötte mit duftenden Kaffee nach vorne trug und sie mitten im leeren Raum auf einen ausgedienten Terrassentisch abstellte. Mein Besucher drehte eine Runde an den Wänden vorbei und nickte anerkennend.

„Das wird was, glaube ich", kommentierte er, nahm einen Schluck und musterte mich schweigend.

Ich hatte nicht die Absicht etwas zu antworten und hielt einfach den Blick seiner dunkelbraunen Augen stand. Da lächelte er, ein offenes Lächeln, das ich an Kati schon so mochte.

„Weißt du eigentlich Charly…", er stockte kurz, „ich darf doch Charly sagen?", er schaute mich fragend an und fuhr dann fort, „dass ich nur wegen dem hier und wegen dir hier sitze?" Mit einer kreisrunden Armbewegung zeigte er umher und legte dann seine

Hand auf meine.

„Jetzt übertreibst du aber, Alex, hättest ja nur Kati nach meiner Telefonnummer fragen müssen", scherzte ich, aber meine Stimme blieb ernst dabei. Ich wusste nicht, was seine Schwester ihm erzählt hatte, doch es hatte auf jedem Fall mit dem Sinneswandel ihres Vaters zu tun. Und das wussten wir beide.

„Nein, ich meine das ehrlich, du bist..."

„Hier steckt ihr", platzte Kati aufgekratzt dazwischen, warf einen Blick hin und her und umarmte mich kurz. Dann strich sie ihren Bruder durch die Haare und schaute zur Tür. „Mutter, darf ich dir Charly vorstellen, die zukünftige Pächterin des bald eröffneten Cafes, um es genau zu sagen „Cafe am Reiterhof".

„Freut mich, sie scheinen einige Talente zu haben", erwiderte sie schmunzelnd und reichte mir die Hand.

„Danke, ich versuche es immer mit viel Herz und etwas Verstand. Es gibt noch eine Menge zu tun, aber der hintere Teil ist fertig, schauen sie ruhig."

Das ließ sich Alex nicht zweimal sagen und rollte los. Ich hatte das dringende Bedürfnis eine zu rauchen und ging vor die Tür, schaute zum Reiterhof hinunter und ein wunderbares Gefühl innerer Zufriedenheit erfüllte mich.

„Toll geworden, Charly, da werde ich wohl ab und zu einen Kaffee trinken kommen", rief Alex mir schon von der Tür aus zu.

„Darauf freue ich mich schon jetzt", antwortete ich fröhlich mit einem Seitenblick auf Frau Schwenner. Ich war sehr beeindruckt von ihr, eine schöne Frau, hochgewachsen, moderner Kurzhaarschnitt umrahmte ihr schmales Gesicht und wenn sie lächelte, sah sie aus wie Katis ältere Schwester.

186

„Leute, wir müssen, das Essen steht gleich auf dem Tisch", unterbrach uns Kati und sah mich an, „Charly, möchtest du vielleicht…"

„Danke, lieb gemeint, aber da komm ich ja gar nicht mehr an die Arbeit", lehnte ich lachend ab. Alex und seine Mutter verabschiedeten sich herzlich, dann rollte er den Frauen voran den breiten Weg hinunter.

‚Ob ich da wohl einen kleinen Beitrag leisten konnte, bei der Familienzusammenführung Schwenner', fiel mir dazu ein und sah ihnen hinterher, mit einem richtig gutem Gefühl.

Nachdenklich öffnete ich den ersten Karton und verharrte schon wieder. Wie unkompliziert war doch die erste Begegnung mit dem Rest der Familie und genau wie Kati, hatte auch ihr Bruder Alexander kein Problem mit dem Du, als würde man sich schon ewig kennen.

„Das sieht aber nicht aus, wie Gläser polieren", tadelte jemand hinter mir."

„Ich habe auf dich gewartet, meine Liebe", parierte ich, drehte mich um und grinste Franziska an. "Nein ernsthaft, heute wollte ich nur kontrollieren, ob alles heile geblieben ist."

„Na, damit bist du aber auch nicht sehr weit gekommen", frotzelte sie weiter, mit Seitenblick auf die drei ungeöffneten Kisten.

„In der Tat, aber stell dir vor was ich gerade erlebt habe." Langsam nahm ich den letzten Schluck aus meiner Tasse und ließ sie zappeln. Das mochte sie gar nicht, sie verdrehte die Augen und ich fuhr schnell fort. „Also, gerade wollte ich loslegen, da entdecke ich einen Rollstuhl vor der Tür und…"

„Mama", " rief sie erbost und kniff ein Auge zu. „Kann das sein, dass du das vielleicht geträumt hast, Tagträume, Fantasie, Wunschdenken?"

„Kind!", entrüstete ich mich und musste dann lachen, „glaub es mir, Franzi, ich hatte eine schöne Begegnung. Also, …"

„Das ist ja ein Ding", reagierte sie als ich geendet hatte, „schade eigentlich, dass ich noch nicht da war. Was hältst du von Katis Bruder, wie ist er so?"

„Finde es selbst heraus, wird sich sicher bald ergeben", schweifte ich versonnen ab und begann endlich die Gläser zu kontrollieren. Das war schnell getan und wir begutachteten noch die verlegten Platten. Ab der Hälfte verjüngten sie sich links und rechts zum Eingang hin etwas, damit Blumenrabatten angelegt werden konnten.

„Ich habe über meinen Geburtstag nachgedacht. Was hältst du davon; wir trinken mit der Familie am Mittwoch hier Kaffee und vielleicht kommen ein paar Freunde dazu. Mit denen fahre ich dann noch in die Stadt, einen drauf machen, man wird nur einmal 18. Papa lade ich natürlich auch ein, zum Kaffeetrinken meinte ich", setzte sie schelmisch hinzu und sah mich fragend an.

„Das hört sich gut an. Morgen könnten wir mit Oma darüber reden. Mir schwebt sowieso vor, dass sie fürs Cafe Kuchen backen könnte, natürlich nur, wenn sie Lust dazu hätte und ob sie überhaupt bereit wäre, mich im Cafe zu unterstützen.

„Genau, darüber und generell über den gesamten Betriebsablauf müssen wir dringend reden", stimmte Franzi mir zu und zog dann die Stirn in Falten. „Ich helfe dir gerne, Mam, aber ich bin keine Angestellte mit festen Arbeitszeiten."

188

Das kam so tragisch ernst aus ihrem Mund, da musste ich sie einfach in den Arm nehmen.

„Kind, das weiß ich doch, du bist mein Partner, Berater, Innenarchitekt, und, und, und…. wann immer Zeit und Lust du dazu hast.

„Gut dass wir das klar gestellt haben", witzelte sie vorlaut und schaute auf die Uhr, „kommst du mit zur Bahn, ich muss in die Stadt."

„Eigentlich wollte ich ja laufen, aber warum nicht. Kommst du zur Oma essen, morgen?"

„Denke doch, warum nicht", äffte sie mich nach und lief kichernd drei Schritte vor.

Ohne uns einmal zu unterbrechen, hörte sich meine Mutter alles an, was wir ihr am nächsten Tag nach dem Mittag im Wechsel berichteten. Es war eine Menge an Informationen, aber nicht das kleinste Zucken in ihrem Gesicht verriet, was sie darüber dachte.

„Da brauche ich nicht lange nachdenken", sagte sie leise und ihre Augen glänzten vor Freude. „Den Geburtstagskuchen backe ich natürlich gern und wie ich sonst helfen kann, wird sich zeigen, wenn das Cafe eröffnet ist. Aber wie läuft das mit Tom ab, was ist nach der Schule?"

„Da sagst du was, Mutter," ging ich dankbar darauf ein, wie immer dachte sie doch an das Wichtigste.

„Tom muss natürlich von der Schule zum Cafe kommen, ich kann ihn ja nicht mehr abholen bei dir. Aber das ist kein Problem, im Gegenteil, der Weg ist nicht länger, nur in die andere Richtung und er braucht keine Straßenseite zu wechseln. Wir sind das schon abgelaufen und er ist zufrieden damit, er ist ja schon groß, sagt er dann immer."

Überzeugt von dieser Lösung strahlte ich sie an. Aber ihr Blick trübte sich plötzlich etwas und sie zuckte nur mit den Schultern. Das entging auch Franzi nicht, und sie warf mit schelmischem Grinsen hinterher. „Oma, je öfter du im Cafe bist, umso öfter siehst du deinen Enkel."

Meine Mutter stutzte, dachte kurz nach und begann zu lachen, ihr wunderbares ansteckende Lachen.

„Das habt ihr ja geschickt eingefädelt, schauen wir mal."

„Wer hat wo was eingefädelt?", wollte Christel wissen, die unbemerkt dazu gekommen war.

„Du kommst gerade richtig", gluckste Franziska und zog sie auf einen Stuhl, „ab Juli müssen wir uns noch mehr die Oma teilen."

„Ich habe es schon befürchtet, na dann erzählt mal", reagierte Christel kein bisschen überrascht, aber mit gekonnt süß-saurer Miene.

Aufgekratzt erörterten wir gemeinsam über die Abläufe im Cafe, wer, was, wie, wann……

„Leute, planen kann man viel, funktionieren muss es, wenn es so weit ist", unterbrach Franzi lautstark und ging zur Tür, es hatte geläutet.

Mit aufgerissenen Augen kam sie zurück. Sie hielt Tom an der Hand, der ein dickes Pflaster über der rechten Augenbraue hatte und etwas blass aussah. Wir starrten ihn an. Dann sprang ich auf, schaute zu seinem Vater, der mürrisch in der Tür stand und nahm meinen Großen vorsichtig in den Arm.

190

„Mama, alles gut, ich bin im Kuhstall gestolpert und auf einen blöden Eimer gefallen, Papa ist mit mir ins Krankenhaus, der Doktor hat ein paar Stiche gemacht und jetzt ist alles gut, habe nur ein bisschen Kopfweh", berichtete er, ohne einmal Luft zu holen, wand sich aus meiner Umarmung und kuschelte sich an Oma.

„Bernhard, setzt dich doch erst einmal", forderte die Toms Vater auf und sah mich tadelnd an.

„Genau, entschuldige, ich war etwas erschrocken."

„Und ich erst, gestern Abend", brummte er und setzte sich mir gegenüber. „Ich bin gleich zum Notarzt gefahren, der hat mit vier Stichen genäht und danach wurde der Kopf geröntgt, ohne Befund, verdammt tapfer war unser Großer", lobte er Tom und seine Stimme wurde ganz weich dabei. „Hier sind die Unterlagen und Tropfen gegen Schmerzen. Sollten die Kopfschmerzen stärker werden, oder es kommt Brechgefühl dazu, muss er sofort zur Kontrolle, ansonsten morgen Vormittag, steht alles hier drauf."

„In Ordnung, danke, möchtest du vielleicht einen Kaffee?"

„Ich mach dann wieder los", lehnte Bernhard ab und drehte sich zu Tom. „Rufst du mich an?"

„Klar Papa, ich erzähle dir wie es mir geht und in zwei Wochen sehen wir uns ja. Und dann musst du aber mit zur Baustelle, du hast es versprochen", bedrängte Tom seinen Vater und sah Franzi dabei nickend an.

„Genau Papa, eine Baustelle ist es nicht mehr, wir räumen schon ein", unterstützte sie lachend ihren Bruder, notierte etwas auf einen Zettel und reichte ihn über den Tisch. „Das kannst du dir schon mal vormerken, da bist du eingeladen, am 30. Juni zur Cafe Eröffnung und am 4. Juli zu meinen Geburtstagskaffee, auch im Cafe und bring doch Heike mit, bitte Papa."

Wortlos hob er die Hand und ging zur Tür. Ich begleitete ihn bis zum Auto, doch es war ja alles gesagt. Unfälle können passieren und ich hatte nicht vor, ihm Vorhaltungen zu machen. Vor dem Einsteigen drehte er sich noch einmal um und grinste mich anzüglich.an.

„Ich soll dich übrigens von einem Dr. Berghoff grüßen, er hat Tom behandelt in der Notaufnahme."

„Danke", rief ich freudig überrascht, doch das hörte er nicht mehr. Zu gern hätte ich jetzt seine Gedanken gelesen. Ich schmunzelte in mich rein und eilte wieder zur Familie hoch.

„Pst, leise …", flüsterte mir meine Mutter an der Tür zu und ich warf einen Blick ins Schlafzimmer. Franzi streichelte ihren Bruder liebevoll über die Haare und dabei schlief er ein.

„Lass ihn sich gesund schlafen, hol ihn morgen früh ab und geh von hier aus zum Arzt."

„So machen wir es Mama, vielen Dank, alles andere besprechen wir morgen. Gleich früh sage ich im Betrieb und in der Schule Bescheid und komme dann mit frischen Sachen zu euch", erwiderte ich erleichtert und schaute Franziska fragend an.

„Ja Mam, ich habe noch Zeit für dich und das Cafe", antwortete sie ungefragt und wir machten uns auf dem Weg.

Geschafft! Eigentlich müsste ich vor Freude jubeln. Mein letzter Arbeitstag war abgehakt, Tom hatte sich gut erholt, eine Woche Pflege bei Oma, und im Cafe ging es sehr gut voran. Ich hatte meinen Ausstand gegeben, Gläschen Sekt und belegte Brote, und jetzt stand ich hier an der Würstchenbude, schaute leicht wehmütig auf die Blumen und ein gerahmtes Gruppenfoto vom letzten Kegelabend unserer Abteilung. ‚Damit sie uns nicht vergessen, liebe Kollegin', hatte sich Frau Helbig fast gerührt beim Überreichen geäußert und mein Chef drückte mir die Blumen und ein Kuvert im Namen der gesamten Betriebsleitung in die Hand. Einige aus dem Haus, Herr Sperber zum Beispiel, verabschiedeten sich auch noch persönlich und versprachen natürlich, auf einen Kaffee vorbeizuschauen. Bei ihm konnte ich mir das vorstellen, auch Frau Helbig, oder Junkermann, die kamen vielleicht mal gucken, aber ansonsten, wie sagt man so schön, aus den Augen aus dem Sinn.

„Trauerst du uns jetzt schon nach?"

„Du schon wieder, na dir immer, Hendrik", konterte ich lachend und machte etwas Platz auf dem Stehtisch. „Aber im Ernst, fast 20 Jahre ist eine lange Zeit, du hast ja höchstens 10 Jahre weg, oder? Aber jetzt als Leiter der Forschungsabteilung können es ja noch mal 10 werden.

Nachdenklich sah er mich an und nahm einen Schluck aus dem Kaffeebecher. „Schauen wir mal was sich sonst noch bietet." Grinsend hob er die Hand, „nein, nein, nein... da ist nichts, noch nicht! Aber deine Zukunftsplanung hat mich beeindruckt und da kann man sich doch schon mal ein paar Gedanken machen, oder?", fügte er erklärend hinzu und schnippte den Kaffeebecher in den Papierkorb. „Ich muss los, man sieht sich."

„Das hoffe ich doch, ach her je, ich muss auch los", rief ich ihm fröhlich hinterher und machte mich etwas erleichtert auf den Weg zu meiner Mutter.

„Na endlich Mama, meinem Kopf geht es wieder gut, ich habe

mich eine Ewigkeit ausgeruht und bin wieder voll in Ordnung. Jetzt muss ich nach Bonni und Winni gucken, ob es denen auch gut geht", sprudelte es aus Tom heraus, noch ehe ich die Küche erreicht hatte und mich setzen konnte.

„Nun mal langsam, Großer", bremste ich ihn lachend, „erst trinke ich mit Oma in Ruhe einen Kaffee und dann kaufen wir fürs Wochenende etwas Leckeres ein, der Kühlschrank ist leer. Morgen nehme ich dich mit zum Reiterhof, aber nur; wenn du sofort ein anderes Gesicht ziehst und mir versprichst, ganz vorsichtig zu sein."

„Aber…!"

„Nichts aber… die Fäden kommen am Montag raus und erst wenn der Arzt sagt; alles in Ordnung, dann ist es in Ordnung!"

„Nun sei nicht so streng mit ihm, er hat sich wirklich die Tage rundum ausgeruht", mischte sich meine Mutter ein und zwinkerte Tom zu.

„Aha, netter Versuch", reagierte ich mit krauser Stirn und musste mir ein Grinsen verkneifen, „und nicht   verhandelbar."

„Ist ja schon gut", maulte Tom und strahlte in der nächsten Minute, „dafür habe ich einen Wunsch frei, oder?"
Meine Mutterstellte die Blumen in eine Vase. „Schöner Strauß, ist der für mich"

„Ja natürlich", antwortete ich, doch unter dem Blick aus ihren hellen blauen Augen, der wie ein Wahrheitsserum wirkte, setzte ich etwas zerknirscht   hinzu, „eigentlich für mich zur Verabschiedung und ein Bild dazu." ich zeigte ihr das Gruppenfoto und stellte die Kollegen vor.

„Schön, und das war alles?"

„Ach Moment, nicht ganz, ein Kuvert hat mir mein Chef noch in die Hand gedrückt, sicher ein offizielles Schreiben der Betriebsleitung, ich habe es noch gar nicht gelesen."

Sie sah über meine Schulter und gemeinsam lasen wir den üblichen Text. Eine Danksagung für die Jahre der Zugehörigkeit und Erfüllung der Aufgaben, verbunden mit einer Einmalprämie, und, und, und …

„Wow, damit habe ich gar nicht gerechnet", entfuhr es mir überrascht und ich wedelte erfreut mit dem Check-in Höhe von 500 Mark herum. „Jetzt kann die Eröffnung kommen, frei Kaffee und Kuchen, oder Mama?"

Drei Wochen später konnte ich es noch gar nicht fassen. Sanft strich ich über den blitzblanken Tresen, über Tische, Stühle und Regale. Es war geschafft, mein Cafe bereit für Gäste, eine Woche vor der geplanten Eröffnung. Es fehlte noch etwas Deko in der Lese-Spielecke, aber schon die Wandfarben in zartem grün bis hin zum warmen braun, machten was her und Sitzkissen in dunkelgrün und sattem rot, setzten noch einen drauf. Doch ohne Katis und Franziskas Hilfe und natürlich die meiner Mutter, die in den letzten drei Wochen fast täglich da war, wäre ich längst noch nicht so weit gekommen.

Gedankenversunken lehnte ich an der Terrassentür und sog tief den Rauch ein. Nächste Woche sollten noch die Terrassenmöbel kommen und ich überlegte jetzt schon, wie man sie am besten stellen könnte, wichtig war der Blick auf den Reiterhof, bzw. auf die Reitplätze davor.

Plötzlich kam eine Erinnerung hoch und ich musste lachen, hätte mich fast verschluckt am Qualm. Filmreif war der Auftritt, als Herr Schwenner letzte Woche in der Tür stand. Meine Mutter polierte gerade Gläser. Er stiefelte durch das ganze Cafe, musterte jede Ecke, die Küche und die Sanitäranlage peinlichst genau und blieb dann vor mir stehen. ‚Das hätte ich nicht erwartet, sie haben alles richtig gemacht', brummelte er, schüttelte lange meine Hand und stiefelte wieder raus.

‚Was war das denn', reagierte meine Mutter und schaute ihm kopfschüttelnd hinterher.

‚Das war das schönste Kompliment, was ich je bekommen habe', antworte ich ihr lachend und erzählte einige Episoden, die ich mit meinem Verpächter schon erlebt hatte.

Doch eine verschwieg ich ihr. Mein Blick wanderte über das große Anwesen in der Senke und blieb an dem Anbau des Haupthauses hängen. Bisher waren dort Angestellte untergebracht. Aber seit ein paar Tagen sah es aus wie eine Baustelle, wollte schon längst Kati danach gefragt haben. Genau in diesem Moment kam Katis Vater aus dem Gebäude und hinter ihm schob Kati einen Rollstuhl die Rampe hinunter. Gesichter konnte man nicht erkennen, aber mir war klar, dass Alexander wohl seine Familie besuchte. Eine eisige Welle fuhr mir bei dem Gedanken durch den ganzen Körper und ein blasses Gesicht mit großen, unendlich traurigen Augen schaute mich anklagend an. Wie eine Keule traf es mich; wie konnte ich bloß glücklich und zufrieden sein, wo doch gerade meinem liebsten Freund das Leben um die Ohren flog.

Leicht schwindelig wankte ich in das Cafe und sank zutiefst erschüttert zusammen, auf dem kleinen Podest zur Spielecke, und ließ meinen Tränen freien Lauf.

Keine Ahnung wie lange ich so gehockt hatte. Erst als mich

Arme fest umschlangen, und ich wie durch einen Nebel Kati erkannte, nahm ich meine Umgebung wieder wahr.

„Es wird alles gut, Charly, hörst du, alles wird gut", raunte sie mir ins Ohr, schob mich dann energisch von sich und fummelte mir im Gesicht herum. „Jetzt hoch mit dir, ich habe eine Überraschung für dich."

Sie zerrte mich hoch und hinter sich her bis zum Parkplatz, auf der anderen Seite des Weges. Noch leicht benommen entdeckte ich den blauen PKW und es fing an bei mir zu dämmern.

„Ist das etwa…?"

„Genau das ist er, wie versprochen, ein Mazda, ein kleiner Japaner", rief sie aufgekratzt, „schau ihn dir an, setzt dich rein, alles ist top erhalten, 5Jahre alt und gerade überholt!"

„Das sieht man, weiß gar nicht, was ich sagen soll, mein Gott, bin so lange nicht gefahren und wir müssen den Kauf abklären", plapperte ich aufgeregt drauf los und setzte mich hinter das Steuer.

Kati lehnte grinsend an der Beifahrertür, steckte uns eine Zigarette an und beobachtete mich schweigend.

„Das fang ich gar nicht erst an; rauchen im Auto, meine ich", grummelte ich zu ihr hoch, stieg aus, stellte mich neben sie und wir kicherten albern..

„Nein im Ernst Kati, wegen vorhin…",

„Stopp, meine Liebe, du brauchst nichts zu erklären, ich kann es mir eh denken, und ja, ich weiß, dass alles gut wird. Aber darüber reden wir später, jetzt geht's ums Autofahren, also steig ein, wir drehen eine Runde.

„War doch gar nicht so schlecht, du hast das Fahren noch nicht verlernt", kommentierte sie schmunzelnd, aber, in einem Punkt muss ich Franzi recht geben, du sitzt hinter dem Steuer wie die Prinzessin auf der Erbse."

Ehe ich reagieren konnte, war sie flugs raus aus dem Auto und lief auf einen dunklen Bulli zu, der neben uns parkte.

Ich ahnte, wer da drinsaß, folgte ihr und begrüßte fröhlich Alexander. Er hatte die Fahrertür weit geöffnet und seine Augen leuchteten.

„Hallo Charly, freue mich auch, dich endlich mal wieder zu sehen. Sind das nicht gute Nachrichten, oder was sagst du dazu?"

Mein fragender Blick verwirrte ihn wohl etwas und er schaute zu Kati, die unmerklich mit dem Kopf schüttelte, was ich wohl registrierte, doch sie ging nicht darauf ein. Und redete wie ein Wasserfall.

„Er ist so stolz auf sein neues Auto, hast du mal richtig hingeschaut, alles automatisch", belagerte sie mich laut und rief ihrem Bruder zu, „los Bruderherz, zeig mal, was du alles kannst!"

Alexander reagierte sofort, drückte ein paar Knöpfe und die Heckklappe ging nach oben. Gleichzeitig senkte sich der Bully ab, eine Schiene schob sich aus dem Wageninneren und transportierte Alex samt Rollstuhl nach draußen.

„Oh, das gibt es aber so nicht zu kaufen, oder?", war das Einzige, was mir dazu einfiel und meine Augen wurden immer größer.

Die beiden amüsierten sich köstlich. Kati schubste ihren Bruder an, der zuckte nur mit den Schultern, drückte dabei auf das Display an seinem Stuhl. Wie durch Geisterhand verschwand die Schiene im Auto und die Heckklappe fiel zu.

„Ist das nicht prachtvoll", rief er mir entgegen, drehte sich paarmal um die eigene Achse und rollte in Richtung Cafe. "Jetzt möchte ich aber endlich einen Kaffee und dann muss ich wieder los."

„Wirklich einzigartig, einfach fantastisch", teilte ich seine Begeisterung und zeigte dann grinsend auf meine neue Errungenschaft. „Da kann ich nicht mithalten." Ich bereute es sofort und ärgerte mich maßlos über diesen Ausspruch, das durfte nicht passieren. Alexanders Gesicht fiel etwas zusammen, wurde blass, und er schaute mich traurig an.

„Das musst du ja auch nicht", sagte er leise und das ging mir unter die Haut.

„Entschuldige Alex, blöde Kuh - ich, nicht nachgedacht – ich", murmelte ich zerknirscht und nahm ihn einfach beim Kopf.

„Weiß ich doch, Charly, jetzt lass uns kucken, ob Kati mit deinem Kaffee Automaten zurechtkommt, vielleicht muss sie dir ab und zu helfen, wenn die Bude brummt", beruhigte er mich mit seinem unglaublichen Charme und rollte lachend davon

‚Was für ein Tag', dachte ich zwei Stunden später, blies genüsslich den blauen Dunst über die Balkonbrüstung und genoss die Junisonne, bis sie hinter den Plattenbauten verschwunden war. Ich konnte wirklich zufrieden sein, der Eröffnung stand nichts mehr im Wege, meinem Tom ging es gut, auch bei seinem Vater war er gut aufgehoben, und über Franzi musste ich mir gar keine Sorgen machen, sie wusste genau, was sie wollte.

Trotzdem überfiel mich plötzlich Traurigkeit und Tränen stiegen in mir hoch. Ich war traurig und ich war wütend, wütend auf mich selbst, weil ich nicht wusste, wie ich diesen Zustand ändern konnte. Frustriert futterte ich die Käsehäppchen auf, der

Rotwein funkelte im Glas und ich griff schon wieder zum Glimmstängel, konnte mich nicht mal über das zauberhafte Abendrot mehr freuen.

Je leerer die Rotweinflasche wurde, umso mehr drängten Erinnerungen vom heutigen Tag in mein leicht benebeltes Hirn, Erinnerungen wie Katis Worte: 'es wird alles gut', oder die heimlichen Blickkontakte mit ihrem Bruder und das drumherum Gerede überhaupt. Ich wurde nicht schlau daraus, konnte es nicht deuten, aber es pikste mich. Doch Angst machte mir nur der Gedanke an die Vision, die mir den Boden unter den Füßen weggezogen hatte. Und diese Angst nahm ich mit in den Schlaf.

Ich hatte erstaunlicherweise gut geschlafen, lange und traumlos, verspürte weder Kopfschmerzen noch andere üble Nachwirkungen. ,Sehr beachtlich', kritisierte ich mich ironisch als mein Blick auf die fast leere Weinflache und Zigarettenschachtel fiel. Ich wertete es als gutes Omen und beseitigte zügig die verräterischen Zeitzeugen.

Nach einer ausgiebigen Dusche und einem kleinen Frühstück eilte ich zum Parkplatz, begutachtete den blauen Mazda und reine Freude stieg in mir auf, Freude, die ich gestern nicht so empfinden konnte. Kati war einfach ein Glückstreffer in meinem Leben. In dem Moment fiel mir ein, dass sie mir die Papiere noch geben wollte, aber das war dann untergegangen.

In wenigen Minuten war ich am Cafe. ,Was konnte ich doch zukünftig Wegezeiten sparen' ging mir durch den Kopf, und fuhr vorbei, geradewegs zum Reiterhof. Kati stand auf der Terrasse, wollte wohl ins Haus, und ich hupte kurz.

„Wie schön, Fahrpraxis ist alles", rief sie fröhlich, „komm, trinken wir einen Kaffee."

„Jetzt nicht, meine Liebe, muss zu meiner Mutter, aber, wenn wir über den Kauf reden wollen…`?"

„Nein, nein, das hat noch Zeit und die hast du ja gerade nicht", reagierte sie mit ihrem glucksenden Lachen und verschwand hinter der Tür.

Magisch zog mich die Baustelle daneben an, eigenartige Gedanken hatte ich plötzlich im Kopf und ich war versucht auszusteigen. Da kam sie schon zurück. Sie reichte mir den Fahrzeugschein durchs Fenster und musterte mich prüfend.

„Morgen Mittag Charly, da könnten wir mal reden, über das Auto, über... na, eben über verschiedenes, du bist doch im Cafe, so gegen 11 Uhr, da habe ich etwas Luft. Und, geht es dir besser?"

Meine Kehle war wie zugeschnürt, ich nickte nur, hob die Hand und startete das Auto. Im Rückspiegel sah ich, dass sie mir hinterherschaute und klar war mir auch, dass sie sich wahrscheinlich nicht über meinen krassen Abgang wundern würde. Dafür kannte sie mich schon viel zu gut.

Eine gute halbe Stunde kurvte ich durch die Gegend, fuhr Straßen ab, die meinen Alltag kreuzten und ich hatte mich schnell mit meinem neuen Gefährten angefreundet. Für Sekunden übermannte mich der Wunsch, die Stadtgrenze zu verlassen und in Richtung „Dreiländereck" zu fahren. Es war ein Wunsch, nur für Sekunden, und wenig später parkte ich auf dem Stellplatz des Friseursalons bei meiner Schwester. Wehmut drückte mein Herz und ich versuchte sie zu unterdrücken, meiner Mutter blieb nichts verborgen.

„Mama, komm mal schnell, Tante Charly hat ein Auto", rief

mein Neffe laut und kam mit Oma und seiner Mutter aus dem Garten hinterm Haus.

„Da staunt ihr, nicht wahr, selbst ist der Mann."

„Schön, Charlotte, da bist du unabhängig, hast ja ab jetzt jede Menge Zeugs ranzuschaffen", kommentierte meine Mutter mit zaghaftem Lächeln, doch ihr Blick war wenig sorgenvoll.

„Aber ja, da hast du wohl recht, Mama, und ja, ich fahre immer vorsichtig, versprochen", quittierte ich es und lachte.

„Sieht gut aus, sehr gepflegt" äußerte sich Christel und beschnupperte den Wagen von allen Seiten.

„Da schau, meine Mama, die stolze Autobesitzerin", tönte es vom Grundstückseingang und mit langen Schritten kam Franziska heran, begrüßte uns und nahm das Teil genau unter die Lupe. Was sagt Tom dazu, wo ist er eigentlich?"

„Ach herrje, ich muss in die Küche, mein Essen", rief Christel dazwischen und lief zum Haus.

„Ach ja, bei Vater", beantwortete Franzi selbst ihre Frage, „aber wir könnten doch mal zum „Cafe" fahren, ich war schon länger nicht da." Sie schaute uns mit treuherzigem Blick an, genau wie Tom, wenn er etwas wollte, und brachte uns zum Lachen.

„Gute Idee, aber erst nach dem Essen, ich habe Hühnerkeulen in der Röhre", nahm mir meine Mutter die Antwort ab und marschierte zum Haus.

„Super, Oma, da freue ich mich, habe ich lange nicht gegessen", begeisterte sich Franzi und drehte sich zu mir, „kommst du, Mam?"

„Geh mal schon, ich rauche mir noch eine, komme gleich

nach", erwiderte ich leise und wich ihrem Blick aus, der aufmerksam in meinem Gesicht forschte. Ihr konnte ich auch nichts mehr vormachen.

Die Hähnchenkeulen waren köstlich, knusprig und zart zugleich, Kartoffeln, Erbsen/Möhrengemüse dazu und leckeren Vanillepudding mit Schokosoße als Nachtisch.

„Oma, du bist die Beste", schmeichelte Franziska, „oder Mama, was sagst du?"

„Wunderbar, meine Lieben, Danke Mutti, alles wunderbar, das Cafe kann eröffnet werden, ich habe ein Auto, Tommy geht es wieder gut, wie könnte es besser sein. Und dann kommt noch Kati mit ihrem Spruch: alles wird gut. Verdammt, wie soll alles gut werden", brach es aus mir heraus und ich stand auf, räumte geräuschvoll Teller und Besteck zusammen und sank dann schluchzend auf den Stuhl zurück. Sekunden nur dauerte mein Ausbruch, dann hatte ich mich wieder in der Gewalt, schniefte laut ins Taschentuch und sah in bestürzte Gesichter.

„Kind, Liebes, was ist los", brach meine Mutter das Schweigen.

„Na ja, gestern ist mir bewusst geworden; wie kann ich glücklich und zufrieden sein, wo das Leben meines liebsten Freundes vielleicht gerade zur Hölle wird", quälte ich mir raus und grinste beide schief an. Dazu fiel meiner Mutter auch nichts ein und Franziska holte tief Luft, und kuckte ratlos und sehr bedrückt.

„Vielleicht wird alles gut, Mam, hat dich Kati schon mal enttäuscht? Und jetzt lasst uns abräumen und losfahren."

„Wir lassen alles so stehen, dafür habe ich später Zeit!", bestimmte meine Mutter. „Du weißt nicht, wann Tom zurückkommt."

„Da hast du recht, Oma, ich muss danach noch in die Stadt, vielleicht werde ich sogar gefahren." Spitzbübisch lächelte Franzi und wartete.

„Vielleicht mache ich das sogar", reagierte ich trocken und dachte über ihre vorherige Aussage nach, wie hatte sie das gemeint, wusste sie mehr als ich?

Im Cafe kamen wir in Hochstimmung, nach der kurzen, schweigsamen Fahrt. Franziska war des Lobes voll, zupfte da herum, rückte dort etwas zurecht und strahlte. Für meine Mutter war es ja nicht neu, und sie erzählte von dem Besuch unseres Verpächters vor zwei Wochen und wir stellten es uns noch einmal bildlich vor.

„Typisch, so ist der werte Herr Schwenner", krähte Franzi unter Lachen, „immer sehr korrekt und ja keine Emotionen zeigen, aber in Ordnung ist er schon."

„Das stimmt", pflichtete ich ihr bei, „ohne ihn wäre all das nicht möglich. Und außerdem hat auch er seine schwachen Stellen", setzte ich hinzu und trat raus auf die kleine Terrasse. Gemeinsam schauten wir zum Reiterhof und ich spürte, dass Franzi mich beobachtete. Sie lief unruhig hin und her und blieb vor uns stehen.

„Wollen wir jetzt, ich müsste los."

„Macht mal, Kinder, ich kann nach Hause laufen."

„Nichts da, Mama, natürlich setzen wir dich erst zu Hause ab", protestierte ich und verschloss gewissenhaft alle Türen.

‚Und ich werde Franzi nicht bedrängen', ging mir dabei durch den Kopf, denn ich war ganz sicher, dass sie sich nicht wohlfühlte in ihrer Haut und dass sie etwas mit sich herumtrug. Vielleicht bildete ich mir das auch nur ein. Sie war sehr schweigsam, also schwieg ich auch. Aber die Gedanken kreisten noch in meinem Kopf, als ich auf dem Balkon Ausschau nach Tom hielt. Gerade heute trudelte er spät ein und sein Vater fuhr sofort weiter, als Tom am Haus war.

„Mama, ist später geworden, bist doch nicht böse, aber es war so toll, alle haben mich verwöhnt, wegen meinem Kopf, und kleine Katzen sind da und Emma, das Kaninchen, hat fünf Junge bekommen", sprudelte es aus ihm heraus und ich nahm ihn lachend in die Arme.

„Aber nein, mein Großer, ich bin sehr froh, dass du ein schönes Wochenende hattes und morgen fahre ich dich zur Schule."

„Du fährst mich zur Schule, juchhe, und holst du mich auch wieder ab und wir fahren gleich zu Winni und Bonni?", krähte er ganz aus dem Häuschen, verstummte plötzlich und sah mich argwöhnisch an. „Du fährst mich, womit?"

Ich bugsierte ihn schmunzelnd auf den Balkon und zeigte nach unten. „Na damit, der kleine blaue ganz außen."

„Den muss ich mir aber von nahe angucken", reagierte er altklug und zerrte mich zur Tür.

Rundum zufrieden mit sich und der Welt fiel er nach dem Abendbrot ins Bett und schlief sofort ein. Das tat mir auch gut. Ich versuchte zu entspannen, um endlich den Teufelskreis der schwermütigen Gedanken zu durchbrechen.

Da denkt man, es ist alles geschafft und dann stehen meterhoch die Kartons vor der Tür. Natürlich war ich nicht geschockt, als ich am Mittwoch gegen 10 Uhr neben dem Cafe einparkte. Und richtig erfreut war ich, dass Karli vom Reiterhof schon am Auspacken war.

„Guten Morgen, Frau Wegner, Kati hat mich herbeordert, heute frühzeitig ist die Lieferung gekommen und ich soll ihnen helfen", rief er mir zu und machte weiter.

„Prima, Karli, dann mach ich uns erst einmal einen Kaffee.

Nach einer guten Stunde standen vier wetterfeste, einfache Tische und 16 Stühle auf der Cafe Terrasse und Karli räumte die Pappen aufeinander.

„Fleißig, fleißig, aber jetzt wieder ab auf den Hof, der Chef braucht dich."

„Jawoll Chefin", brummte Karli und rief mir Tschüss zu.

„Warte", hielt ich ihn auf und drückte ihm 5 Mark in die Hand, „Danke Karli, hast du prima gemacht und jetzt los, du weißt, der Chef…"

Er grinste und schob sich an Kati vorbei, die Punkt 11 auf der Matte stand. Und tadelnd den Kopf schüttelte.

„Kaffee", umschmeichelte ich sie und trug zwei Tassen auf die Terrasse.

„Einer geht noch." Sie zündete uns eine Zigarette an und musterte mich schweigend.

Ich wollte das Gespräch nicht beginnen, wartete, kniff die Augen etwas zu und schaute provokativ zum Reiterhof, genau auf den Anbau. Kati durchschaute mich, wie immer, doch ihren Gesichtsausdruck konnte ich nicht deuten.

„Also meine Liebe, Punkt 1 Auto. Wir haben uns gedacht, du kannst jetzt jede Unterstützung brauchen. Ich habe den Mazda gekauft, übernehme damit die Versicherung, stehe viel besser in den Prozenten, und habe dich als Nutzer eintragen lassen. Nächstes Jahr sehen wir weiter. Kannst du damit leben? Wenn ja, dann mach mir keine Schande."

„Und ob ich damit leben kann, danke Kati, damit hilfst du mir sehr", brachte ich überwältigt raus, nahm sie beim Kopf und busselte sie ab, bis sie sich lachend befreite.

Eine Weile schwiegen wir, aber nach Punkt 1 musste ja noch etwas kommen und endlich räusperte sie sich.

„Ich hatte gestern Abend noch Besuch, Franziska stand vor meiner Tür, sie macht sich Sorgen um deine Verfassung, hat Angst, dass du die Eröffnung am Samstag nicht fröhlich genießen kannst."

„Halt, meine Franzi, wie kommt sie denn darauf", ereiferte ich mich, obwohl ich die Antwort wusste „Hat sie etwa von meinem…"

„Hat sie mir erzählt, trag es ihr nicht nach, nur deshalb erfährst du jetzt etwas, was ich dir noch gar nicht sagen wollte, nicht, bevor es überhaupt spruchreif ist. Also, du fragst dich doch schon die ganze Zeit, was die Bauarbeiten bedeuten. Du hast Alex gesehen und reimst dir vielleicht zusammen, dass er hierherziehen will. Will er nicht", fuhr sie unbeirrt fort und hob die Hand, als ich sie unterbrechen wollte.

„Aber, es wird eine Anliegerwohnung, behindertengerecht, mit Wohnküche, Bad und zwei Schlafräumen, damit er jederzeit zu Besuch kommen kann, wann und solange er möchte."

„Das sind ja gute Nachrichten", reagierte ich. Begeistert sollte es klingen, aber das ging ja wohl in die Hose, was sie natürlich mitbekam, und sie fing meine Hände ein, die nervös auf der

Tischplatte hin und her wanderten.

„Ich bin noch nicht fertig, Charly. Wir wollen die Wohnung vermieten, sonst lohnt sich doch der Aufwand nicht, oder?"

Das hatte gesessen. Es leuchtete mir ein, aber ich fühlte mich furchtbar, konnte es mir selbst nicht erklären. Erst als ich ihr warmes Lächeln bemerkte und sie meine Hände knetete, kam mir eine Erleuchtung und ungläubig starrte ich sie an.

„Ihr denkt doch dabei nicht etwa …?"

„Genau an den denken wir dabei, an Lässe, er weiß es nur noch nicht."

„Und Franzi hat es gewusst", kam mir etwas schroff von den Lippen.

„Nein, natürlich nicht, erst seit gestern Abend, da habe ich ihr von unserem Plan erzählt", rückte mich Kati genauso schroff zurecht. „Und darüber kannst du wirklich froh sein, du hättest es heute sonst nicht erfahren. Und was meinst du, wird er sein Leben verändern wollen?", lenkte sie versöhnlich ein. „Am Mittwoch, 14 Uhr hat ihn Christoph zur Untersuchung und zum Gespräch in die Klinik bestellt. Dabei wollen wir ihm das Angebot unterbreiten. Herr Witzler wird dabei sein."

Meine Gedanken fuhren Karussell, unzählige Bilder sausten durch mein Hirn, Bilder von Lässe, blass und hilflos im Rollstuhl, seinen Kindern und von Heike, die schon ziemlich beleibt dazwischen herumlief. Ich musste das erst mal verdauen und starrte an Kati vorbei.

„Was heißt wollen, sein Leben hat sich verändert", reagierte ich endlich mit belegter Stimme.

„Das stimmt allerdings, und du musst das auch   erst mal

verarbeiten, aber alles wird gut", sagte sie leise und schaute mich verschmitzt dabei an.

Ich wusste genau, worauf sie anspielte, und grinste etwas schief zurück. „Ich hole dann Tom von der Schule ab, er freut sich auf die Pferde, ist das in Ordnung?"

„Aber ja, Tom ist immer willkommen. So, ich muss jetzt, und spar dir deine Dankenshymnen, ich mag euch", rief sie mir lachend zu und eilte davon, ehe ich sie mir greifen konnte.

„Was ist los, Charlotte, du bist mit den Gedanken ganz wo anders", nörgelte meine Mutter, die wir gleich mit abgeholt hatten nach der Schule, „wo sollen jetzt die Tischdenken und Servietten hin?"

„Recht haste, Mutter, aber mir geht so viel durch den Kopf", zwitscherte ich ihr zu und drehte sie einmal um die eigene Achse. Kopfschüttelnd schob sie mich weg, und musterte mich skeptisch.

„Hast du mir vielleicht was zu erzählen, dann mach, damit wir fertig werden."

Ich zögerte einen Moment, entschloss mich aber, alles für mich zu behalten, solange es noch nicht klar war, wer weiß.

„Alles gut, Mama, alles gut. Lass uns eine Kaffee Pause machen und dabei aufschreiben, was noch zu erledigen ist, welchen Kuchen wir anbieten wollen, zum Beispiel.

Meine Gedanken kreisten auch noch am Abend. Still war es in der Wohnung und ich musste das Summen in meinem Kopf endlich abstellen, mich auf den großen, leeren Zettel konzentrieren, der vor mir lag. Nach zwei Stunden war es geschafft und es wurden zwei lange Listen, die ich in den nächsten 4Tagen noch abhaken musste. Ich genehmigte mir ein Gläschen

Wein, paffte in den klaren Nachthimmel und ließ mit dem Rauch meine Fantasien ziehen, malte mir aus, wie die Zukunft aussehen könnte, wenn…, tja, wenn was…? diese Frage begleitete mich bis in den Schlaf.

Etwas planlos lief ich in meinem Cafe herum, kontrollierte Schränke, zog Schubladen auf, und konnte einfach nicht stillsitzen. Im Großhandel für Gewerbetreibende hatte ich gestern fast alles bekommen und die Liste war schon mal abgehakt. Alles andere wie: Kuchen, Aufschnitt, Brötchen, kam erst samstags in Frage.

Seit Kati vor zwei Stunde den Hof verlassen hatte, liefen meine Gefühle wieder einmal Amok. Spürbar, wie schon lange nicht mehr, sauste mein Igel unter der Haut bis in die letzte Faser meines Körpers. Ja, er lebte noch, mein Igel, und gerade jetzt.

„Na, du scheinst ja Langeweile zu haben, es fährt gerade ein LKW auf den Parkplatz, sollten heute nicht noch Sitzbank und Tisch für den Eingangsbereich kommen?" Grinsend stand Franziska an der Tür und zeigte nach draußen.

„Oh je, habe ich ganz vergessen, wo bin ich nur mit meinen Gedanken, ich...", rief ich erschrocken und sprang wie elektrisiert hoch.

„Ich weiß, wo du bist, Mam, ich muss ja auch ständig daran denken", erwiderte Franzi leise, „komm, eine Abwechslung wird uns guttun.

Eine Stunde später schauten wir aus einiger Entfernung auf den Eingangsbereich. Der massive Picknicktisch und ein passender Stehtisch aus Kiefernholz passten perfekt rechts neben den Eingang und verdeckten auch nicht die kleinen Blumenrabatten

210

„Macht sich sehr gut", beurteilte Franzi zufrieden, „hast du dir schon überlegt, wie du die Tische hinten stellen willst?"

„Na dann komm mal mit, ich weiß ja, dass ich mich auf deinen Blick verlassen kann", erwiderte ich schmunzelnd, ich mach uns inzwischen einen Kaffee." Nach wenigen Minuten stand ich mit den dampfenden Tassen auf der Terrasse und schaute Franzi zu. Sie hatte die Tische auf Ecke gedreht und konisch in Richtung Eingang gestellt.

„Ich muss sagen, das hat was, keiner dreht den Pferden direkt den Rücken zu", kommentierte ich anerkennend, und ganz vorn würde noch…"

„Eine kleine Bank hinpassen", beendete sie meinen Satz und wir kicherten los. Dann hockten wir uns schweigsam an einen Tisch und beobachteten eine Reiterin, die ihr Pferd an der Longe im Kreis herumführte.

„Mam, was meinst du?"

„Ich weiß es nicht, Kind, in meinen Träumen nimmt alles ein gutes Ende. Aber im wirklichen Leben…"

„Schau mal, da läuft Tom herum, soll ich ihn nicht schon mal einfangen."

„Du hast recht, Zeit nach Hause zu fahren", pflichtete ich ihr bei und lief danach mein kleines Grundstück ab. Mein Verpächter hatte entschieden, dass er es einzäunen lassen wollte, was ich natürlich sehr begrüßte. Die Minuten schlichen nur so dahin und ich rückte in der Küche kleine Utensilien von rechts nach links.

„Hallo, guten Tag Frau Wegner, sind sie hier?"

Die dunkle Männerstimme rüttelte mich auf, ich hatte so darauf gewartet. Jetzt nur nicht die Fassung verlieren, dachte ich und ging langsam auf den großen Mann zu, der leicht nach vorn gebeugt in der Tür stand. Wortlos blieb ich vor ihm stehen.

„Wir werden alles in Ruhe mit der Familie besprechen und dann…"

„Wo ist er", schnitt ich ihm einfach das Wort ab und drängte mich an ihm vorbei nach draußen.

„Na dann werde ich mich hier mal umschauen, wenn ich darf", rief er brummig hinter mir her. „Er sitzt im Auto!"

Lässe hatte schon die Beifahrertür geöffnet, er sah mir entgegen, kerzengerade angelehnt und den Kopf leicht geneigt. Wir brachten beide kein Wort heraus, senkten nur unsere Blicke ineinander. In mir wallte die Hitze hoch und meine Hände wurden feucht. Ich stellte einen Fuß auf den Holm und er zog mich hoch zu sich und dann küssten wir uns lange, sanft und innig. Dann schob er mich ein Stück weg. Das Leuchten in seinen Augen war verschwunden und ein feuchter Nebel legte sich darüber. Er kämpfte um Worte, die rau und schwer über seine Lippen kamen.

„Charly, ach Charly, das kommt nicht wieder, es ist nicht mehr wie…"

„Das weiß ich doch. Lars, die Vergangenheit brauchen wir nicht, es wird anders, aber es wird schön. Und du tust es doch für dich, für dich allein und ich helfe dir, so gut ich kann."

„Und das ist dein Ernst, das würdest du tun?"

„Und ob, habe ich dir nicht schon oft den Hintern gerettet, schon vergessen?", antwortete ich auf diese Frage und lachte laut, strich ihm die Haarsträhne aus der Stirn, gerade als sein Schwiegervater einstieg und uns merkwürdig anschaute, aber nur für Sekunden.

„Glückwunsch zu ihrem Cafe, großartige Leistung, Frau Wegner. Und wie gesagt, wir sehen uns."

„Danke Herr Witzler, davon gehe ich aus. Mach's gut, Lars", verabschiedete ich mich, sprang auf den Boden und trat einen Schritt zurück. Dabei fing ich noch zwei Sätze auf und musste feixen. ‚Eine außergewöhnliche Frau', sagte der alte Herr und Lässe antwortete lachend, ‚das war sie als Kind schon, außergewöhnlich'.

Leicht fühlte ich mich, von einer großen Last befreit und innerlich etwas aufgeräumt. So wie im September 87 etwa, als ich von meiner Dienstreise zurück war und mein „Hüttengeheimnis" mich stark und unangreifbar gemacht hatte. Natürlich konnte ich es nicht vergleichen, es war sehr viel passiert in dieser Zeit. Aber ich hatte mein gutes Gefühl zurück und das reichte mir.

In angeregter Unterhaltung steuerten Franziska und Kati auf mich zu und Tom bestürmte mich mit Neuigkeiten, ehe die beiden es verhindern konnten.

„Mama, du glaubst es nicht, die bauen da unten eine schöne Wohnung, so wie unser Cafe, ganz breite Türen und keine Stufen. Da kann man überall mit dem Rollstuhl hin und Kati hat gesagt, da kann ihr Bruder öfter zu Besuch kommen." Grimmig verzog sich plötzlich sein Gesicht, breitbeinig baute er sich vor uns auf, stemmte die Hände in die Seiten und beschwerte sich. „Warum hat mir das noch keiner gesagt, dass Kati einen Bruder hat, der im Rollstuhl sitzt, das muss ich doch wissen!"

Sprachlos starrten wir ihn an, und ehe jemand etwas erwidern konnte, rief er fröhlich. „Aber das ist nicht schlimm, wenn er jetzt öfter kommt, sehe ich ihn ja. Mama, ich habe Durst."

„In der Küche steht Saft, mein Großer, und wenn du Fragen hast…"

„Ach, hab was vergessen!" Flugs kam er zurückgesaust. „Der Papa von Benjamin war da, und der Opa, die haben sich alles angekuckt, vielleicht bauen die für Benjamins Papa auch so eine Wohnung neben der Werkstatt", kombinierte er, wiegte seinen Kopf hin und her wie ein Alter und verschwand im Cafe. Diese Logik entwaffnete uns drei völlig und am Stehtisch war es still.

„Du bist doch jetzt nicht sauer, dass wir eine Begehung gemacht haben, Mam?" Etwas zerknirscht schielte Franzi zu mir und Kati konnte sich ein Grinsen nicht verkneifen.

„Aber nein, es freut mich, du kannst mir ja alles erzählen."

„Oder", warf Kati dazwischen, „wir gehen gemeinsam noch mal kucken."

„Ne, meine Lieben, für heute ist mein Bedarf gedeckt, das reißt ja nicht aus und ich muss einiges erst mal ordnen. Schon allein Toms Gedankengänge, trotzdem bin ich froh, dass er es so sieht im Moment.

„Hat den der alte Witzler noch hier gehalten?", erkundigte sich Kati.

„Und was hat er gesagt"; ergänzte Franzi das kleine Verhör.

Mit wenigen Sätzen berichtete ich von dem Besuch. Und die Episode, wo ich Herrn Witzler einfach in der Tür stehengelassen habe, sorgte für Heiterkeit.

„Ja, die beiden ähneln sich wirklich, mein Vater und Lässes Schwiegervater, raue Schale, weicher Kern", bemerkte Kati trocken. „Und Lässe, was hattest du für einen Eindruck? Bei uns

214

war er sehr verschlossen."

„Wir haben nicht darüber gesprochen, eigentlich haben wir wenig gesprochen", äußerte ich mich vorsichtig und fing anzügliche Blicke von den beiden ein. „Was ihr schon wieder denkt", motzte ich sie an und musste lachen dabei. „Der alte Witzler hat nicht lange gebraucht für seine Besichtigung und Lässe konnte ich nicht in den Kopf kucken, ich habe ihm gesagt, dass ich ihm immer helfen werde, also heißt es warten, und Schluss", betonte ich lautstark, mit Seitenblick auf Tom, der gerade auf uns zu marschierte.

„Franzi, hast du die Stühle hinterm Haus gesehen? Da kann man bis auf den Hof kucken und die Pferde beim Reiten beobachten", rief er ganz aufgeregt.

„Das will ich mir aber auch ankucken", stimmte Kati ein und setzte mit strenger Miene hinzu, „lasst uns doch mal eine Endabnahme machen."

Bevor wir Franziska nach Hause fuhren, gingen wir im Einkaufscenter ausnahmsweise Curry Wurst und Pommes essen, kauften danach noch ein bisschen ein, auch für Franzis Kühlschrank, die sich natürlich freute, und ich freute mich auf meinen Feierabend.

Die nächsten zwei Tage flogen nur so dahin, aber am Freitagnachmittag war alles erledigt und die Gäste konnten kommen.

„Mama, es regnet und die Sonne scheint auch noch nicht", krähte Tom in den höchsten Tönen am Samstagmorgen und zerrte an meiner Bettdecke.

„Schatz, es ist gerade 7 Uhr, und die Sonne schläft noch, die ist müde, genau wie ich", scherzte ich mit ihm und zog die Decke bis zur Nase.

„Die Sonne schläft nicht, Mama, wenn sie bei uns nicht scheint, dann scheint sie woanders in der Welt", belehrte er mich mit erhobenen Zeigefinge, „und jetzt komm, unser Cafe wird heute aufgemacht!"

Da konnte ich wohl schlecht widersprechen. Ich zog ihn ins Bett und kitzelte ihn, bis er sich quiekend befreite.

„Bist du im Bad fertig, da muss ich jetzt rein", rief ich ihm hinterher.

„Alles fertig, ich kuck nach dem Wetter, bin auf dem Balkon", informierte er mich aller paar Minuten. „jetzt regnet es nicht mehr, gleich kommt die Sonne raus, das ist doch gut für die Leute, die zu uns ins Cafe kommen, oder Mama? Wer kommt denn da überhaupt, kennen wir die alle? Ob Papa auch kommt", murmelte er plötzlich leise und wurde still.

„Großer, wir lassen uns einfach überraschen, wer sich das Cafe anschauen möchte. Ich weiß es auch nicht. Und wenn Papa heute keine Zeit hat, dann kommt er bestimmt zu Franzis Geburtstag, oder was meinst du? Und jetzt frühstücken wir erst einmal in aller Ruhe."

Er zog eine Schnute und blinzelte mich an, setzte sich aber brav an den Tisch. Er wusste genau, wenn ich in diesem Ton mit ihm sprach, hatte er keine Chance. Nach einer guten Stunde brachen wir auf, besorgten die letzten Einkäufe und fuhren zum Cafe. Wenn ich da schon gewusst hätte, wer uns alles überraschen würde mit einem Besuch, wäre wohl zum Frühstück eine Tasse Baldriantee gut gewesen.

216

„Mama, kuck mal die warten schon auf uns, und da ist Basti."

„Klar ist das Sebastian, mein Großer, und deine Tante und deine Oma, die bringen doch die Kuchen, die Oma für uns gebacken hat", beruhigte ich ihn und stieg lachend aus.

„Meinst du, ich kann Basti mit zu den Pferden nehmen, die hat er noch nie gesehen."

„Da musst du vorher fragen, Herrn Schwenner, oder Kati, allein geht ihr nicht in die Stallungen, ist das klar?"

„Aber klar ist das klar, Mama, der Sebastian ist doch ein Fremder", reagierte Tom erbost und lief seinem Cousin entgegen, der uns entdeckt hatte.

„Und er muss seine Mutti fragen", rief ich noch hinterher.

„Na endlich, wir haben schon mal angefangen, gut, dass ich einen Schlüssel hatte", überfiel mich Franzi und trug l die Taschen ins Cafe.

„Was hecken denn Tom und Sebastian aus?" Etwas besorgt schaute Christel mir entgegen. „Die stehen auf der Terrasse und kucken zum Reiterhof."

„Das sollen die dir selbst sagen, du musst dir aber keine Sorgen machen", klärte ich sie auf, ich sie und begrüßte meine Mutter, die Kuchen in die Kühlvitrine stellte.

„Oh, Mama, die sehen ja lecker aus, ist schon Kaffee angesetzt? Und wir könnten schon mal zwei, drei Platten mit Brötchen fertigmachen, von jeden etwas und schön garniert.

"Ist das nicht zu zeitig, wer weiß, wann die Leute eintrudeln", gab meine Mutter zu bedenken.

„Macht mal. Es ist zehn Minuten vor elf", rief Franzi nach hinten, „ich sehe schon zwei Autos auf den Parkplatz zusteuern."

In dem Moment fing es unter meiner Haut an zu kribbeln, ich machte mich etwas frisch, atmete tief durch und nahm einen Schluck Sekt, der auf dem Tresen bereitstand.

„Die Jungs sind zum Reiterhof unterwegs, eine Stunde habe ich gesagt, meinst du das ist in Ordnung", wollte Christel wissen.

„Aber ja, Tom ist dort wie zuhause, er passt schon auf."

„Na dann ist gut, geh vor die Tür deine Gäste empfangen, wir machen das schon."

„Wo bleibst du denn, Mam, die ersten sind gleich da, ich hole den Begrüßungsschluck", drängelte Franzi und hob die Schultern. „Ich kenne keinen davon."

Wie sollte sie auch. Mir wurde warm ums Herz, als ich die Herannahenden erkannte. Damit hätte ich nicht gerechnet. Ich lief ihnen entgegen, nahm jeden einfach in den Arm und führte sie bis zum Stehtisch. Franzi wartete schon und schaute uns ziemlich erstaunt entgegen.

„Besuch aus der alten Heimat", rief ich fröhlich. „Darf ich vorstellen: Herr Weller, unser Sherif im Ruhestand aus Beeshain, seine Frau Hedwig, die auch guten Apfelkuchen backen kann, unsere Kräuter Ruth, die dem Apotheker das Leben schwer gemacht hat und Peter, Frank und Martin, die besten Feuerwehrmänner der Welt.

„Charly, Charly, du hast dich kein bisschen verändert, Gott sei Dank", stoppte Herr Weller meinen Ausbruch und alle fingen herzhaft an zu lachen. „Aber jetzt erst einmal zu dir, wir wünschen dir von ganzem Herzen alles Gute für deinen Neuanfang", gratulierte er als erster und überreichte mir einen riesigen Blumenstrauß. „Der ist von uns allen hier…"

„Und das gehört dazu, von uns und von Gästen der alten Stammkneipe „Eulenwirt", ergänzte Peter und drückte mir ein Kuvert in die Hand. „Und wer ist die hübsche junge Dame neben dir?", brummelte er gleich hinterher.

„Das kann sie euch selbst sagen, einen Moment, bin gleich zurück", wich ich aus und eilte ins Cafe, konnte so meine Gefühlswallungen etwas runterschrauben. 'Typisch meine Mutter', hörte ich Franzi noch sagen und alles andere ging wieder im Gelächter unter. Christel und Oma schauten neugierig durch die Geschirrausgabe am Tresen.

„Kommt ihr mal, die ersten Besucher müsst ihr unbedingt begrüßen, die Zeit muss sein." Ich lächelte geheimnisvoll, da folgten sie mir, und die Überraschung war gelungen.

Ein lustiges Wiedersehen der ehemaligen Nachbarn und meiner Familie, und vor allem Christel und Peter hatten sich viel zu erzählen, scherzten und lachten, bis meine Mutter zur Tat schritt.

„Jetzt kommt aber erst mal in die gute Stube, Kaffee trinken, einen Happen essen", forderte sie alle auf und ging Arm in Arm mit Ruth, die sehr zusammengeschrumpft war, voran. Nach einer kleinen Besichtigung landeten sie auf der Terrasse und ließen sich da auch nieder.

„Mam, kommst du mal", rief Franzi mir nach, das hörte ich noch einige Male in den nächsten Stunden, und ich eilte wieder vors Cafe, um die nächsten Besucher zu begrüßen. Drei jungen Frauen sahen mir neugierig entgegen. Sie erzählten mir, dass sie einmal wöchentlich bei ihren Pferden auf dem Reiterhof wären und erkundigten sich über Kinderbetreuung während dieser Zeit.

Wir hatten es im Flyer angeboten. Ich führte sie in die Spielecke, notierte alles Wesentliche, versprach, mich umgehend zu melden und lud sie dann zum Kaffee ein.

Langsam füllte sich das Cafe, es war ein Kommen und Gehen. So einige kannte ich vom Einkauf, oder hatte auch schon Worte mit ihnen gewechselt. Gar nicht leicht, jeden Gast persönlich zu begrüßen.

Aber es gelang ganz gut, Franzi war einmalig umsichtig, konnte wunderbar auf jeden eingehen und meine fleißigen Helfer hatten alle Hände voll zu tun, Kaffee kochen, Brötchen nachreichen und leckeren Kuchen servieren.

Auf der Terrasse ging es immer noch lustig zu. Gerade als meine ersten Gäste sich nach zwei Stunde verabschieden wollten, tauchte mein ehemaliger Chef Herr Junkermann mit Frau Helbig auf. Peter und seine Kumpels nahmen die Kräuter Ruth mit zurück nach Beeshain und Wellers blieben noch. Er zog mich zur Seite und ich gönnte mir endlich mal eine Zigarette.

„Pfui, Charly, das hast du also angefangen", brummte er unwillig und grinste unverschämt. „Alles andere hast du wunderbar hinbekommen, und dies da…", er zeigte quer über die Reitplätze zum Haupthaus hin, „das schaffst du auch noch."

„Das liegt nicht in meiner Hand, aber ich hoffe…"

„Ich weiß, meine Liebe, fiel er mir ins Wort und nahm mich einfach kurz in den Arm.

„Mama, kommst du mal!"

„Ich muss, wir hören voneinander", quetschte ich gerührt hervor und eilte ins Cafe zurück. An der Tür standen fünf fein herausgeputzte Damen und musterten alles genau.

„Hallo, meine Damen, herzlich willkommen", begrüßte ich sie mit einer einladenden Geste, „wo möchten sie sich niederlassen und etwas verweilen?"

„Am besten gleich hier, wir haben ein Anliegen", nahm eine forsch das Wort und alle setzten sich an den Tisch in der Leseecke.

„Ich bin sofort bei ihnen" entschuldigte ich mich lächelnd und beauftragte Franzi mit einer Bestellung, stellte ein Tablett mit Sekt und O-Saft auf den Tisch und setzte mich dazu. „Also, was kann ich für sie tun, außer sie auf ein Gläschen Sekt, auf Kaffee und Kuchen einzuladen."

„Ich bin die Martha, und das sind Hilde, Luci, Bärbel, Agnes, wir sind ein Häkelclub und suchen einen neuen Treffpunkt, jeden Dienstag, 14. Uhr."

Fast im Befehlston kam es aus der Dame heraus und die anderen vier zogen die Köpfe ein, starrten mich nur an. Erst als ich mein Glas erhob und herzhaft lachen musste, kam Bewegung in die Runde.

„Da sind sie ja genau richtig bei mir, meine Damen, wir sehen uns also jeden Dienstag, 14 Uhr. Zum Wohle." Ich zückte mein Auftragsbuch und notierte alle ihre Wünsche. In dem Moment stellte meine Mutter zwei Platten auf den Tisch und Christel schenkte Kaffee aus. Da fing das Geschnatter erst richtig an, drei Damen waren Kundinnen in Christels Salon und die Überraschung perfekt. Unauffällig entfernte ich mich, und stieß mit Kati zusammen.

„Langsam meine Liebe, der Tag ist noch nicht vorbei und wie ich sehen kann, ein wunderbarer Tag." Kati strahlte und umarmte mich.

„Das finde ich auch, ein gelungener Anfang, dank euch", erwiderte ich, den Tränen nah befreite mich mit einem Ruck und schaute umher. „Bist du allein?"

„Vater steht draußen und unterhält sich mit seinem alten Freund Junkermann, der wohl gerade gehen wollte mit seiner Begleitung"

„Ach, mein ehemaliger Chef mit seiner Sekretärin Frau Helbig. Stimmt, die hatten sich verabschiedet. Trinkt dein Papa Kaffee, vielleicht auch etwas Kuchen dazu?"

„Wir haben gerade gegessen, aber so als Nachtisch…", Kati griente und folgte mir in die Küche. „Übrigens, die Jungs sitzen auf deiner Terrasse, hat alles gut geklappt, Sebastian ist auch nett, aber Tom hatte ihn voll im Griff."

In der kleinen Küche wurde es eng, Meine Schwester Ursula war noch dazugekommen und wollte Mutti und Christel ablösen. Kati blieb lächelnd an der Tür stehen und ich machte sie mit dem Rest meiner Familie bekannt.

„Mama, es sind neue Gäste da, vor dem Haus", platzte Franzi leicht ungehalten dazwischen, wurde aber sofort locker, als sie Kati entdeckte. „Im Cafe sind alle versorgt, die Jungs sind auf der Terrasse, also kommt."

Ich hakte fröhlich meine Mutter unter und wir folgten den beiden, die mit einer Kanne frischen Kaffees kichernd nach vorne marschierten. Ursel und Christel kamen hinterher mit Gedecken und einem bunten Kuchenteller

Etwas geblendet von der hochstehenden Junisonne kniff ich die Augen zu. Im nächsten Moment nahm ich die Gäste am Picknicktisch wahr und mein Puls stieg in die Höhe, als ich den

Rollstuhl bemerekte.. Katis Bruder Alexander strahlte mich an und warf mir ein Handküsschen zu. Links und rechts von ihm platzierten sich gerade seine Mutter und das Familienoberhaupt. Kati setzte sich daneben und unsere Blicke kreuzten sich. Ich konnte ihre Freude erkennen, und das konnte nur bedeuten; die Familie war wieder etwas zusammengerückt, was mich sehr froh stimmte.

„Schön, dass ihr da seid", begrüßte ich sie fröhlich, drückte dem alten Herrn blitzschnell ein Küsschen auf die Wange und lief um den Tisch herum.

„Was war das denn", brummte er völlig überrumpelt und alle fingen an zu lachen, nur er schaute mich grimmig an und grollte weiter. „Erzählen sie mir lieber, wer sich hier auf meine Kosten amüsiert, Frau Wegner!"

„Aber gerne, Herr Schwenner, das sind meine fleißigen Helfer: meine Mutter, Elfriede Bauer, meine Schwestern Ursel und Christel und die andere kennen sie ja.

Er schaute von einem zum anderen, sein Minenspiel war bemerkenswert und verlor sich in einem dicken Grinsen. „Na dann lasst uns anstoßen; Auf das „Cafe am Reiterhof" und auf Charly, eine liebenswerte, sehr engagierte Pächterin, Prost. Und jetzt kosten wir Omas Kuchen."

Die Blicke seiner Familienmitglieder, einer Mischung aus Überraschung, Staunen und großer Freude, waren filmreif bei der kurzen Ansprache ihres Oberhauptes, das Eis war gebrochen. Meine Mutter setzte sich zu Frau Schwenner, sie unterhielten sich sofort sehr angeregt. Christel schaute nach den Jungs und Ursel ging zurück in die Küche. Und da nahten schon die nächsten Gäste, zwei Pärchen mit Fahrrädern, die von Franzi empfangen wurden. Ich lockte Kati auf die Terrasse und umarmte sie ganz fest. „Danke, danke", murmelte ich und ein Tränchen drückte sich heraus.

„Charly, ich sage doch, alles wird gut", wehrte sie mich sanft ab, zündete uns eine an und wir rauchten schweigend.

„Mam, kommst du mal", rief Franzi durch die Tür und trug ein Tablett mit Begrüßungssekt an den Stehtisch. Alex rollte uns entgegen, raus auf die Terrasse, plauderte eine Weile mit Christel, bis die sich verabschiedete und mit Sebastian zum Parkplatz lief, halb drei wollte sie mein Schwager abholen.

„Fährst du mit, Mutter?"

„Lass mal, meine Liebe, habe mich ja jetzt ausgeruht und bleib noch ein wenig, ich muss mit Charlotte noch einiges besprechen."

„Genau Mama, dein Kuchen hat wohl geschmeckt, ist nicht mehr viel übrig, ich hoffe für Morgen reicht es noch", warf ich im Vorbeigehen lachend dazwischen und begrüßte die neuen Gäste. Sie freuten sich über die kleine Führung durchs Cafe und nahmen auf der Terrasse Platz, auf der nur Tom etwas trübsinnig hockte.

„Was ist los, mein Großer, du kuckst irgendwie..."

„Alles gut, Mama, es ist nichts, wirklich nicht, aber …"

„Charly, wir müssen los", unterbrach uns Kati und merkte sofort, dass Tom nicht gut drauf war. „Eh mein Freund, gehst du noch mal mit auf den Hof, vielleicht braucht Karli Hilfe."

„Oh ja, da muss ich doch, oder Mama?" Ohne die Antwort abzuwarten, sprang er wie ein junges Fohlen durchs Cafe und wir liefen schmunzelnd hinterher. Familie Schwenner hatte sich schon erhoben, Alex flirtete charmant mit meiner Franzi und der alte Herr blockte meinen Dank gleich ab.

224

„Es geht erst los, machen sie was daraus", brummte er und stapfte davon. Tom hüpfte an seine Seite und fasste nach der großen Hand. Das machte mich froh, denn ich ahnte, warum mein Kleiner gerade traurig war. Sein Vater hatte sich bis jetzt nicht sehen lassen.

In der nächsten Stunde wurde es noch einmal turbulent, einige Kinder tummelten sich in der Spielecke und stöberten neugierig in den Regalen, fanden dort Bücher, Holzspielzeug und vor allem Lego Bausteine, die sofort in Beschlag genommen wurden. Es würde so nach und nach einiges dazukommen, Malbücher, Bastelbögen vielleicht, wollte erst abwarten, wie sich alles entwickelte.

„Hast du ja richtig gut hinbekommen, gratuliere."

„Das war der Plan, Hendrik", antwortete ich sehr entspannt und feixte meinen ehemaligen Arbeitskollegen an, der plötzlich hinter mir stand, ich hatte ihn an der Stimme erkannt.

„Und wir wollen dir ein paar gute Wünsche mit auf den Weg geben."

„Was heißt wir?" Ich schaute mich suchend um und er dirigierte mich grinsend auf die Terrasse, mitten hinein in eine kleine schnatternde Gruppe, die da waren: Herr Sperber, seine Frau Angelika, Hendriks Frau Hellen und die Betriebsratsvorsitzende Frau Habermann. Da war ich baff und freute mich sehr.

„Ihr habt mich also noch nicht vergessen, na ja, sind erst vier Wochen", scherzte ich und schob zwei Tische zusammen. „Kaffee, Brötchen, Kuchen?", fragte ich in die Runde.

„Am besten das ganze Programm", frotzelte Hendrik und

zeigte zu Franziska, die gerade mit einem Tablett Sekt und O-Saft auf uns zukam. „Perfektes Timing, so kennen wir dich."

Nach einer lustigen Stunde verabschiedete ich die Truppe, ich bedankte mich und merkte das erste Mal, wie erschöpft ich war, meine Helfer auch. Aber es war so gut wie geschafft und sehr gelungen.

„Mama, Ursel, vielen, vielen Dank, soll ich euch eben nach Hause fahren", bot ich den beiden an, „den Rest schaffen wir, oder Franzi?"

„Ja doch", rief sie aus der Küche und räumte die nächste Spülmaschine ein.

„Ist doch gar nichts los bei euch", unterbrach eine wohl bekannte Stimme unsere Unterhaltung und wir schauten zur Tür.

„Nicht mehr mein lieber Bernhard, es war jede Menge los", reagierte Ursel ziemlich grantig und Toms Vater grinste.

„Sollte ein Scherz sein, mein Gott, Schwägerin, ich gratuliere dazu, wo ist eigentlich Tom?"

„Tom ist noch bei den Pferden, Papa", antwortete Franzi und kam flugs nach vorn. Du könntest uns einen großen Gefallen tun. Fahre doch bitte Oma und Ursel nach Hause und danach gehen wir zusammen Tom suchen, machst du das?" Mit gekonnt treuem Hundeblick scharwenzelte sie um ihn herum und seine Stirn krauste sich.

„Na meinetwegen", brummelte er undeutlich, drückte mir einen großen Blumenstrauß in die Hand und ging schon mal vor die Tür und wir vier grinsten ihm hinterher.

„Ich komm dann morgen nach dem Essen ins Cafe, oder brauchst du mich früh.

„Lass dir Zeit, Mama, ich glaube nicht, dass früh schon Andrang ist, und wenn ja, muss ich das auch schaffen. Aber wir müssten einiges wegen Mittwoch bereden, jetzt lasst Bernhard nicht warten, Danke für alles, ich mach es wieder gut."

„Mam, es war ein toller Tag, ein wunderbarer Einstieg", sinnierte Franziska laut vor sich hin, räumte die letzten Tassen in die Küche und schwenkte den Rappen aus Porzellan, unsere Sparbüchse, hin und her. „Wollen wir mal reinschauen?"

„Das machen wir gleich, hier liegen auch noch einige Kuverts hinterm Tresen. Aber da fährt gerade dein Vater auf den Parkplatz, fang ihn doch mal ab und lotse ihn mit zum Reiterhof. Ich erledige den Rest hier und kontrolliere unsere Vorräte, ob wir morgen überhaupt öffnen können", ulkte ich herum und sie schwirrte zur Tür hinaus.

Ich wusste genau, dass es eine Weile dauern würde, ehe die drei zurückkamen. Und später erzählte mir Franzi, dass sich Herr Schwenner und ihr Vater richtig gut unterhalten hätten, das war mir vorher schon klar.

Die Beine auf einen Stuhl hochgelegt, rauchte ich erst einmal ganz in Ruhe und trank ein Glas Sekt. Ich hatte mich zurückgehalten, musste ja noch fahren. Wohltuende Entspannung rieselte durch meinen Körper und ich schloss für einen Moment die Augen. Als ich sie wieder öffnete, fiel mein Blick auf den Reiterhof und eine tiefe Wehmut erfasste mich plötzlich. Alles war wieder da, die Sorge um meinen Freund, wie er sich entscheiden würde, was das für mich selbst bedeuten würde.

„Hallo, jemand zuhause?"

„Ich bin sofort da", antwortete ich laut und sprang hoch, froh darüber, dass ich diesen Gedanken entkommen konnte.

„Da schau, hat sich ja doch noch jemand verirrt, wie schön."

„Drei hungrige Radler", ging der junge Mann an der Tür darauf ein, „und einen Platz zum Schlafen suchen wir auch noch, sind schon eine Weile unterwegs."

Ich folgte ihm vor die Tür, die beiden Kollegen hatten schon Platz genommen.

„Nun ja, verhungern werden sie hier nicht, heute war Eröffnung meines Cafes und ich hätte noch belegte Brote anzubieten, ein Bett leider nicht."

„Schade", nahm der wohl älteste das Wort und setzte lachend hinzu, „ist aber nicht schlimm, wir wollten sowieso noch ein paar Kilometer fahren, oder Jungs?"

„Sklaventreiber", grollte einer und alle fingen an zu lachen. Ich stimmte mit ein und da fiel mir etwas ein.

„Ich hätte da eine Idee, doch erst gehe ich in die Küche. Wollt ihr Kaffee, Tee oder ein Bierchen, aus der Flasche allerdings."

„Brote und Bier, das passt schon, wo ist die zur Toilette?"

„Folgen sie mir unauffällig", alberte ich weiter herum und sah durch die offene Terrassentür Franzi, Tom und ihren Vater, die gerade den Hof verließen, das kam sehr gelegen. Inzwischen war es schon halb sechs und ich konnte die Vorbereitungen für morgen erledigen.

„Mam, du hast noch Gäste!"

„Ich weiß, Kind, habe gerade die letzten Brötchen belegt. Und, sieht gut aus?"

„Fein gemacht Mam, sehr appetitlich. Was wollen die trinken?"

228

„Bier, Franzi, trägst du mal alles raus und unterhältst sie ein wenig, ich muss mal schnell telefonieren. Sie wollen noch ein paar Kilometer radeln und suchen dann einen Platz zum Schlafen."

„Ah, und du hast dabei an den „Eulenwirt gedacht", schlussfolgerte sie und stellte alles auf ein Tablett.

„Schlaues Kind", rief ich ihr schmunzelnd hinterher und wählte die Nummer vom „Eulenwirt".

Eule war selbst dran, er war freudig überrascht und holte Leni ans Telefon. Sie hatte nur noch ein Zweibettzimmer frei, würde aber eine Aufbettung möglich machen.

„Okay, die bleiben sicher nur die eine Nacht, vielleicht hast du auch noch etwas Warmes zu essen, bei mir gibt es nur Brötchen", erklärte ich ihr und dass ich mich demnächst mal melden würde und dass ich mich sehr über die ersten Gäste heute früh aus Beeshain gefreut hätte.

Die Männer nahmen den Vorschlag dankend an, einer kannte Beeshain, hatte Verwandtschaft dort, der Weg dahin also kein Problem. Als der Teller leer war, wollten sie auch gleich los. Sie zückten das Portemonnaie und ich winkte ab.

„Heute waren alle eingeladen, auch sie meine Herren."

„Vielen Dank, die Damen, und viel Erfolg", reagierten sie freudig überrascht, versprachen mal wiederzukommen, benutzten die Toilette und weg waren sie.

Schmunzelnd hörte ich Tom zu, der seinem Vater auf der Terrasse voller Begeisterung und lautstark vom Reiterhof berichtete.

„Hast du doch jetzt alles gesehen, Papa, Bonni und Winni und die anderen Pferde, hab ich doch recht, oder?"

„Na klar hast du recht, mein Großer und Mamas Cafe ist auch gut geworden. Aber jetzt muss ich los, willst du vielleicht mit? Ich bringe dich morgen Nachmittag wieder hier her und dann reden wir über die Ferien."

„Oh ja, Papa, so machen wir das, ich habe alles an, was ich brauche und der Rest ist bei dir, komm, wir sagen es Mama."

„Schau mal, Mam", zwitscherte Franzi und stellte das Tablett mit den Gläsern ab, in einem davon steckten 10 Mark drin, von unseren letzten Gästen. „Wollen wir jetzt mal?"

„Machen wir gleich, meine Liebe, aber lass erst…"

„Mama, kann ich heute mit zu Papa fahren, er bringt mich auch morgen zurück und dann sprechen wir über meine Ferien", bestürmte mich Tom, „geht das?"

„Ja, wenn du das gerne möchtest, ich habe hier noch ein bisschen zu tun", antwortete ich schmunzelnd und drückte ihn ganz fest. „Aber um fünf bist du dann hier, versprochen, sag das deinem Papa."

„Ich habe es gehört", brummelte mein Ex von der Tür herüber und Franzi begleitete die beiden noch bis zum Auto.

Die Zeit reichte mir, um die letzten Handgriffe zu erledigen und einen Blick auf die Toiletten zu werfen. ‚Putzen werde ich sie morgen früh, und jetzt noch die Vorräte', redete ich mit mir selbst und musste darüber lachen, so weit war es also schon gekommen. Franzi schloss vorne ab, lachte einfach mit und schaute dann skeptisch.

„Kannst du morgen überhaupt das Cafe öffnen, ist ja ne Menge über den Tisch gegangen."

„Mein Gefühl sagt mir ja, Brötchen bringe ich morgen mit,

230

Kuchen gibt es so lange, wie er reicht, und jetzt machen wir Schluss", rief ich aufgekratzt, schnappte mir die Briefe, das Sparschwein, besser gesagt Sparpferd und hüpfte auf die Terrasse; endlich in Ruhe eine rauchen.

Franziska bemerkte wohl meinen Blick zum Reiterhof, konnte sich zusammenreimen, an was ich gerade dachte, sagte aber nichts und zählte murmelnd das Geld, was sie aus der Sparbüchse geschüttelt hatte.

„Nicht schlecht, 255 Mark, dafür, dass alle eingeladen waren. Aber die meisten hatten dann doch gefragt, was sie zu bezahlen hätten

„Und du hast dann auf unser stolzes Ross gezeigt, oder", konfrontierte ich sie lachend.

„Ja klar, wenn sie es wissen wollten, die sind ja auch verwöhnt worden, denke ich mal", verteidigte sie sich mit großen Augen.

„Da hast du recht, meine Liebe, dann zähle mal noch dazu: 50 Mark von Herrn Junkermann nebst Begleitung, 150 Mark aus der alten Heimat Beeshain und hier noch…, nein, das glaube ich jetzt nicht, 100 Mark von Familie Schwenner." Ich zählte 100 Mark ab und schob sie Franzi zu. „Das ist für dich, meine Liebe, hast du dir redlich verdient. Für die anderen überleg ich mir noch was"

„Mam, das brauchst du nicht", protestierte sie mit blitzenden Augen und schob es zurück.

„Nun nimm es schon, du hast doch dafür gearbeitet und brauchen kannst du es immer. Und jetzt fahre ich dich nach Hause", bestimmte ich einfach, packte schmunzelnd das Kleingeld zurück ins Pferd, die Scheine in eine Geldtasche und stand auf. Nach einem letzten Kontrollgang schalteten wir den

Alarm und die Videoüberwachung fürs Gelände ein, beides war mit dem Reiterhof verbunden, und warfen einen letzten Blick zurück auf unser Cafe. Franzi umarmte mich fest, drückte mir ein Küsschen auf, das hatte ich lange nicht erlebt, und lief dann zum Auto.

Ein hässliches schepperndes Geräusch riss mich am Sonntagmorgen aus dem Schlaf., 7 Uhr! Ich hatte mir abends noch ein Gläschen Wein gegönnt, mit mir selbst angestoßen auf mein neu eröffnetes Cafe und den guten Start, und danach tief und traumlos geschlafen. Zur Sicherheit hatte ich meinen Wecker auf eine Untertasse gestellt, 'denn der Sonntag ist ab jetzt Arbeitstag, also raus aus den Federn', motivierte ich mich laut und eilte grinsend ins Bad. Ganz in Ruhe erledigte ich einige Hausarbeiten, sie waren in den letzten Tagen liegengeblieben, frühstückte ein wenig und machte mich auf den Weg. Es versprach wieder ein schöner sonniger Tag zu werden. Neben den bestellten Brötchen nahm ich noch etwas Käse und Aufschnitt mit, froh darüber, dass es den kleinen Bäckerladen in der Bahnhofshalle gab.

Punkt elf Uhr öffnete ich die Türen und hörte kurz darauf ein lustiges Klingelkonzert.

„Da schau", rief ich freudig überrascht, „die Herren haben den Rückweg gefunden."

„Aber sicher, Charly", antwortete der Wortführer und alle drei grinsten über mein verdutztes Gesicht. „Wir wollten uns noch einmal für die gute Bewirtung und vor allem für die sehr gute Empfehlung bedanken und…"

„Und wir haben einiges über eine gewisse Charly gehört gestern Abend, sollen herzlich grüßen von den Wirtsleuten und einigen Gästen", fiel der nächste ihm ins Wort. Der dritte im Bunde stieg ab vom Fahrrad und drückte mir einen Strauß Wiesenblumen in die Hand, „Selbst gepflückt, aber jetzt müssen wir weiter, oder Martin?"

„Vielen lieben Dank, wollt ihr nicht…" kam ich endlich mal zu Wort. Aber alle drei schüttelten mit dem Kopf, sie hätten noch einige Kilometer vor sich bis nach Hause, erklärten sie, kämen aber ganz bestimmt mal wieder. Ich schaute ihnen nach, bis sie im kleinen Wäldchen neben dem Reiterhof verschwunden waren. Ein gutes Gefühl spürte ich in meinem Inneren und war bereit für alles, was noch kommen würde in nächster Zeit, der Tag jedenfalls fing schon mal gut an.

„Einen Taler für deine Gedanken."

„Die Wette verlierst du heute." Spitzbübisch feixte ich Franzi an, die an der Terrassentür stand und neugierig auf die Blumen in meiner Hand schaute. Mir war klar, woran sie dachte. Ich erzählte ihr die kleine Episode und sie freute sich mit mir. „Was machst du schon wieder hier, ich denke, du musst für die Prüfung am Dienstag lernen."

„Muss ich auch gleich, Mam, aber erst musste ich doch kucken, wie es dir geht und über den Mittwoch müssen wir kurz reden.

„Na gut, dann lass uns einen Kaffee trinken, ehe der Betrieb losgeht."

„Ja dann schnell, könnte sein, dass die bei uns einkehren", stimmte sie zu und zeigte auf 4 Personen, die gerade aus dem Wäldchen heraustraten und den Weg vom Reiterhof in Richtung Hauptstraße liefen.

„Wenn das so weiter geht, schaffst du das doch nicht allein", bemerkte meine Mutter, Christel hatte sie gerade hergefahren, und schaute mich etwas besorgt an, als sie Kuchen in die Ausgabe stellte.

„Ach Mama", beruhigte ich sie, „Wochenende, und wir hatten im Einkaufscenter viele Flyer verteilt. Natürlich sind die Leute erst mal neugierig auf das Cafe. Das wird sich einpendeln, glaube mir."

„Na wenn du meinst und wir sind ja auch noch da. Ich sage es ja nur, weil du nicht zufrieden ausschaust."

„Mama, Mama, dir kann man wohl gar nichts vormachen", erwiderte ich mit schiefem Grinsen, „aber das sind ein paar andere Gedanken, die mir zu schaffen machen."

„Aha, verstehe, aber das braucht seine Zeit, oder meinst du nicht, ist eine komplizierte Situation."

„Doch, doch, das ist mir auch klar, und trotzdem…" Ich ließ den Satz in der Luft hängen und eilte auf die Terrasse. Die füllte sich so nach und nach, auch vor dem Cafe waren die Plätze besetzt und wir hatten alle Hände voll zu tun.

Gegen vier wurde Franzi abgeholt von einer Freundin, sie wollten zusammen lernen und eine halbe Stunde später kehrte auch etwas Ruhe ein. Meine Mutter unterhielt sich angeregt mit Bekannten auf der Terrasse und sie schauten zum Reiterhof hinunter. Kurz nach fünf brachte Bernhard unseren Tom zurück, der ziemlich müde aussah und gleich damit einverstanden war, dass er bei Oma auf mich warten sollte. Sein Vater setzte sie zuhause ab. Ich fing an in aller Ruhe aufzuräumen, wollte ich, besser gesagt, aber dazu kam ich erstmal nicht. Auf der Terrasse platzierten sich gerade zwei Pärchen und ich fragte nach ihren

234

Wünschen.

„Komm, meine Liebe, ich mach hier weiter", rief jemand fröhlich hinter mir und drängte mich zur Seite, „oder traust du mir das nicht zu."

„Kati, na klar kannst du das, aber du…du musst doch nicht", stotterte ich überrascht und nahm sie beim Kopf.

„Kein aber, du wirst erwartet, vor dem Cafe, na geh schon!", befahl sie mir regelrecht und schob mich schmunzelnd zur Tür.

Mein Puls raste in die Höhe, als ich Lässe an der Stirnseite des Tisches entdeckte. Ich hockte mich daneben und wir sahen uns eine Ewigkeit schweigend an.

„Freust du dich gar nicht mich zu sehen" murmelte er etwas verunsichert und seine Augen verfärbten sich dunkelblau.

„Du erwartest doch keine Antwort darauf", erwiderte ich mit Schmollmund, doch mein Blick sprach wohl Bände. Da lachte er, griff meine Hände und drückte sie, so fest er konnte.

„Geplant ist Ende September, den Umzug, meine ich, und jetzt beraten mein Schwiegervater und Herr Schwenner, wie ich mich vielleicht nützlich machen könnte auf dem Hof."

Mein Igel sauste mir unter die Haut, ich konnte meine Emotionen nicht mehr zurückhalten und drückte unzählige Küsschen auf seine schmalen kühlen Finger.

„So, wir müssten jetzt los, alle Details werden wir noch besprechen." Hochaufgerichtet stand Herr Witzler plötzlich neben uns. Wir hatten ihn nicht kommen gehört. Sein Blick war unergründlich, aber der Händedruck warm und fest.

Ich kam erst wieder richtig zu mir, als sich die letzten Gäste verabschiedet hatten und ich das Geklapper in der Küche hörte.

Frei fühlte ich mich, innerlich aufgeräumt, als wäre eine schwere Last von mir abgefallen. Über den Sommer hinweg kehrte Lässe noch einige Male bei mir ein, meist in Begleitung seines Schwiegervaters. Einmal waren Heike und Benjamin dabei, um zu schauen, wo der Papa zukünftig leben würde.

„Na zufrieden?" Kati klappte gerade die Spülmaschine zu und drehte sich zu mir.

„Aufgewühlt, erleichtert, glücklich und zufrieden und das in der Reihenfolge", platzte es aus mir heraus, ich zog sie mit auf die Terrasse und zündete uns eine an.

„Und was sage ich dazu..." kommentierte Kati, „alles wird gut", beendeten wir gemeinsam den Satz, strahlten uns an und lachten und lachten.

Epilog

Wie geht es nun weiter mit dem kleinen "Cafe am Reiterhof", wird sich der eine oder andere Leser fragen, der Charly bis hier her auf ihrem Lebensweg gefolgt war. Was wird aus ihrer großen Liebe zu Lässe, die in früher Jugendzeit entflammt war und nach 20 Jahren wieder hell loderte. Das Leben ist eine Bühne und ich überlasse es jeden Leser selbst, das Drehbuch weiterzuschreiben. Aber so viel sei schon mal verraten.

An dem Mittwochnachmittag nach der Eröffnung schallte ausgelassene Fröhlichkeit von der Cafe Terrasse hinunter bis zum Reiterhof. Ich hatte sie für die Familie reserviert und alle waren gekommen zu Franziskas 18. Geburtstag, natürlich auch zum Helfen. Selbst Evelin, ihre dritte Tante, war von weiter hergereist zum Gratulieren. Und ihr Papa mit seiner Lebensgefährtin Heike ließen sich kurz sehen. Einige Studienfreunde kamen später dazu und von Katis Familie bekam sie einen Gutschein über 10 Reitstunden geschenkt. Sie war einfach happy.

Von einem Reitplatz wurde ein Karree abgetrennt und jeden zweiten Sonnabend spielten junge Männer in Rollstühlen darauf Rasenhockey, unter ihnen Alexander, der Sohn des Hauses. Seine Mutter war stets dabei und wenn er Zeit hatte, gesellte sich auch Herr Schwenner dazu. Dr. Berghoff, ließ sich auch einmal im Monat sehen, betreute die jungen Männer und verschwand später mit Kati lächelnd im Herrenhaus.

Das Cafe wurde gut angenommen, Charlotte freute sich über jeden Gast und einige hatten ihre festen Zeiten, wie die fünf Damen dienstags zum Beispiel. Manchmal hockten sich Kinder dazu und erhielten gleich Anleitung zum Häkeln oder Stricken, das allen dann viel Spaß bereitete.

Für Mittwoch und Freitag musste Charlotte schon nach vier Wochen eine Kinderbetreuerin einstellen, das Angebot war sehr gefragt und die Mamas oder Papas konnten sich in Ruhe mit ihren Pferden befassen.

Seit Oktober flitzte Tom manchmal mit seinem Freund Benjamin durch die Stallungen und anschließend schoben sie Lässe, Benjamins Papa, bis zum Cafe, ansonsten kam er fast täglich auch ohne Hilfe den Weg herauf, um Charly zu sehen.

Und jeden zweiten Samstag leuchteten Charlys Augen ganz besonders, denn dann schob sie schmunzelnd den Rollstuhl zurück zum Hof und über eine kleine Rampe hinein in den Anbau neben dem Haupthaus.

"